라마야나

왈미끼

라마야나 어린 시절

1판 1쇄 발행 2018년 2월 23일

지은이 | 왈미끼
옮긴이 | 김영
발행인 | 신현부

발행처 | 부북스
주소 | 04601 서울시 중구 동호로17길 256-15 (신당동)
전화 | 02-2235-6041
팩스 | 02-2253-6042
이메일 | boobooks@naver.com

ISBN 979-11-86998-61-8 (04890)
      979-11-86998-60-1 (set)

이 도서의 국립중앙도서관 출판예정도서목록(CIP)은 서지정보유통지원시스템 홈페이지(http://seoji.nl.go.kr)와 국가자료공동목록시스템(http://www.nl.go.kr/kolisnet)에서 이용하실 수 있습니다.(CIP제어번호: CIP2018005114)

라마야나

제1권

어린 시절

왈미끼

김영 옮김

부북스

차례

《라마야나》 번역을 시작하며

"오, 람!"

　세 발의 총탄에 맞은 간디는 이렇게 외치면서 땅 위에 쓰러졌다. 이것이 그의 마지막 말이었다. 마하뜨마(위대한 영혼) 간디가 생의 마지막 순간까지 의지했던 이는 바로 라마, 세상을 지킨다는 비슈뉴 신의 화신이었다. *끄르슈나*와 더불어 인도가 가장 사랑하는 신이자, 사랑하는 아내를 버린 슬픔을 홀로 견디어야 했던 인간인 라마.

　라마를 숭상하는 인도 사람들은 그를 실존인물이라고 여기며 그의 행적을 읊은 《라마야나》도 역사적 사실로 믿고 있지만, 안타깝게도 이 믿음에는 근거가 없다. 《라마야나》의 저자가 성자 왈미끼라는 주장 또한 증명할 수 없기는 마찬가지다. 오랫동안 음유시인들의 입에서 입으로 전해 내려오면서 이 서사시가 24,000수*라는 방대한 길이로 늘어났다는 것이, 《라마야나》의 저자가 모호한 이유를 다소 설명해줄 수 있을 뿐이다. 왈미끼에게 《라마야나》를 배워 처음으로 노래했다는 이가 바로 라마의 쌍둥이 아들 꾸샤와 라와인데, 이 둘의 이름 자체가 음유시인(꾸쉬라와)을 뜻한다.

　《마하바라따》와 함께 인도 최고의 대서사시인 《라마야나》는, 인

---

* 판본에 따라 다르다. 대략 25,000수로 보기도 한다.

도와 동남아시아 문화를 대표하는 작품이다. 앙코르와트의 석벽을 휘감은 온갖 부조, 태국의 무용극(라콘)과 가면극(콘), 자바와 발리의 춤에 이르기까지, 라마야나는 곳곳에서 얼굴을 내민다. 중국과 동북아시아 문화에서 《삼국지》와 《서유기》를 빼놓을 수 없는 것과 마찬가지다.

《마하바라따》에서는 왕국을 두고, 《삼국지》에서는 천하를 두고 영웅들이 겨룬다. 《라마야나》의 충성스러운 원숭이 하누만은, 《서유기》에서 불량한 손오공 캐릭터로 바뀐다.* 여러 가지로 비교해볼 만한 쌍이 아닐 수 없다.

《라마야나》에는 비슈누 신의 일곱 번째 화신 라마가, 《마하바라따》에는 여덟 번째 화신 끄르슈나가 등장한다. 그런데 흥미롭게도, 두 서사시의 세계관은 완전히 다르다. 미련 없이 왕위를 버리고 숲으로 들어가는 왕자 라마는, 완전한 자기희생과 흠 없는 도덕성을 보여준다. 왕국을 두고 사촌 간에 참혹한 전투를 벌이는 《마하바라따》의 현실은 《라마야나》에서는 그림자조차 비치지 않는다. 라마는 쿠데타를 일으키라는 권유를 물리치고, 부친의 말을 따르는 것이 정의라고 말한다. 하지만 끄르슈나는 전장에 나가 스승과 친족들을 죽이는 것이 정의라고 말한다. 《마하바라따》는 냉엄한 현실을 그려내지만, 《라마야나》는 도덕적으로 완벽한 세계를 창조한다. 《마하바라따》는 그럴 법한 이야기를, 《라마야나》는 마땅히 그래야만 하는 이야기를 들려주는 것이다. 그러니 자신의 운명 앞에 고뇌하는

---

* 《라마야나》의 하누만이 손오공의 원조라는 주장은, 중국 토종 캐릭터인 손오공이 후에 하누만의 영향을 받았다는 유화적 입장으로 선회 중이다.

그리스 영웅이나, 자신의 찌질함을 딛고 비범해지는 현대 영웅의 모습을 라마에게 기대해서는 안 된다. 그는 날 때부터 고귀하고 완벽했으며 백성을 위해서라면 사랑하는 여인도 버릴 수 있는, 그래야만 하는 일이라면 죄다 하는 동양의 영웅이니까. 자아를 실현하는 것이 아니라 버리는 것이 동양의 영웅이다. 서양 영웅은 자기 자신을 증명하기 위해 모험을 떠나지만, 동양 영웅은 모두를 위해 주어진 임무를 수행한다. 그러다 보니,《라마야나》에 나오는 싸움 이야기는 절대 죽지 않는 주인공의 총질 한 번에 악당들이 우수수 나가떨어지는 액션영화와 별로 다르지 않다. 이런 뻔한 전투담만으로, 동서양 모두에서《라마야나》가 그토록 오랫동안 인기를 누렸을 리는 없다.[†]《라마야나》가 오랜 시간 동안 생명력을 잃지 않은 것은, 모두가 바라마지 않는 구세주를 그려내고 있기 때문일 것이다. 마음 졸이지 않아도 되는, 속 시원한 권선징악의 히어로를.

돈이 흉포한 몬스터를 길러내는 요즘 세상에서, 라마가 우리에게 무슨 말을 건넬 수 있을지 모르겠다. 우리 삶은《라마야나》처럼 아바타가 되어 즐기는 롤플레잉 게임이 아니니까 말이다. 그러나 라마는 게임의 법칙으로 고결한 도덕성을 제시한다. 그가 정의를 위해 행한 자기희생은, 신의 화신쯤 되어야 가능한 레벨이라고 불평할 수도 있다. 하지만 끄르슈나도 라마도, 처음에는 그저 평범한 인간이었다. 이들은 인간 영웅이었다가, 후대에 비슈누의 화신으로 편입되었을 것이라고 여겨지고 있다.

---

† 서구에《라마야나》가 소개된 것은 1808년 이전으로 추정된다. 그 뒤로 이 인도의 대서사시는, 문화적 동질감이 전혀 없는 낯선 땅에서도 시들지 않는 인기를 누려왔다.

라마는 자신이 옳다고 여기는 것을 실천했고, 그래서 고난을 겪었으며, 그 때문에 위대해졌다. 그리고 마침내 신으로 추앙 받을 수 있었다. 그러니 라마는 말하지 않을까, 이상을 위해 자신을 포기하는 사람은 자신처럼 '신'이 될 수 있다고.

이번 생의 미션은 《라마야나》 완역으로 끝나기를 간절히 바란다. 왈미끼의 화신도 아닌 내가 클리어하기에는, 싼스끄리뜨 원전이라는 레벨이 제법 높다.

"그대의 어떤 말도 그릇되지 않을 것이오…… 이 땅 위에 산과 강이 남아있는 한, 라마야나 이야기는 사람들 사이에서 회자될 것이오."라는, 브라흐마의 축원을 믿고 나아갈 뿐이다.

제1권

어린 시절

제1장

고행을 다져온 성자 왈미끼가, 황소 같은 성자*이자 경전에 골몰하는 달변의 나라다에게 물었다.

"요즘 세상에, 과연 누가 덕 있는 자입니까? 용기 있고 덕과 행실을 아는 자가 누구입니까? 진실을 말하고, 서약을 굳게 지키는 자는 누구입니까? 품행을 갖추고, 중생들에게 자비로운 자가 누구입니까? 지혜롭고 능력 있는 자는 누구입니까? 그리고 누가 보기에도 좋습니까? 자제력 있고, 분노를 다스리는 자가 누구입니까? 누가 광휘를 지녔으며, 질투심이 없습니까? 전쟁터에서 광분할 때면 신들조차 두려워하는 자가 누굽니까? 저는 이를 듣고 싶나이다. 제 궁금함이 정말 크기 때문입니다. 위대한 성자시여, 당신께서는 그런 자를 아실 법합니다."

왈미끼의 말을 듣고, 삼계†를 두루 아는 나라다는 "들으시오."라고 대답하고는, 기쁨에 겨워 다시 말했다.

"그대가 말한, 그 많은 덕을 갖추기는 어려운 일이오. 그러니 성자여, 잠시 생각해보고 말하리다. 자, 이제 들어보시오. 그런 덕을 모두 갖춘 자가 있기는 있구려. 익슈와꾸 가계(家系)에 라마라는 자가 있소. 그는 자제력 있고, 큰 용기와 빛을 지녔으며, 굳건하고 통제력

---

* 인도에서는 뛰어난 인물을 황소, 호랑이, 사자 등에 비유한다.

† 천상, 지상, 그리고 지하 세계.

이 있다오. 현명하고 행실도 바르고 달변이며, 영예롭고 적을 절멸시키는 자요. 너른 어깨, 굳센 팔, 소라 같은 목,* 단단한 턱을 지녔소. 가슴이 너른 위대한 궁수이자, 빗장뼈는 근육에 묻힌, 적들의 정복자요. 팔이 무릎까지 오고 두상은 잘생긴데다, 이마가 매끈하고 걸음걸이는 단정하다오. 몸의 적절한 비율, 균형 잡힌 사지, 매끄러운 살결을 가졌고, 용맹하기까지 하오. 실팍한 가슴과 큰 눈에, 준수함과 상서로운 표식† 또한 지닌 자요. 다르마‡를 알고 진실하며, 백성들의 안녕에 헌신하지요. 명성 높고 배움을 갖추고 있으며, 순수하고 삼매를 닦소. 그는 살아 있는 것들의 보호자일 뿐만 아니라, 다르마의 수호자요. 《베다》§와 그 부속학문¶도 잘 알지만, 궁술에 정통하다오. 모든 학문의 정수와 성전서**를 알며 영민하오. 선량하고 활달하고 현명해서, 온 세상 사람들이 그를 좋아하지요. 바다에 강들이 모여들 듯이, 그에겐 훌륭한 사람들이 모여든다오. 그는 고귀하

---

* 선 세 개가 뚜렷한 목으로, 상서로움의 상징이다.

† 성인의 육체적 특징. 평발, 무릎 밑까지 내려오는 팔, 40개의 치아, 황금빛 몸, 길고 넓은 혀, 두 눈썹 사이의 흰 털 등 32가지인데, 실제 모습이라기보다는 상징적인 표현으로 봐야 한다. 붓다의 32상으로도 잘 알려져 있다.

‡ 다르마는 섭리, 정의, 의무, 법 등 다양한 뜻을 지니고 있다. 골드만(Robert P. Goldman)은 ways of righteousness라고 번역했다.

§ 수천 년 전부터 낭송되어 온 힌두교의 경전. 《르그베다》, 《사마베다》, 《야주르베다》, 《아타르와베다》가 있다.

¶ 《베다》의 여섯 가지 부속 학문. 음운학 쉭샤, 운율학 찬다스, 문법학 위야까르나, 어원학 니룩따, 천문학 죠띠샤, 그리고 제의학 깔빠를 말한다.

** 신에게 영감을 받아 지어졌다는 천계서 《베다》와는 달리, 인간에 의해 쓰인 경전(smṛti)을 뜻한다.

고 모두에게 공평하며, 보기에도 좋소. 까우살리야^{††}의 기쁨을 더하는 그는 만 가지 덕을 갖추었다오. 깊이로는 바다 같고, 단호함으로는 히말라야 같소. 비슈누처럼 용맹하고, 달처럼 보기 좋다오. 화낼 때는 말세의 불^{‡‡} 같고, 참을 때는 대지 같소. 베풀기로는 꾸베라^{§§} 같고, 진실하기로는 다르마^{¶¶}의 화신 같지요."

나라다는 이야기를 이어나갔다.

이런 라마, 진정한 용기와 최고의 덕을 갖추었으며 백성들의 안녕에 헌신하는 이 맏아들을 사랑한 나머지, 다샤라타왕은 백성들을 기쁘게 할 생각으로 그를 기꺼이 왕으로 축성하려고 했다. 대관식 준비를 본 왕비 까이께이^{***}는, 예전에 왕이 들어주기로 약속했던 소원을 들먹여, 라마를 추방하고 바라따를 왕으로 축성할 것을 요구했다. 다샤라타왕은 진실만을 말하는 사람이었기 때문에, 다르마의 덫에 걸려 사랑하는 아들 라마를 추방해야 했다. 부친의 말에 복종하기 위해, 까이께이를 기쁘게 하기 위해, 그 영웅은 그 명을 따라 숲으로 들어갔다. 라마가 아끼는 형제이자 수미뜨라^{†††}의 기쁨, 겸양을 갖춘 락슈마나는 라마를 사랑했기 때문에 그를 따라 떠났다.

---

† † 다샤라타왕의 첫 번째 왕비이자, 라마의 어머니.

‡ ‡ 네 시대의 마지막인 깔리 유가가 끝나면 세상을 태워 없앤다는 불.

§§ 부의 신.

¶ ¶ 다르마를 수호하는 신 다르마.

*** 다샤라타왕의 두 번째 왕비이자, 바라따의 어머니.

† † † 다샤라타왕의 세 번째 왕비이자, 쌍둥이 락슈마나와 샤뜨루그나의 어머니.

또한 모든 자질을 갖춘 그의 아내―여인들 가운데 최고인 시따―
도 로히니*가 토끼무늬를 가진 달을 따르듯이 라마를 따라 떠났다.
그의 부친 다샤라타와 도성 사람들은 멀리까지 그를 배웅했다. 강
가† 강변의 슈룽가외라 시에서, 라마는 그의 마부를 돌려보냈다. 그
리고 숲에서 숲으로 여행하며 큰 강들을 건넜다. 바라드와자의 조
언에 따라 찌뜨라꾸따산에 이르자, 그들 셋은 산뜻한 집을 지었다.
천상의 간다르와들‡처럼, 그들은 그곳에서 행복하게 살았다. 라마가
찌뜨라꾸따산으로 가 버리자, 아들을 보낸 슬픔으로 상심한 다샤라
타왕은 아들 때문에 비통해하다가 천상으로 가 버렸다. 그가 그렇
게 가자, 와시슈타§를 앞세운 브라만들은 바라따로 하여금 왕위를
잇도록 하려했다. 하지만 힘이 넘치는 바라따는 왕위를 원하지 않
았기 때문에, 라마의 발밑에서 은혜를 구하기 위해 숲으로 떠났다.
바라따의 형 라마는 왕권을 상징하는 자신의 나막신을 그에게 주
고는, 돌아가라며 그를 재촉했다. 바라는 것을 이루지 못한 채, 그는
라마의 두 발을 만졌다.¶ 그리고 바라따는 라마의 귀환을 기다리며,
난디그라마라는 마을에서 왕국을 다스렸다.

　　도성 사람들이 자꾸 찾아오자, 라마는 굳은 결심을 하고 단다까

---

* 　네 번째 월궁으로, 별 다섯 개가 수레 모양을 이루고 있다. 달이 가장 사랑하는 아내
로 의인화된다. 달의 주기에 따라 적도대의 별들을 28개 구역으로 나누고, 각 구역의 대
표적인 별자리를 정한 것을 월궁(28수)이라고 한다.

† 　갠지스강.

‡ 　천상의 악사들. 건달의 어원이 된 반신족이다.

§ 　대대로 익슈와꾸 왕가의 사제였던 전설적 성자.

¶ 　발을 만지는 것은 존경을 표하는 인도의 인사법이다.

숲에 들어가 버렸다. 라마는 위라다라는 락샤사**를 죽이고 샤라방가, 수딱슈나, 그리고 아가스띠야와 그의 형제를 만났다. 그리고 아가스띠야의 조언에 따라, 인드라††의 활과 검, 그리고 활이 떨어지지 않는 활통 두 개를 얻어 절정의 기쁨을 누렸다. 라마가 숲에서 숲의 생물들과 함께 살고 있을 때, 많은 성자들이 아수라‡‡와 락샤사를 죽여 달라고 그를 찾아왔다. 그곳에 살면서 그는 모습을 마음대로 바꿀 수 있는 슈르빠나카—자나스타나에 사는 락샤사 여인—를 흉측하게 만들어 버렸다. 게다가 슈르빠나카의 말에 들쑤셔져 쫓아온, 자나스타나에 사는 락샤사 모두—카라, 뜨리쉬라스, 두샤나와 그들을 따르는 락샤사들—를 라마는 전투에서 죽였다. 락샤사 일만 사천이 살해당한 것이다. 친척들이 죽었다는 것을 듣고, 라와나는 분노로 제 정신을 잃었다. 그는 마리짜라는 락샤사를 조력자로 골랐다.

"라와나시여! 그 강력한 자에 맞서는 것은 온당한 일이 아닙니다."라며, 마리짜는 여러 번 라와나를 말렸다.

그러나 운명의 재촉을 받은 라와나는 이 말을 새겨듣지 않고, 마리짜와 함께 라마의 아슈람§§으로 갔다. 환영술을 쓰는 마리짜의 도움으로, 그는 왕의 두 아들을 멀리 떼어놓았다. 그리고 독수리 자타유를 죽이고, 라마의 아내를 데려갔다. 죽어 가는 독수리를 발견하

** 인육을 먹는 마족. 나찰로 음사되었다.

†† 신들의 왕. 코끼리를 타고 다니는 천둥번개의 신이다. 인드라는 신들의 왕이라는 지위의 이름이고, 본래 이름은 샤끄라이다.

‡‡ 신들의 이복형제이자 적대자들이다.

§§ 수행처 또는 은둔처.

고 그에게서 미틸라의 공주 시따가 납치되었다는 것을 듣자, 라구의 후손 라마는 타들어 가는 고통에 넋이 나가 울부짖었다. 독수리 자타유를 화장하고 나서 숲에서 시따를 찾아다니던 라마는, 모습이 흉측하고 무시무시한 락샤사, 까반다를 만났다. 큰 완력을 지닌 라마는 락샤사를 죽이고 화장하여 하늘로 보냈다. 락샤사는 죽기 직전에 말했다.

"라구의 후손이여, 다르마에 밝고 다르마를 행하는 여인인 샤바리의 아슈람에 가시오."

그리하여 적을 쳐부수는 영웅 라마는 샤바리를 찾아갔다. 다샤라타의 아들 라마는 샤바리에게 합당한 공경을 받았다. 그리고 나서 빰빠 호숫가에서 원숭이 하누만을 만났다. 큰 힘을 가진 라마는, 하누만의 조언에 따라 수그리와를 만나, 있었던 일을 그에게 다 말해 주었다. 좋은 벗을 찾았다고 여긴 원숭이들의 왕, 슬픔에 잠긴 수그리와 또한 자신의 싸움에 대한 것을 전부 라마에게 말해 주었다. 또한 왈린의 힘에 대해서도 말해 주었다. 라마는 왈린을 죽이겠다고 맹세했지만, 수그리와는 이 라구의 후손에게 여전히 의구심을 품고 있었다. 그의 믿음을 이끌어 내기 위해, 라구의 후손은 그의 발끝으로 둔두비의 시체를 300리˙나 걷어차 버렸다. 게다가 사라수† 일곱 그루와 언덕, 그리고 하계 라사딸라‡까지, 강력한 화살 한 대로 뚫어 버렸다. 그리하여 수그리와의 신뢰를 얻었다. 확신을 갖게 된

˙   10 요자나(인도의 거리 단위). 1 요자나는 8~9 마일, 33~37리 거리이다.

†   단단하다는 뜻을 지닌 살라 나무. 인도 전역에서 자라는 반 낙엽성 나무로, 목질이 단단하여 건축자재로 쓰인다. 붓다가 사라쌍수 밑에서 열반에 들었다.

‡   일곱 지하세계 가운데 네 번째로 깊은 곳.

그 위대한 원숭이는 기뻐하며, 라마와 함께 낀슈낀다 동굴로 갔다. 최고의 원숭이, 금처럼 노란 수그리와가 포효하자, 원숭이들의 왕 왈린이 그 소리를 듣고 밖으로 나왔다. 수그리와의 청에 따라 라구의 후손 라마는 왈린과 싸워 그를 죽이고, 왈린 대신 수그리와를 왕위에 올렸다.

자나까의 딸 시따를 찾기 위해, 황소 같은 원숭이 수그리와는 원숭이를 전부 모아 사방으로 보냈다. 독수리 삼빠띠의 조언에 따라, 강인한 하누만은 300리가 넘는 바다를 건너뛰었다. 그리하여 라와나가 다스리는 랑카의 도시에 다다른 그는, 무우수§ 숲에서 수심에 잠긴 시따를 보았다. 라마의 증표를 내보이고, 그는 그간의 일을 위데하의 공주 시따에게 알려주었다. 그녀를 위로하고 나서, 하누만은 도시의 문을 부숴 버렸다. 대신들의 아들 일곱과 장수 다섯을 죽이고 적의 영웅 악샤¶를 뭉개 버린 다음, 그는 사로잡혔다. 조부 브라흐마에게 받은 은총 덕분에 자신이 무기로부터 풀려날 수 있다는 것을 알고 있었기 때문에, 그 영웅은 락샤사들이 제멋대로 자신을 묶는 것을 견디었다. 그 위대한 원숭이는 랑카의 도시에 불을 지른 다음, 라마에게 이 기쁜 소식을 알리기 위해 미틸라의 공주 시따 없이 되돌아갔다. 위대한 영혼 라마에게 다가가 그를 오른쪽으로 도는 예**를 하고 나서, 가늠할 수 없는 원숭이 하누만은 "제가 정말 시따님을 보았습니다."라고 하며, 있었던 일을 그에게 보고했다.

---

§ 슬픔이 없다는 뜻을 가진 무우수(아쇼까). 성스러운 나무로 여겨진다.

¶ 라와나의 아들.

** 존경의 표시로 대상을 시계 방향으로 도는 예법. 불교를 통해 탑돌이와 같은 관습이 우리나라에도 전해졌다.

라마는 수그리와와 함께 바닷가에 당도해서는, 태양처럼 빛나는 화살로 바다를 떨게 만들었다. 그러자 강들의 왕 바다는 스스로를 드러냈다. 바다의 조언에 따라 라마는 날라로 하여금 다리를 짓게 했다. 그 다리를 통해 랑카의 도시로 건너간 라마는 전장에서 라와나를 죽이고, 랑카 락샤사들의 왕으로 위비샤나를 봉했다. 움직이고 움직이지 않는 삼계의 온 중생들,* 그리고 신과 성자 무리들이 라구의 후손인 위대한 라마의 위업에 만족했다. 신들 모두 무척 기뻐하며 그를 경배했다. 해야 할 일을 다 마치자, 라마는 근심에서 풀려나 아주 즐거워했다. 신들에게 받은 축복으로 죽은 원숭이들을 되살아나게 한 다음, 라마는 하늘을 나는 차 뿌슈빠까에 올라 난디그라마 마을로 갔다. 난디그라마 마을에서, 무구한 라마는 형제들과 함께 결발†을 풀었다. 이렇게 해서 그는 시따를 되찾고 왕국을 다시 얻었다.

그의 백성들은 기쁘고 즐거우며, 만족스럽고 배부르고 올바르다. 또한 육체적으로나 정신적으로나 건강하며, 배고픔과 두려움을 모른다. 그의 치세에는 그 어떤 이도 아들의 죽음을 겪지 않으며, 그 어떤 여인도 과부가 되는 일 없이 항상 남편에게 충실하다. 마치 끄르따 유가‡ 때처럼, 불이나 바람의 위험이 없고 그 어떤 생명도 홍수

---

* 움직이지 않은 식물과 움직이는 동물.

† 고행자의 표식. 머리카락 일부를 정수리에 틀어 올려 돌돌 말아서 상투처럼 만든다.

‡ 인도 사람들은 우주가 생성되었다가 파괴되기를 반복한다는 우주관을 가지고 있으며, 하나의 우주가 존속되는 시간을 네 개의 기간(유가)으로 나눈다. 다르마를 황소에 비유하여, 황소의 다릿수로 각 유가의 특징을 표현한다. 다르마라는 황소가 다리 네 개를 모두 가지고 온전히 서 있는 첫 번째 유가를 끄르따(1,728,000년), 다리 하나가 부족하지만 아직은 굳건히 서 있는 두 번째 유가를 뜨레따(1,296,000년), 다리를 두 개만 가

로 잃는 일이 없다. 라마는 어마어마한 금을 들여 말 희생제§를 수백 번이나 지내게 되리라. 그리고 관례에 따라 소 수억 마리를 식자들에게 기부할 것이다. 라구의 후손 라마는 수백의 왕가를 세우고, 저마다 자신의 다르마를 따르도록 이 세상에 사성 계급¶을 확립할 것이다. 만천 년 동안 왕국을 다스린 뒤에, 라마는 브라흐마의 하늘**에 오르리라.

죄를 정화하는, 신성하고 상서로운 이 라마 이야기, 《베다》와 같은 이 이야기를 읽는 자는 누구나 모든 죄로부터 자유로워지리라. 수명을 늘여 주는 이 《라마야나》 이야기를 읽는 자는, 죽음 후에도 아들과 손자, 그리고 일가와 함께 천상에서 즐거움을 누리리라. 이를 읽는 브라만은 언변이 뛰어나게 되고, 끄샤뜨리야는 대지의 주인이 되며, 바이시야는 장사에서 이익을 보고, 비록 슈드라일지라도 뛰어나게 되리라.

져 불안정한 세 번째 유가(864,000년)를 드와빠라, 그리고 하나뿐인 다리로 위태롭게 서 있는 네 번째 유가(432,000년)를 깔리라고 한다. 각 유가의 길이는 4:3:2:1의 비율을 이루고 있고, 우주 순환의 한 주기는 네 유가를 모두 합해 432만 년이다. 마지막 깔리 유가가 끝날 때 무서운 불이 일어나 세계를 전부 태워버린다고 한다.

§ 백마 한 마리를 풀어놓고 가고 싶은 대로 가게 한 다음, 일 년 뒤에 그 말을 잡아 제물로 바치는 말 제사 아슈와메다. 풀어놓은 말을 보호하기 위해 군대를 딸려 보내기 때문에, 말이 국경을 넘기라도 하면 이웃나라와 전쟁이 나기 마련이었다. 따라서 패왕이 아니면 지낼 수 없는 제사였다.

¶ 인도의 사성계급은 사제 브라만, 왕족(전사) 끄샤뜨리야, 평민 바이시야, 그리고 노예 슈드라로 구성되어 있다.

** 여러 단계의 천계 가운데 가장 높은 하늘.

제2장

의롭고 달변인 왈미끼는 나라다의 말을 듣고, 자신의 제자들과 더불어 그 위대한 성자에게 경의를 표했다. 하늘의 성자 나라다는 온당한 공경을 받고 나서, 떠날 것을 고하고는 하늘로 갔다. 나라다가 신들의 세상으로 떠난 후 잠시 뒤에, 성자 왈미끼는 자흐나위강*에서 그리 멀지 않은 따마사 강변으로 갔다. 따마사 강변에 도착하자 성자는, 진흙이 없는 목욕 장소를 찾아내고는 옆에 선 제자에게 말했다.

"봐라 바라드와자야, 이 목욕터에는 진흙이 없어 좋구나. 마치 고귀한 사람의 마음처럼 물이 깨끗하다. 얘야, 물 단지를 내려놓고, 내 수피포† 옷을 다오. 여기, 이 좋은 따마사 목욕터에서 씻고 싶구나."

위대한 왈미끼가 말하는 것을 듣고, 언제나 스승에게 성심을 다하는 바라드와자는 그에게 수피포 옷을 건네주었다. 제자의 손에서 수피포 옷을 받고 나서, 그는 감관을 제어한 채 모든 것을 살피면서 광활한 숲을 거닐었다. 신성한 성자는 근처에서 고운 소리를 내는 끄라운쩌 새‡ 한 쌍이 붙어 다니는 것을 보았다. 그가 지켜보고 있는데도 불구하고, 악랄한 의도를 지닌 니샤다§ 사냥꾼이 악의에 차서 짝 중 하나인 수컷을 활로 쏘았다. 화살에 맞아 사지가 피에 젖은 채

---

* 강가, 즉 갠지스강.

† 나무껍질을 두드려 펴서 만든 옷감.

‡ 왜가리과의 새.

§ 윈디야산 일대에 살았던 비아리안 부족.

땅 위에서 몸부림치는 제 짝을 보고, 암컷은 애처롭게 울었다. 이렇게 니샤다 사냥꾼이 새를 죽이는 것을 보고, 의로운 성자에게 동정심이 일었다. 연민을 느낀 브라만은, '이는 옳지 못한 일이로다.'라고 생각했다. 그리고 끄라운쩌 암컷의 울음소리를 듣고 이렇게 읊었다.

> 욕심에 분별을 잃어버려
> 새 한 쌍 한 쪽을 죽였으니
> 사냥꾼이여, 그대는 이제
> 평온 따위 얻지 못하리라

그 광경을 지켜보며 이렇게 읊었을 때, '새에 대한 슬픔 때문에 내가 대체 무엇을 읊은 것인가?'라는 생각이 그의 마음에 떠올랐다. 큰 지혜를 가진 슬기로운 성자는 이를 숙고해보고, 결론을 지었다. 황소 같은 성자 왈미끼는 제자에게 이렇게 말했다.

"슬픔[¶]에 가슴 아파 내가 읊은 것, 고정된 행수에 각 행의 음절 수가 같아 현으로 반주하기에도 좋은 이것을 '시'라고 하리라. 이는 다른 그 무엇이 될 수 없도다."

성자가 읊은 최고의 시구를 제자는 기꺼워하며 그 즉시 외웠고, 그것이 성자를 흡족하게 했다. 목욕터에서 여법하게 목욕 의식을 치르고 나서, 성자는 여전히 그 일을 생각하면서 되돌아갔다. 그의 제자, 순종적이고 잘 배운 바라드와자도 스승의 물 단지를 가득 채워

[¶] 슬픔(쇼까)에서 비롯된 운율이라서 슐로까(짠스끄리뜨 시의 운율 가운데 하나로서, 8음절의 행 네 개로 이루어져 있다.)라고 했다는 어원적 설명.

들고 뒤를 따랐다. 다르마를 잘 아는 그 성자는 제자와 함께 아슈람에 들어가, 여전히 그 생각에 빠져 있으면서도 자리에 앉아 다른 이야기를 나눴다. 그때 네 개의 얼굴을 가진 세상의 창조주, 광휘에 빛나는 전능한 브라흐마가 황소 같은 성자 왈미끼를 만나기 위해 왔다. 그를 보고 왈미끼는 크게 놀라 말문이 막혀서는 즉시 자리에서 일어났다. 그리고 겸손하게 합장한 채 서 있었다. 발 씻을 물과 최고 상석을 신에게 내주며 그는 신을 찬미했고, 합당한 예우에 따라 신 앞에 엎드려 신의 안부를 물었다. 가장 높은 자리에 앉고 나자 그 신은, 성자 왈미끼에게도 앉으라고 했다. 세상의 할아버지 브라흐마의 면전에 앉아 있으면서도, 왈미끼는 있었던 일에 마음을 빼앗겨서는, '그 사악한 자는 적의에 마음이 사로잡혀, 아무 이유도 없이 사랑스러운 울음소리를 가진 끄라운쩌를 죽이는 악랄한 짓을 저질렀다.'라는 생각에 푹 빠져 있었다. 다시금 끄라운쩌 암컷이 애처로워진 그는, 슬픔에 마음을 빼앗겨 그 시를 또 읊었다. 브라흐마는 웃으면서 황소 같은 성자 왈미끼에게 말했다.

"이것이 그대가 지은 시구려. 그렇게 생각에 잠길 필요 없소. 브라만이여, 그대가 이 시구를 짓게 된 것은 오로지 내 의도 때문이었소. 최고의 성자여, 라마의 생애 전체를 시로 지으시오. 의롭고 덕 있으며 현명하고 용감한 라마의 이야기를, 그대는 나라다에게 들은 대로 세상에 전해야 하오. 알려진 것이든 알려지지 않은 것이든, 현명한 라마의 이야기라면 전부 말이오. 라마뿐만 아니라 락슈마나, 시따, 그리고 락샤사들의 이야기까지, 사적인 것이든 공적인 것이든 알려지지 않았던 것도 죄다 그대에게 알려지게 될 것이오. 시 가운데 그대의 어떤 말도 그릇되지 않을 것이오. 마음을 즐겁게 할, 라마의 신성한 이야기를 시 형식으로 지으시오. 이 땅 위에 산과 강이 남아 있는 한, 라마야나 이야기는 사람들 사이에서 회자될 것이오. 그리고 그대가 지은 라마의 이야기가 남아 있는 한, 그대는 위든 아래든 내 세상에 존재하게 될 것이오."

이렇게 말하고 나서, 신성한 브라흐마는 그 자리에서 사라졌다. 성자는 제자들과 함께 놀라워했다. 그의 제자들은 모두 그 시를 또다시 노래했다. 큰 경이와 희열에 차서 그들은 말하고 또 말했다.

"위대한 성자께서 같은 음절수의 행 네 개로 읊은 슬픔(쇼까)이 되풀이해서 낭송되니 시(슬로까)가 되었네."

정화된 영혼의 성자에게는 이런 생각이 떠올랐다.

'라마야나 전체를 이 같은 시로 지어보리라.'

그리하여 명성 높은 성자는 위대한 통찰로써 명예로운 라마의 영광을 더하며, 의미와 운율이 뛰어난 시어로 마음을 즐겁게 하는 서사시—같은 음절수의 무수한 시로 이루어진—라마야나를 지었다.

제3장

다르마와 번영, 그리고 유익함을 주는 라마 이야기 전체를 알고 나자, 왈미끼는 현명한 라마의 이야기를 좀 더 상세하게 알리고 싶어졌다. 여법하게 물을 마시는 의례*를 행하고 나서, 성자는 합장을

---

* 물을 조금씩 여러 번 나누어 마시는 의례적 행위. 심신을 정화하기 위해 본 의례 전에 행한다.

하며 잎 끝이 동쪽으로 놓인 길상초* 위에 앉았다. 그리고 영적 능력으로 그 이야기에 접근할 수 있는 방법을 찾았다. 그래서 그 자리—라마의 출생과 위대한 용맹, 누구에게나 보인 친절, 그에게 쏟아진 세상 사람들의 애정, 그의 인내와 온화함, 그리고 진실한 성품, 성자 위슈와미뜨라와 함께 한 여행에서 그가 들은 신기하고 다채로운 이야기, 자나까의 딸 시따와의 결혼과 활을 부러뜨린 이야기, 라마와 빠라슈라마의 싸움, 다샤라타의 덕, 라마의 대관식과 까이께이의 사악함, 대관식 취소와 라마의 추방, 왕의 슬픔과 비탄 및 왕이 다른 세상으로 떠난 일, 사람들의 낙담과 배웅, 니샤다 수장과의 대화, 마부를 되돌려 보낸 일, 강가강을 건너고 바라드와자를 만난 일, 성자의 조언에 따라 찌뜨라꾸따에 간 일, 오두막을 짓고 산 일, 바라따가 찾아온 일, 라마가 그를 위로하고 부친을 위해 물을 올린 일,† 바라따가 라마의 빼어난 나막신을 축성(祝聖)하고 나서 난디그라마 마을에서 산 일, 라마가 단다까 숲으로 떠나 수떡슈나를 만난 일, 아나수야를 만나 백단향 연고를 선물 받은 일, 슈르빠나카를 만나 보기 흉하게 만들어 버린 일, 카라와 뜨리쉬라스를 죽인 일, 라와나가 꾸민 일, 그리고 마리짜가 살해당하고 시따가 납치된 일, 라구의 후손 라마의 비탄과 독수리 왕의 죽음, 까반다와의 만남, 빰빠 호수에 간 일, 샤바리와 하누만을 만난 뒤 르샤무까로 가서 수그리와를 만난 일, 수그리와의 신뢰를 얻고 그와 친구가 된 일, 수그리와와 왈린의 싸움, 왈린을 죽이고 수그리와를 왕으로

---

* 의례에 쓰이는 풀.

† 망자에게 물을 바치는 의례.

앉힌 일, 따라의 비탄과 동의, 우기를 그곳에서 보낸 일, 사자 같은 라구 후손 라마의 분노, 군대를 소집하여 사방으로 보낸 일과 지리를 알려준 일, 반지를 준 일, 륵샤의 동굴을 발견한 일, 죽음에까지 이른 단식, 삼빠띠와 만난 일, 산에 오르고 바다를 건너뛴 일, 밤에 랑카에 잠입한 일, 홀로 숙고한 일, 내궁을 살핀 일, 무우수 숲에 가서 시따를 만난 일, 증표를 준 일, 시따의 말과 락샤사 여인들의 위협, 뜨리자따가 꿈에서 본 것, 시따가 보석을 준 일, 나무를 부러뜨린 일, 락샤사 여인들이 도주하고 하인들이 살해당한 일, 바람 신의 아들 하누만이 붙잡힌 일, 랑카를 불지르고 다시 바다를 건너뛴 일, 꿀을 강탈한 일, 라구의 후손 라마를 위로하고 시따의 보석을 준 일, 바다와 만난 일, 날라가 다리를 지은 일, 바다를 건너 밤에 랑카를 공격한 일, 위비샤나와의 동맹, 그리고 그가 라와나를 죽일 방법을 말한 일, 꿈바까르나의 죽음과 메가나다의 살해, 라와나의 파멸, 적의 도시에서 시따를 되찾은 일, 위비샤나의 대관식과 뿌슈빠까를 본 일, 아요디야로의 여행, 바라따를 만난 일, 라마의 대관식 축제, 군대를 모두 해산시킨 일, 라마가 자신의 왕국을 기쁘게 한 일, 그리고 시따를 추방한 일—에 실제로 있었던 것처럼 위대한 성자 왈미끼는 라마의 일이라면 무엇이든 시로 지었고, 이 땅 위에서 아직 실현되지 않은 일까지도 시의 뒷부분에 넣었다.

제4장

라마가 왕국을 되찾은 후에, 스스로를 제어하는 존귀한 성자 왈미끼는 아름다운 시어로 그의 전 생애를 시로 지었다. 미래의 일과 결말까지 다 짓고 나서, 큰 지혜를 가진 성자는 생각에 잠겼다.

'과연 누가 이를 공연할 수 있단 말인가?'

명상으로 영혼을 정화한 위대한 성자가 이 생각에 잠겨 있을 때, 성자 행색의 꾸샤와 라와*가 와서 그의 발을 만졌다.[†] 그는 자신의 아슈람에 살고 있는, 다르마를 아는 영예로운 두 형제 왕자—홀륭한 목소리를 갖춘 꾸샤와 라와—를 바라보았다. 총명하고 《베다》를 잘 배운 둘을 보고, 성자는 그들에게 《베다》의 의미를 깨우쳐주기 위해 그들을 제자로 받아들였다. 그리고 서약에 충실한 그는 위대한 시 라마야나 전체—시따의 이야기와 뿔라스띠의 손자 라와나의 죽음까지—를 둘에게 가르쳤다. 세 가지 박자[‡]와 일곱 가지 음으로 노래하거나 낭송하거나, 혹은 악기로 반주해도 듣기 좋은 시였다. 연정, 비애, 해학, 분노, 공포, 영웅적 기개 등 다양한 정조[§]로 그둘은 시를 노래했다. 간다르와처럼 잘 생기고 홀륭한 목소리를 가진 두 형제는 간다르와의 음악적 기교를 잘 알고 있었으며, 조음과

---

* 시따가 낳은, 라마의 쌍둥이 아들들. 원래 '꾸쉬라와'는 음유 시인 또는 배우를 뜻한다고 한다.

† 존경을 표현하는 예법.

‡ 느린 박자, 중간 박자, 그리고 빠른 박자.

§ 시, 드라마 등을 감상할 때 갖게 되는 심미적 느낌을 정조(Rasa)라고 한다. 언급된 여섯 가지에 혐오, 놀람, 그리고 평온을 더하여 모두 아홉 가지이다.

음조에도 뛰어났다. 용모와 상서로움을 갖춘 이들은, 감미로운 목소리로 말하곤 했다. 라마의 몸에서 나온, 라마와 똑같은 모습의 쌍둥이 상 같았다. 흠 없는 두 왕자는 다르마를 갖춘 이 최고의 이야기를 완전히 외웠다. 이 이야기의 진수를 아는 두 사람은, 성자, 브라만, 그리고 훌륭한 사람들의 모임에서 마음을 집중하여 배운 대로 이를 노래했다. 상서로움을 모조리 보여주는, 위대하고 복 받은 둘은 어느 날 모임에 참석한 순수한 성자들 가까이에 서서 이 시를 읊었다. 이를 듣고 성자들은 전부 경이에 차서는, 눈물 가득한 눈으로 두 사람에게 말했다.

"훌륭하도다, 훌륭해!"

다르마를 사랑하는 성자들은 모두 진심으로 기뻐하며 노래를 한 꾸샤와 라와, 칭찬 받아 마땅한 그들을 칭찬했다.

"오, 노래의 아름다움이라니, 특히 시가 아름답도다! 이미 오래 전에 있었던 일이 마치 눈앞에서 펼쳐지는 것 같구나."

둘은 이야기 속 감정에 완전히 빠져든 채, 선율에 감정을 실어 아름답게 노래했다. 고행으로 칭송받아 마땅한 위대한 성자들에게 이렇게 칭찬 받자, 두 사람은 더욱 열정적으로 감정을 담아 더 훌륭하게 노래했다. 그 자리에 있던 한 성자는 감격에 겨워 그들에게 물단지를 주었다. 또 다른 명성 높은 성자도 기꺼워하며 수피포 옷을 주었다. 성자 왈미끼가 읊은, 완벽히 시간 순으로 마무리한 이 놀라운 이야기는 시인들이 영감을 얻는 원천이다.

어느 날 바라따의 형 라마는 길에서든 왕도[1]에서든, 어디에서나

―――――――
[1] 왕실 도로. 일종의 고속도로이다.

칭찬 받는 두 가인을 보았다. 적을 절멸시키는 라마는 꾸샤와 라와 형제를 자신의 궁으로 데려와, 존중 받아 마땅한 그들에게 경의를 표했다. 적을 괴롭히는 왕 라마는 광채로 빛나는 황금 사자좌에 앉아 신하들과 형제들을 가까이 앉히고는, 위나*를 들고 있는 잘 생긴 두 형제를 보며 락슈마나, 샤뜨루그나, 그리고 바라따에게 말했다.

"마치 신처럼 생긴 이 두 사람이 아름다운 목소리로 노래한다니, 시어와 의미가 다 아름다운 이 이야기를 들어보자꾸나. 꾸샤와 라와는 위대한 고행자이면서도, 왕의 표식을 갖추고 있다. 그들이 읊는 이 고귀한 모험담이 유익하다고 하니, 내게도 그럴 것이다. 자, 들어보자."

그리하여 라마의 청을 받은 둘은 완벽한 정격의 낭송법†으로 노래를 시작했다. 그리하여 듣고 싶은 생각이 간절했던 라마 또한 회중 속에 자리하고는, 점차 마음이 이야기에 빠져들도록 했다.

제5장

애초에 이 온 대지는 창조주 쁘라자빠띠로부터 비롯되어 승승장구했던 왕들, 익슈와꾸 후손들의 것이었다. 그 후손 가운데 사가라라

---

* 하프와 비슷한 인도의 현악기.

† 전통적 낭송에는 두 가지 방법이 있다. 쌴스끄리뜨 작품에만 쓰이는 정격의 낭송법을 마르가라고 하고, 쁘라끄리뜨(민중 언어) 작품에 쓰이는 격식 없는 낭송법을 데쉬라고 한다.

는 이름의 왕은 바다를 파내도록 했고, 나설 때는 6천 명의 아들로 하여금 자신을 호위하게 했다. 라마야나라고 하는 이 위대한 이야기는, 익슈와꾸 왕가의 위대한 후예들에 대한 것이다. 우리 둘[†]은 처음부터 빠뜨리지 않고 이 이야기 전부를 읊으리라. 다르마와 즐거움, 그리고 이익[§]을 갖춘 이 이야기는 믿음을 갖고 들어야 하리라.

　사라유 강변에 번영하는 복된 왕국, 위대한 꼬살라가 있었다. 곡식과 부가 넘치는 곳이었다. 그 왕국에는 인간들의 왕 마누[¶] 자신이 직접 세운, 세상에 널리 알려진 도시 아요디야가 있었다. 가로 400리, 세로 100리의 이 아름답고 장엄한 도시에는 잘 구획된 대로와, 늘 물이 뿌려지고 떨어진 꽃으로 덮이는 너른 왕도가 있었다. 이 위대한 왕국을 더욱 넓힌 왕 다샤라타는 이 도시에서, 천상에 있는 신들의 왕처럼 살았다. 아요디야에는 아치 출입구와 문, 잘 정비된 권내 시장이 있었다. 도구와 무기를 전부 갖추었을 뿐더러, 온갖 직공들이 살고 있는 곳이었다. 방랑시인과 음유시인이 모여드는 이 아름다운 도시의 광영에 필적할 만한 곳은 없었다. 도시의 높은 탑에는 깃발과 수성 무기[**] 수백이 있었다. 어디가나 무희 무리로 넘치는 이 위대한 도시는, 공원과 망고 숲을 갖추고 성벽으로 둘러싸여 있었다. 건너기 어려운 해자로 성채를 둘러쳐서 접근하기 어려운 도시

[†] 라마야나의 화자인 꾸샤와 라와.

[§] 다르마(정의), 까마(감각적 쾌락), 아르타(물질적인 부), 그리고 목샤(해탈), 이 네 가지가 인도에서 말하는 삶의 목적이다. 라마야나가 앞의 세 가지를 갖추고 있다는 의미이다.

[¶] 물고기로 화한 비슈누의 인도를 받아 대홍수 때 살아 남은 인류의 조상.

[**] (적) 백을 살상하는 것이라는 뜻을 가진 샤따그너.

안에는 말, 코끼리, 소, 당나귀가 가득했다. 조공을 바치러 온 이웃 나라 왕들 무리로 채워지는 도시, 다양한 나라에 사는 상인들로 꾸며지는 그런 도시였다. 보석으로 지어진 산 같은 궁전과 뾰족한 탑으로 빛나는 이 도시는, 마치 인드라*의 궁전 아마라와띠 같았다. 체스 판처럼 각양각색으로 펼쳐져 최고의 미인들로 붐비는 곳, 온갖 보석으로 채워져 대궐 같은 건물들로 장식된 곳이었다. 지면에 들어선 집들은 틈도 없이 빽빽이 붙어 있었다. 탈곡한 쌀은 가득하고, 물은 사탕수수 즙처럼 달았다. 둔두비와 무르당가, 위나와 빠나와† 소리가 쉴 새 없이 울리는, 지상에서는 대적할 만한 곳이 없는 도시였다. 싯다‡들이 고행으로 얻은 천상의 궁전처럼, 집의 외벽은 잘 축조되어 있었다. 도시에는 뛰어난 이들이 가득했다. 기술 좋고 노련한 수천의 전차병—고립되었거나 부양할 가족이 있는 적, 숨거나 달아나는 적은 화살로 쏘지 않지만, 숲에서 사납게 울부짖는 사자 · 호랑이 · 멧돼지는 날카로운 무기로든 손의 완력만으로든 죽여 버리는 위대한 이들—을, 다샤라타왕은 도시 가득 살게 했다. 또한 제례용 불§을 지키며《베다》와 여섯 부속 학문에 정통하고 덕을 갖춘 뛰어난 브라만들, 진리에 헌신하며 천금을 보시하는 위대한 영혼의 사람들, 그리고 대성자에 필적할 만큼 범상치 않은 성자들로 도시를 채웠다.

---

* 신들의 왕.

† 위나는 현악기, 나머지는 모두 타악기이다.

‡ 성취(성과)라는 뜻. 신통력을 얻었기 때문에 붙여진 이름이다. 신성한 존재 또는 반신족이라고 한다.

§ 취사가 아닌 제례에만 쓰이는 불. 형편에 따라 여러 개를 유지할 수도 있다.

제6장

큰 광휘를 지닌 왕 다샤라타는, 도성 아요디야에 살면서 도시와 지방 백성들 모두에게 사랑 받았다. 《베다》에 능통한 그는 모든 것을 가졌으며, 멀리 내다볼 줄 아는 무적의 익슈와꾸 전사였다. 또한 다르마에 헌신하며 제사를 거행하여, 마치 대성자 같은 성자왕으로 삼계에 이름이 높았다. 강대하여 적을 쓰러뜨리며, 동맹이 많고 감관을 정복한 왕이었다. 부와 축재에 대해서는 샤끄라¶나 와이슈와나**에 견줄 만했다. 위대한 빛의 마누처럼 다샤라타왕도 세상을 다스렸다. 서약에 진실한 그는 삶의 세 가지 목적††을 추구하며, 인드라가 다스리는 아마라와띠 같은 최고의 도시를 다스렸다. 이 훌륭한 도시에서 사람들은 행복하고 많이 배우고 의로웠다. 또한 탐욕스럽지 않고, 자신의 재산에 만족하며 진실했다. 이 최고의 도시에는 재산을 충분히 모으지 못하거나, 목적을 달성하지 못하거나, 소·말·곡식·재산을 갖지 못한 가장이 없었다. 호색한, 구두쇠, 악한, 배우지 못한 자, 외도,‡‡ 그 누구도 아요디야에서는 찾아볼 수 없었다. 남녀 모두 절제하며 다르마를 따르는 유쾌한 사람들이었다. 위대한 성자들처럼, 그들의 인격과 행실에는 흠이 없었다. 누구에

¶ 신들의 왕 인드라의 본래 이름.

** 부의 신 꾸베라.

†† 인도인이 추구하는 네 가지 삶의 목적 가운데 다르마(정의), 까마(감각적 쾌락), 아르타(물질적인 부)를 말한다.

‡‡ 외도로 번역한 나스띠까는 《베다》의 권위를 인정하지 않는 학파(종파)를 말한다. 불교와 자이나교가 대표적이다.

게도 귀걸이, 보관(寶冠), 목걸이가 부족하지 않았다. 씻지 않거나,
몸에 화장품이나 향수를 바르지 않은 사람이 없었다. 불결한 음식
을 먹거나* 음식을 보시하지 않는 일도 없었다. 팔찌, 금 장신구, 혹
은 반지를 하지 않은 사람도 없었다.† 아요디야에는 제례용 불을 유
지하지 않거나, 제사를 지내지 않거나, 천금을 보시하지 않는 브라
만도 없었으며, 카스트를 섞는 이도 없었다.‡ 브라만들은 감관을 제
어하고 항상 자신의 직분에 힘썼으며, 보시하고 공부하며 자신이
보시를 받을 때에도 자제력을 잃지 않았다.§ 외도도, 사기꾼도, 많
이 배우지 못한 자도 없었다. 누구도 시기하거나 무능하거나 무지
하지 않았다. 비참하거나 괴로움을 겪거나, 정신 나간 사람도 없었
다. 그리고 남녀 누구나 호감을 주며 생기기도 잘 생겼다. 또한 아
요디야에서는 왕에게 충성하지 않는 자를 볼 수 없었다. 네 신분
가운데 최고인 브라만은 신과 손님¶을 섬기고 진리와 다르마에 의
지하며 장수했다. 끄샤뜨리야는 브라만의 지도를 따르고, 바이시
야는 끄샤뜨리야에게 충성했으며, 슈드라는 자신의 다르마에 충실
하게 이 세 계급에게 봉사했다. 오래 전 인간들의 왕 마누가 그러했

---

* 단순히 불결한 음식이 아니라, 종교적으로 금지된 음식을 말한다.

† 인도에서는 성장에 금 장신구가 반드시 필요하다. 특히 여인들은 팔찌, 귀걸이, 목걸
이, 코찌, 발찌 등 9가지를 갖춰야 한다.

‡ 카스트(사성계급)를 교의로 하는 힌두교에서는, 계급 간 결혼(특히 아내의 신분이 남
편보다 더 높은 경우)이 죄로 간주된다. 이런 결혼으로 태어난 자녀 또한 미천한 신분으
로 떨어지게 된다.

§ 《베다》를 배우고 가르치는 일, 자신의 제사를 지내고 남의 제사를 지내주는 일, 보시
를 주고 받는 일, 이렇게 여섯 가지가 브라만의 의무이다.

¶ 손님을 신처럼 대접하는 것은 인도의 오랜 전통이다.

듯이, 익슈와꾸의 군주는 도시를 잘 다스리고 있었다. 동굴이 사자로 채워지듯이, 도시는 말세의 불처럼 맹렬하고 실력 좋고 무술에 능한 전사로 가득 채워져 있었다. 그리고 깜보자, 바흘리까, 와나유, 그리고 인더스[**] 태생의, 하리[††]의 말처럼 뛰어난 말이 도시에 가득했다. 아주 힘세고 광폭하고 향을 내며[‡‡] 산처럼 큰, 윈디야와 히말라야산 태생 코끼리도 가득했다. 항상 액을 내뿜는 산 같은 코끼리—안자나와 와마나[§§]의 후손인 바드라-만드라, 바드라-므르가, 므르가-만드라[¶¶] 혈통—가 도시를 채웠다. 성문 70리 밖에서도 아요디야는 실로 이름 그대로였다.[***] 수천의 사람들로 붐비고, 아름다운 집들로 빛나는 이 성스럽고 난공불락인 도시를, 샤끄라[†††]와 같은 군주가 다스리고 있었다.

[**] 모두 말로 유명한 인도 북서부 지역.

[††] 비슈누 또는 인드라의 별칭.

[‡‡] 코끼리는 발정기에 관자놀이에서 향기로운 액을 내뿜는다고 한다.

[§§] 우주의 사방을 지키는 네 코끼리 가운데 각각 북쪽과 남쪽을 담당한다.

[¶¶] 순종인 바드라, 만드라, 그리고 므르가의 교잡종들.

[***] 아요디야는 싼스끄리뜨어로 난공불락이라는 뜻이다.

[†††] 신들의 왕 인드라의 본래 이름.

제7장

영웅 다샤라타에게는, 국정에 헌신하는 순수하고 명성 높은 대신 여덟이 있었다. 드르슈티, 자얀따, 위자야, 싯다르타, 아르타사다까, 아쇼까, 만뜨라빨라, 그리고 수만뜨라까지 여덟이었다. 최고의 성자 와시슈타와 와마데와는 그의 공식적인 사제겸 고문이었다. 위대한 영혼을 지닌 그들은 위엄 있고 학문에 밝았으며, 굳건한 용기를 지니고 있었다. 또한 명성 높은 이 성자들은 말을 그대로 실천에 옮겼다. 강건하고 인내심 있으며 고명한 그들은 늘 미소를 띤 채 말을 했으며, 욕망이나 이익 때문에 혹은 화가 나서 그릇된 말을 하는 법도 없었다. 자국에서든 타국에서든, 진행 중인 일이든 완결된 일이든, 첩자를 통해서든 명상을 통해서든, 그들이 모르는 것은 아무것도 없었다. 일처리에 능숙한 그들 모두 충성심을 시험받을 때가 오면,* 자신의 아들에게조차 벌을 내릴 수 있는 자들이었다. 국고를 늘리고 분주하게 군대를 조직하는 그들은, 죄가 없는 사람이라면 적이라도 해하지 않는 자들이었다. 대담하고 기운 넘치는 그들은 통치술을 펼치며, 왕국에 사는 정직한 백성들을 늘 수호했다. 그들은 브라만과 끄샤뜨리야를 괴롭히지 않고도 국고를 채우고, 저지른 죄의 경중과 상황을 면밀히 살펴보고 나서 엄격한 벌을 내렸다. 정직하고 한 마음인 그들 모두가 있었기 때문에, 수도와 왕국 어디에서든 거짓말을 하는 자가 없었다. 그곳에는 악한 자도, 다른 이의 아내를 탐하는 자도 없었다. 그 빛나는 도시와 왕국

---

* 인도의 통치술에 따르면—왕은 여러 가지 방법으로 신하의 충성심을 시험해야 한다.

전체가 실로 평화로웠다. 대신들은 훌륭하게 차려입고 좋은 장신구를 했으며,[†] 덕망이 높았다. 군주의 이익을 위해 그들은 정치적 선견지명을 갖고 경계를 늦추지 않았다. 주인의 덕만을 가려듣는 그들은 용기 때문에 명성이 높았으며, 굳건한 마음 때문에 어디에서나, 심지어 타국에서도 이름이 높았다. 이렇게 덕을 갖춘 대신들과 함께, 흠 없는 왕 다샤라타는 대지를 다스렸다. 그는 첩자의 눈으로 살피며, 다르마로써 백성들을 즐겁게 했다. 자신과 동등하거나 자신보다 뛰어난 적을 그는 찾지 못했다. 헌신적이고 충성스러우며 영민하고 유능하고 뛰어난 신하들에게 둘러싸여, 왕은 빛나는 햇살에 둘러싸여 떠오르는 태양처럼 환한 광휘를 얻었다.

제8장

허나, 다르마를 알고 위엄을 떨치는 위대한 왕에게는 왕가를 이을 아들이 없었다. 그래서 왕은 아들을 얻기 위해 고행을 했다. 위대한 자가 생각에 잠겨 있을 때, 그에게 문득 '내가 왜 아들을 얻기 위해 말 희생제를 지내지 않았지?'라는 생각이 떠올랐다. 현명하고 정의로운 왕은, 스스로를 다스릴 줄 아는 그의 신하들 모두와 더불어 결정을 확고하게 내리고 나서, 최고의 대신 수만뜨라에게 말했다.

"어서 내 가문 사제와 스승 전부를 모셔 오시오."

[†] 인도에서 성장을 하려면, 남자라도 반드시 여러 가지 장신구를 해야 한다.

이를 듣고 왕의 수레를 모는 수만뜨라는, 왕에게 사적으로 이렇게 말했다.

"사제로부터 오래 된 이야기 하나를 들은 적이 있나이다. 왕이시여, 옛날에 성자들께서 모이신 자리에서, 성스러운 사나뜨꾸마라님께서는 전하가 아들을 얻는 것에 대해 이런 이야기를 하셨답니다.* 까샤빠에게는 위반다까라는 아들이 있는데, 후에 위반다까에게 르샤슈룽가라는 명성 높은 아들이 생길 예정이라고요. 아들 성자는 숲에서만 자라고 늘 숲에서만 살게 될 것이기 때문에, 항상 아버지에게 순종하는 것 이외엔 아무것도 모르게 될 것이라고 했지요. 위대한 영혼이 지키던 순결이 깨지게 되면, 그 일은 세상 사람들에게 널리 알려질 것이고, 왕이시여, 그러면 브라만 사이에서 언제까지나 회자될 것이라고 들었나이다. 그가 명성 높은 부친과 제사용 불을 섬기며 살아가고 있을 때, 이런 일이 벌어질 것이라고 했습니다. 그때는 위대하고 강력하고 명성이 자자한 로마빠다가 앙가의 왕일 터인데, 그 왕이 잘못을 저지르는 바람에 아주 혹독하고 끔찍한 가뭄이 들어† 중생들이 죄다 위태로워질 것이라고요. 가뭄이 계속되어 괴로움으로 가득한 왕은, 배움이 특출한 브라만들을 모아 놓고 이같이 말할 것이라고 했습니다.

'다르마의 길을 배웠고, 세상 이치에도 밝은 스승들이시여, 제가 죄를 씻을 수 있는 그런 고행을 말해주소서.'

---

* 수만뜨라가 사제로부터 들었다는 이 이야기는, 오래 전에 사나뜨꾸마라가 르샤슈룽가에 대해 한 예언이다. 하지만 다샤라타왕이 수만뜨라로부터 이 이야기를 들은 때는, 르샤슈룽가가 이미 로마빠다왕의 사위가 된 이후이다.

† 왕의 잘못 때문에 가뭄이 든다는, 인도판 천인감응.

그러면 《베다》에 통달한 브라만들은 대지의 수호자에게, '왕이시여, 온갖 수단을 동원해서 위반다까의 아들을 이곳으로 데려오십시오. 대지의 수호자시여, 르샤슈룽가를 데려와 후대하고, 마음을 모아 적합한 의례로 따님 샨따를 그에게 주어야 합니다.'라고 대답할 것이라고 했답니다.

　　그들의 말을 듣고 왕은 생각에 잠길 것이라고 하더군요.

　　'무슨 방법으로 빛나는 그를 이곳에 데려올 수 있단 말인가?'

　　그리하여 현명한 왕은 고문들과 함께 의논하여 결정을 내린 다음, 가문의 사제와 신하들을 후대하고 나서 르샤슈룽가를 데려오라며 그들을 보내려 할 것이라고 했습니다. 그러나 왕의 말을 들은 그들은 두려워하며 엎드려서는, 이렇게 왕에게 탄원할 것이라고 했습니다.

　　'성자의 화가 두려워 가지 못하겠나이다.'

　　하지만 나중에 그들은 목적을 이룰 수 있는 합당한 방법을 고려해보고 나서 이렇게 말할 것이라고요.

　　'그 브라만을 데려오겠나이다. 실수는 없을 것입니다.'

　　그래서 앙가의 왕은 기녀들의 도움으로 성자의 아들을 데려와서는 샨따를 그에게 줄 것이고, 신은 비를 내리게 할 것이라고 했습니다. 바로 그 왕의 사위 르샤슈룽가가 전하의 아들을 만들어 줄 것입니다. 사나뜨꾸마라님의 이야기를 저는 이렇게 전해 들었습니다.”

　　그러자 다샤라타는 기뻐하며 수만뜨라에게 대답했다.

　　“어떻게 르샤슈룽가를 데려왔는지 자세히 말해 주시오.”

제9장

왕의 재촉을 받은 수만뜨라는 이렇게 말했다.

"그들이 르샤슈룽가를 어떻게 데려왔는지, 전하와 고문들께서 함께 들으셔야 할 것입니다."

수만뜨라는 이야기를 이어 나갔다.

로마빠다 가문의 사제와 대신들은 왕에게 이렇게 말했다.

"저희가 안전한 계획을 생각해 냈나이다. 르샤슈룽가는 숲에 살면서, 고행과 공부에 전념하고 있습니다. 그래서 그는 여인과 쾌락의 즐거움을 알지 못합니다. 사내의 마음을 흔드는, 감각적 쾌락의 대상인 여인을 써서 그를 이 도시로 데려올 것입니다. 속히 준비하십시오. 훌륭하게 단장한 아름다운 기녀들을 그곳에 보내십시오. 그는 기녀들을 환대할 것이고, 기녀들은 갖가지 수단으로 그를 유혹하여 이곳에 데려올 것입니다."

이를 듣고 왕은 왕가의 사제에게 그리하라고 대답했다. 그리하여 사제와 고문들은 자신들이 말한 대로 행했다. 그들의 지시를 듣고 최고의 기녀들이 큰 숲에 들어갔다. 늘 아슈람에 머무는 강건한 성자 아들의 이목을 끌어 보려고, 여인들은 아슈람에서 멀지 않은 곳에 머물렀다. 그는 언제나 아버지만으로 족하여, 아슈람을 벗어난 적이 없었다. 태어난 이후로 그 고행자는 남자나 여자, 혹은 도시나 시골의 다른 어떤 생물도 본 적이 없었던 것이다. 그런데 어느 날 위반다까의 아들은 우연히 아름다운 여인들이 있는 곳에 발이 닿아 그녀들을 보게 되었다. 멋진 옷을 입고 달콤한 목소리로 노래하는 젊고 아름다운 여인들이 너나없이 성자의 아들에게 다가와 말했다.

"님은 누구십니까? 어떻게 살아가시나요? 브라만이시여, 저희는 알고 싶나이다. 왜 당신 혼자 외로이 이 무서운 숲을 돌아다니십니까? 말씀해주세요."

본 적 없는 여인의 모습과 매력적인 아름다움에 애정이 일어, 그는 숲에서 여인들에게 자신의 부친에 대해 말하고 싶은 생각이 들었다.

"제 아버지는 위반다까이며, 저는 그분의 몸에서 난 아들입니다. 이름은 르샤슈룽가이고, 제 일은 세상에 잘 알려져 있지요. 우리의 아슈람이 이곳에서 가깝습니다, 아름다운 분들이시여! 그곳에서 제가 의례에 따라 여러분께 예를 표하고 싶습니다."

성자 아들의 말에 모두가 동의하고, 그와 함께 그들 전부 아슈람을 보러 갔다. 그들이 도착하자, 성자의 아들은 예를 갖춰 말했다.

"여기 아르기야*가 있습니다. 이것은 발 씻을 물입니다. 여기, 근채와 과일도 있습니다."

그의 환대를 받고 기뻐하면서도, 여인들 모두 위반다까 성자가 두려워 얼른 그곳을 떠나려고 했다.

"우리에게도 훌륭한 과일이 있습니다. 브라만이시여, 복 받으시길. 이 과일을 받아 지금 드세요."

여인들은 갖가지 달콤하고 훌륭한 먹을거리를 그에게 주고는, 너나없이 기쁘게 그를 포옹했다. 내내 숲에서만 살아온 빛나는 그는

---

* 손님이나 신에게 바치는 공물. 물과 먹을 것 등이다.

그것들을 먹어보고는, 예전에 맛본 적 없는 과일이라고 생각했다. 그의 아버지가 두려워 여인들은 자신들이 행해야 될 의례가 있다고 브라만에게 말하고는, 그것을 핑계 삼아 작별을 고하고 그곳을 떠났다. 그들이 모두 떠나자, 까샤빠의 후손인 브라만은 가슴앓이를 하며 괴로움 속을 헤매었다. 그래서 다음날 빛나는 이는 매력적으로 치장한, 아름다운 최고의 기녀들을 보았던 곳으로 갔다. 브라만이 오는 것을 보고 여인들은 기뻐하며, 죄다 그에게 다가가 이렇게 말했다.

"친애하는 분, 저희 아슈람으로 가요. 그곳에서도 환대 의식은 아주 호화로울 거예요."

이 가슴에 와 닿는 말을 듣고 그가 그곳에 가기로 결심하자, 여인들이 그를 데려갔다. 그들이 위대한 영혼의 브라만을 데려가는 도중에, 신은 난데없이 대지를 기쁘게 하는 비를 내렸다.* 왕국에 비를 가져온 브라만 성자를, 왕은 겸허하게 몸소 마중 나가 성자 앞에서 땅에 머리를 조아렸다. 그리고 마음을 모아 의례에 따라 그 위대한 브라만에게 아르기야를 바치고 그의 은혜를 구하며 말했다.

"노하지 마십시오, 브라만이시여!"

그러고 나서 왕은 내궁에 들어가, 의례에 따라 딸 샨따를 그에게 주고 기뻐했다. 이렇게 해서 광휘에 빛나는 르샤슈롱가는, 그의 아내 샨따와 함께 온갖 욕망을 충족시키며 그곳에 살게 되었다.

---

* 인도신화에 자주 등장하는 천인감응. 상서로운 인물이 복된 일을, 죄 지은 인물이 재난을 불러들인다는 믿음이다.

제10장

수만뜨라는 이야기를 계속했다.

"왕 중 왕이시여, 저의 이 유용한 이야기를 더 들어보소서. 신의 후손인 사나뜨꾸마라께서 직접 이야기하시는 것처럼 말입니다. 사나뜨꾸마라께서는 이렇게 말씀하셨답니다.

'익슈와꾸 가계에 이름이 다샤라타라고 하는, 정의롭고 위대하며 서약에 진실한 왕이 태어날 것이오. 왕은 앙가의 왕과 동맹을 맺게 될 터인데, 그 앙가의 왕(로마빠다)은 샨따라는 빼어난 딸을 두게 될 것이오. 큰 명성의 다샤라타왕은 앙가왕†의 아들 로마빠다에게 가서 말할 것이오.

"정의로운 분이시여, 제게는 아이가 없습니다. 당신의 명으로, 저를 위해 샨따의 남편으로 하여금 가계를 잇게 하는 제사를 지내게 해주십시오."

왕의 말을 듣고 현명한 그는 마음속에서 이를 헤아려 본 뒤, 왕에게 아들을 줄 수 있는 샨따의 남편을 내줄 것이오. 그 브라만을 얻고 나면, 왕은 걱정에서 벗어나 기쁜 마음으로 제사를 지내려 할 것이오. 그래서 제사를 지내고 싶은 마음에 다르마를 아는 군주 다샤라타왕은, 최고의 브라만 르샤슈릉가에게 합장을 하고 후손과 천상을 얻는 제사를 지내 달라고 간청하게 될 것이오. 사람들의 군주는 그 최고의 브라만으로부터 바라는 것을 얻게 될 것이라오. 온 세상

---

†　여기서는 로마빠다왕의 부친.

에 이름을 떨칠 무한한 용맹의 아들들, 가문을 이을 아들 넷을 얻게 될 테니.'

신의 후손인 존귀하신 주 사나뜨꾸마라님께서는 옛날 신들의 시대'에 이렇게 이야기하셨습니다. 범 같은 인간이시여, 군대와 탈 것과 더불어 직접 가셔서, 지극한 예를 다해 르샤슈룽가님을 모셔 오소서, 위대한 왕이시여."

마부의 말을 듣고 왕은 와시슈타의 허락을 구한 다음, 왕비들과 신하들을 거느리고 그 브라만이 사는 곳으로 떠났다. 느릿느릿 숲과 강을 건너, 그는 황소 같은 성자가 사는 나라에 당도했다. 그 곳에 도착하자, 그는 로마빠다 가까이에 서 있는 최고의 브라만, 위반다까 성자의 타오르는 불과도 같은 아들을 보았다. 우정 때문에 가슴에서 우러나오는 기쁨을 느끼며, 로마빠다왕은 법도에 따라 다샤라타왕에게 각별한 경의를 표했다. 로마빠다가 성자의 총명한 아들에게 그들의 우정과 동맹에 대해 말하자, 성자의 아들은 다샤라타에게 경의를 표했다. 이렇게 극진한 환대를 받고 일고여덟 날을 지내고 나서, 황소 같은 사내 다샤라타왕은 로마빠다왕에게 말했다.

"왕이여, 그대의 딸 샨따를 남편과 함께 내 도성으로 보내 주시오. 큰 제사가 준비되어 있기 때문이라오."

"그리 하시오."라고 로마빠다왕은 말하며, 현명한 르샤슈룽가를 보낼 것을 약속했다. 그리고 그 브라만에게 말했다.

"아내와 함께 그곳에 가주소서."

---

* 네 유가 가운데 첫 번째인 끄르따 유가. 황금시대를 말한다.

이를 들은 성자의 아들은 왕에게 대답했다.

"그리 하겠나이다."

그는 왕에게 떠날 것을 고하고 아내와 함께 출발했다. 다샤라타와 강인한 로마빠다는 서로 합장을 하고 다정하게 포옹하고 나서 기꺼워했다. 벗과 이별한 후 라구의 기쁨 다샤라타는 발 빠른 사자들을 그의 도성 사람들에게 보내, "즉시 도성 전체를 훌륭하게 단장하라!"라고 전하게 하고 나서 출발했다.

왕이 돌아온다는 소식을 듣고 도성 사람들은 기뻐하며, 왕이 명한 것을 고스란히 이행했다. 황소 같은 브라만을 앞세워 왕은, 소라고둥†과 둔두비 북 소리를 울리며 아름답게 단장한 도성에 들어갔다. 행동거지가 인드라 같은 왕이 안내하며 접대하는 브라만을 보고, 도성 사람 전부가 반색했다. 경전대로 르샤슈룽가를 경배하고 나서, 왕은 그를 내궁에 들여보냈다. 그를 데려온 덕에, 왕은 자신이 이미 목적을 이룬 것만 같았다. 내궁의 여인들은 큰 눈의 샨따가 남편과 더불어 도착하는 것을 지켜보았고, 그녀에 대한 우애 때문에 다들 반가워했다. 그들의 공경, 특히 왕의 각별한 공경을 받으며, 샨따는 그 브라만과 함께 얼마간 그곳에서 편안하게 지냈다.

---

† 소라 껍데기로 만드는 악기. 나각 또는 법라라고 한다.

제11장

시간이 흘러 누구의 마음이든 빼앗는 봄이 오자, 왕의 마음은 희생제에 가 있었다. 왕은 신 같은 모습의 브라만에게 머리를 조아리며 그의 비위를 맞추고는, 가문을 위한 희생제를 치러달라고 그에게 간청했다. 그가 승낙하며 말했다.

"좋습니다. 필요한 것을 준비하시고, 말을 풀어 놓으십시오."

그러자 왕은 최고의 대신 수만뜨라에게 말했다.

"수만뜨라여, 속히 사제들과 《베다》를 가르치는 스승들을 모셔 오시오."

그러자 발 빠른 수만뜨라는 《베다》에 정통한 브라만들을 모으기 위해 서둘러 갔다. 그는 수야즈냐, 와마데와, 자발리, 까샤빠에, 왕가의 사제 와시슈타와 다른 뛰어난 브라만들도 불렀다. 정의로운 왕 다샤라타는 그들에게 경의를 표하고 나서, 다르마와 이익을 다 갖춘 말을 부드럽게 했다.

"아들이 없는 애석함에 저는 뭘 해도 즐겁지 않나이다. 그러니 아들을 얻기 위해 말 희생제를 지내보자는 것이 제 생각입니다. 경전에 나와 있는 의례대로 희생제를 올리고 싶습니다. 성자 아드님의 힘으로, 저는 바라는 것을 얻게 될 것입니다."

와시슈타를 수장으로 하는 브라만 모두 "훌륭합니다"라고 하며, 왕의 입에서 나온 말에 동의했다.

또한 르샤슈릉가를 대표로 삼아 왕에게 말했다.

"필요한 것을 준비하시고, 말을 풀어놓으십시오. 아들을 얻기 위해 이렇게 훌륭한 생각을 하셨으니, 전하는 반드시 무한한 용맹을 가진 아들 넷을 얻게 되실 것입니다."

브라만들의 말을 듣고 기꺼워하며 왕은, 기쁜 마음으로 이 상서로운 말을 대신들에게 전했다.

"내 스승들의 말씀이 계시니, 어서 필요한 것을 준비하시오. 교사들을 붙여 말을 풀어 놓은 다음, 장사들로 하여금 말을 지키게 하시오. 그리고 사라유 북쪽 강변에 제사 터를 준비하고, 합당한 의례와 절차에 따라 고사*를 지내시오. 왕이라면 누구나 거행할 수 있는 제사요. 이 최고의 희생제를 치를 때 중대한 실수만 저지르지 않으면 말이오. 배운 브라만 락샤사†들은 어떤 흠이라도 찾아내기 때문에, 의식을 빼먹고 제사를 치른 자는 즉시 죽고 말 것이오. 그대들은 능히 의식을 치를 수 있으니, 나의 희생제를 의례대로 치르는 것처럼, 예비 의례도 그리 거행하시오."

왕의 말에 대신들이 모두 "그리 하겠습니다"라고 동의하고, 그의 명을 이행했다.

브라만 모두 다르마를 아는 황소 같은 왕을 칭송한 뒤, 떠날 것을 고하고 온 대로 다시 돌아갔다. 브라만들이 가고 나자, 위대한 왕은 신하들을 해산시키고 자신의 방으로 들어갔다.

---

* 평온을 비는 의식.

† 생전에 오만했다거나, 다른 이의 아내를 탐했다거나, 다른 브라만의 재산을 훔쳤던 브라만이 그 과보 때문에 락샤사로 다시 태어난 것.

제12장

만 일 년이 지나 다시 봄이 돌아오자 다샤라타는 와시슈타를 영접하고 의례에 따라 예를 갖춘 뒤, 후손을 바라는 마음에 최고의 브라만에게 공손하게 말했다.

"황소 같은 브라만이시여, 말씀하신 것처럼 제 희생제를 치러 주소서. 제사 요소요소에 어떤 장애도 없도록 준비해 주십시오. 스승님께서는 제 친애하시는 벗이시자, 최고의 스승이십니다. 희생제가 시작되면 스승님께서 모든 책임을 지셔야 합니다."

존경할 만한 브라만은 왕에게 "그리하겠나이다"라고 답하고는, 이렇게 덧붙였다. "왕께서 결정하신 것은 모두 행하겠나이다."

그는 제례에 탁월하고 경험 많은 브라만들과, 건축에 경력 많고 기술 좋은 의인들에게 희생제에 대해 다음과 같이 말했다. 또한 믿을 만한 장인, 목수, 굴착 기술자, 점성술사, 예술가, 무용수, 그리고 많이 배워 경전을 잘 아는 고결한 사람들에게도 다음과 같이 말했다.

"왕명에 따라 희생제를 위해 일을 시작하시오. 속히 구운 벽돌 수천 장을 가져오시오. 부속시설을 다수 갖춘 왕의 행궁, 그리고 브라만들을 위해 근사한 거처를 수백 개 지어야 하오. 완벽하게 지어, 안에 음식과 음료를 많이 비축해 둬야 하오. 도성 사람들을 위해서도, 풍성한 먹거리와 그들이 찾을 법한 것은 죄다 갖춘 널찍한 집들을 지어야 하오. 시골 사람들도 무시하지 말고, 관례에 따라 훌륭한 음식을 주어 잘 대접해야 할 것이오. 모든 계급을 존중하고 잘 대접해야 하오. 그대들이 욕망이나 분노에 휩싸여 있을 때라도 실례를 저질러선 안 되며, 희생제 일에 매진하는 장인들에게는 서열에 따라 각별한 경의를 표해야 할 것이오. 모든 것을 잘 준비하여, 그 무엇도 빼먹지 말아야 하오."

그러자 그들은 다 함께 와서 "그 어떤 것도 빼놓지 않고 말씀하신 대로 행할 것입니다."라고 와시슈타에게 대답했다. 또한 와시슈타는 수만뜨라를 불러 말했다.

"브라만, 끄샤뜨리야, 바이시야, 슈드라 수천과 함께, 대지의 의로운 군주들을 초청하시오. 전 지역 사람들을 불러 잘 대접해야 하오. 그리고 진정한 힘을 지닌 영웅이자 미틸라의 영광스러운 지배자인 자나까를, 그대가 직접 예를 다해 모셔 오시오. 그가 미래에 친척이 되리라는 것을 알기 때문에, 그를 먼저 언급하는 것이오.* 또한 우호적인 까쉬의 왕, 늘 자애롭게 말하고 바르게 행동하며, 마치 신과 같은 그를 직접 모셔 오시오. 그리고 사자 같은 우리 왕의 장인, 지극히 정의롭고 연로하신 께까야의 왕을 아드님과 함께 모셔 오시오. 사자 같은 우리 왕의 벗, 명성 높고 뛰어난 앙가의 군주 로마빠다에게 예를 다하고 그를 모셔 오시오. 동부와 신두-사우위라 지역, 사우라슈트라의 왕들, 그리고 남부의 군주들도 죄다 같이 모셔 오시오. 지상 위 누구든 우호적인 왕이라면, 수행원들 그리고 친척들과 함께 속히 모셔 오시오."

와시슈타의 명을 들은 수만뜨라는, 왕들을 데려오기 위해 서둘러 뛰어난 사절들을 임명했다. 그리고 의로운 영혼의 수만뜨라 그 자신도 성자의 명을 받들어, 대지의 왕들을 모으려고 급히 출발했다. 그동안 희생제에 필요한 것이 다 준비되었다고, 일꾼 전부가 현

---

* 훗날 자나까의 딸 시따가 라마의 아내가 된다.

명한 와시슈타에게 알려 왔다. 최고의 성자는 기뻐하며 다시 그들에게 말했다.

"누구에게도 실례를 범하거나 모욕을 주어서는 안 되오. 무례하게 행해진 일은 제주를 해칠 것이니. 이는 의심의 여지가 없소."

그리고 며칠 밤낮 동안 대지의 군주들이, 다샤라타왕을 위해 값진 것을 수없이 가지고 왔다. 와시슈타는 크게 기뻐하며 왕에게 이렇게 말했다.

"범 같은 사내시여, 전하의 청에 따라 왕들이 왔나이다. 이 훌륭한 왕들에게 저 또한 격에 따라 예를 다했습니다. 왕이시여, 또한 희생제를 위한 일을 일꾼들이 전부 훌륭하게 마쳤나이다. 왕이시여, 희생제를 올리러 가까이에 있는 제사 터로 가소서. 필요한 것이 모두 완벽하게 갖추어졌습니다."

와시슈타와 르샤슈릉가, 두 사람의 말에 따라 세상의 주인은 상서로운 날과 별자리를 잡아 나아갔다. 그리고 와시슈타가 이끄는 뛰어난 브라만 모두 르샤슈릉가를 수장으로 삼아 희생제의를 시작했다.

제13장

그 후* 만 일 년이 지나 말을 다시 데려오자, 사라유강 북쪽 강변에서 왕의 제사를 거행하기 시작했다. 르샤슈릉가를 필두로, 황소 같

---

* 말을 풀어놓은 지.

은 브라만들이 위대한 왕을 위해 대제사인 말 희생제를 올렸다.《베다》에 통달한 제관들은 제식에 따라 희생제를 거행했다.《베다》가 기술한 바에 따라 경전대로 제사를 올린 것이다. 경전대로 쁘라와르기아와 우빠사드†를 올리고 나서, 브라만들은 다시 경전대로 추가 제사를 전부 지냈다. 경배를 올리고 나자, 황소 같은 성자 모두가 기뻐했다. 그리고 제식에 따라 아침 사와나‡를 시작하는 의식을 거행했다. 어떤 것도 빠뜨리거나 실수하지 않고 모든 것을 만뜨라§와 함께 완벽하게 치렀다. 희생제 기간 중에는 그곳의 브라만 누구도 피곤하거나 시장해 보이지 않았으며, 수행원 일백이 따라붙지 않은 브라만도 무지한 브라만도 없었다. 브라만과 그들의 시종은 항상 음식을 대접 받았고, 고행자 또한 음식을 대접 받았으며 사문¶도 그러했다. 노인과 병자, 여인과 아이들에게도 음식이 주어졌다. 끊임없이 먹으면서도 그들은 결코 만족을 몰랐다.**

"주세요. 음식과 갖가지 옷을 주십시오."라고 그들은 계속 요구했다. 그곳에서는 매일매일 적합하게 조리된, 산더미 같이 풍족한 음식을 볼 수 있었다. 황소 같은 브라만들은 알맞게 조리되어 맛있는 음식을 칭찬했다.

"아, 이제 족합니다. 복 받으시길"이라고 그들이 말하는 것을,

---

† 쁘라와르기아와 우빠사드는 소마제사를 시작할 때 올리는 부속 제사이다. 소마제사는 여러 제사로 이루어져 있다.

‡ 소마는 제사에 바쳐지는 신성한 약초로서. 환각을 일으킨다고 한다. 소마를 짜서 즙을 내는 것을 사와나라고 한다.

§ 《베다》의 찬가로서, 주문 또는 기도를 의미.

¶ 브라만과는 다른 전통에 속하는 출가 수행자인 슈라마나. 불교 승려가 대표적이다.

** 훌륭한 음식을 많이 대접했다는 뜻이다.

라구의 후손은 들었다. 반짝이는 보석 귀걸이를 한 하인들이 순서를 기다리는 동안, 화려하게 몸단장을 한 다른 하인들이 브라만들의 시중을 들었다. 의례와 의례 사이에, 현명하고 능변인 브라만들은 상대를 논파하려고 숱하게 토론을 벌였다. 노련한 브라만들은 희생제에서 날마다 경전의 규정대로 의례를 죄다 지냈다. 왕의 보조 사제직을 맡은 브라만들 가운데 그 누구도 여섯 부속학문*을 모르거나, 서약을 지키지 않거나, 많이 배우지 못했거나, 토론에 숙련되지 않은 자는 없었다. 제사 기둥†을 세울 때는 벨 나무 여섯 개, 같은 수의 카디라 나무, 그리고 각각의 벨 나무 옆에 빠르닌 나무를 같은 수만큼 배치했다. 슐레슈마따까 나무로 만든 기둥과 데와다루 나무로 만든 기둥도 세워졌다. 나중 것 두 개는 서로 두 아름만큼 떨어져 세워졌다. 경전을 잘 알고 희생제에 통달한 사람들이 모든 것을 행했고, 희생제를 빛내기 위해 그들은 금 장신구를 하고 있었다. 제식에 따라 모든 기둥이 장인들에 의해 아주 멋지고 굳건하게 세워졌다. 전부 팔각이고 겉은 매끄러웠다. 걸개로 덮이고 꽃과 향으로 장식되어, 기둥들은 하늘에 빛나는 일곱 성자의 별자리‡처럼 화려했다. 벽돌은 규정대로 규격에 따라 만들어지고, 불 제단은 제식의 계산에 밝은 브라만들에 의해 지어졌다. 솜씨 좋은 브라만들은 사자 같은 왕 다샤라타의 불 제단을 18개 층으로, 보통 높이의 세 배가 되는 금빛 날개의 가루다§ 모양으로 만들었다. 경전

---

* 《베다》의 부속학문인 여섯 베당가.

† 염소 같은 제물을 묶어 놓는 등의 용도로 쓰이는 나무 기둥.

‡ 큰곰자리. 일곱 성자는 브라흐마의 마음에서 태어났다는 전설적인 성자들이다.

§ 새들의 왕. 비슈누 신이 타고 다니는 황금 깃털의 독수리. 큰 제사의 제단은 이 새 모

의 지시대로 각 신에게 제물로 바쳐질 뱀, 새, 돌아온 말,¶ 그리고 물짐승도 제물 도축 장소에 묶였다. 성자들은 경전대로 제물을 낱낱이 묶었다. 다샤라타왕의 보석 같은 말과 함께, 짐승 삼백도 제사기둥에 묶였다. 까우살리야는 그 말의 사방을 돈 다음, 더할 나위 없는 기쁨에 차서 검 세 개로 말을 잘랐다.** 공덕을 바라며 까우살리야는, 굳건한 마음으로 말과 함께 하룻밤을 보냈다. 사제들인 호뜨르, 아드와르유, 그리고 웃가뜨르††는 제일 왕비뿐만 아니라 두 번째와 마지막 왕비 또한 말과 결합하는 것을 지켜보았다.‡‡ 고도로 숙련된 집행 사제는, 감관을 제어한 채 경전대로 희생말의 장막§§을 꺼내 구웠다. 규정에 따라 적당한 때, 왕은 장막의 연기 냄새를 맡아 자신의 죄를 정화했다. 집전 사제인 브라만 16명은 다 함께 제식에 따라 말의 사지를 불 속에 던졌다. 다른 제사에서는 인도무화과 나뭇가지 위에 공양물을 올리지만, 말 희생제에서만은 대자리에서 희생물을 나누게 된다.¶¶ 《깔빠수뜨라》***와 《브라흐마나》†††에서는

양으로 짓는다.

¶   풀어놓은 지 일 년 만에 다시 잡아온 말.

**   본문의 묘사와는 달리, 일반적으로 말 희생제에서 왕비는 말 정화 의식을 치르지도, 말을 자르지도 않는다. 죽은 말과 동침하는 것이 왕비의 주된 역할이다.

††   희생제를 집전하는 주사제 넷 가운데 셋. 아드와르유가 실제 의례를 주관하고 브라흐만은 지켜보며, 호뜨르는 주문을, 웃가뜨르는 찬송을 담당한다.

‡‡   죽은 말과 성적으로 결합하는 수간 의례.

§§   어떤 부위인지 확실하지 않음.

¶¶   말이 물에서 태어났다는 믿음 때문이라고 한다.

***   제식 해설서.

†††   넷으로 이루어진 《베다》의 두 번째 부분. 제식과 그 기원을 설명한다.

말 희생제를 '삼일제'라고도 한다. 첫 번째 날에는 짜뚜슈토마* 제사를 지낸다. 두 번째 날의 제사는 '욱티야'라고 하며, 이후에 아띠라뜨라† 제사를 올린다. 이 날에는 경전마다 다른 관점 때문에, 부수적인 제사가 무수히 거행되었다.‡ 죠띠슈토마와 아유슈토마§ 제사, 두 아띠라뜨라—아비지뜨과 위슈와지뜨—제사, 그리고 압또르야마 제사까지 큰 제사가 거행되었다. 자신의 가문을 이을 수 있게 된 왕은, 스스로 존재하는 쁘라자빠띠¶가 오래 전에 행한 대제사인 말 희생제의 사례**로서 왕국의 동쪽을 호뜨르에게, 서쪽을 아드와르유에게, 그리고 남쪽을 브라흐마에게, 북쪽을 웃가뜨르에게 주었다. 제사가 규정대로 완결되자, 가문을 일으킨 황소 같은 왕이 희생제를 주관한 사제들에게 땅을 전부 내주었던 것이다. 그러나 사제들은 너나없이 죄에서 벗어난 왕에게 말했다.

"오직 전하만이 온 대지를 수호하실 수 있나이다. 저희는 땅과는 아무 상관이 없을뿐더러, 그것을 지킬 힘도 없습니다. 대지의 수호자시여, 저희는 항상 《베다》 연구에만 매달릴 뿐입니다. 그러니 왕이시여, 저희에게 다른 상을 내려 주시옵소서."

그래서 왕은 소 백만과 금 천만, 그리고 그 네 배의 은을 그들에

---

* 아그니슈토마의 부속 제사. 아그니슈토마는 소마제사 가운데 기본이 되는 제사이다. 뒤에 나오는 욱티야, 아띠라뜨라, 그리고 압또르야마는 아그니슈토마를 변형한 제사이다. 말 희생제는 특별한 형태의 소마제사이다.

† 7가지 소마제사 가운데 하나.

‡ 경전마다 부속 제사들의 규정이 달랐다는 뜻.

§ 아유슈토마는 장수를 기원하는 제사이며, 보통 다른 큰 제사의 일부로 치러진다.

¶ 창조주.

** 닥슈나. 가르침을 준 스승이나 제사를 올려준 사제에게 주는 대가.

게 주었다. 그러자 전 사제들은 다 같이 그 재산을 성자 르샤슈룽가
와 현명한 와시슈타에게 주었다. 뛰어난 브라만들은 온당한 몫을
나누어 갖고는, 몹시 기쁜 마음으로 만족을 표했다. 황소 같은 왕이
라도 지내기 어려운 희생제, 죄를 씻고 천상을 얻게 해주는 이 최고
의 희생제를 다 치르고 나서 다샤라타왕은 기뻐하며 르샤슈룽가에
게 말했다.

"서약에 진실한 분이시여, 부디 가문이 번성할 수 있도록 해주십
시오."

그러자 그 걸출한 브라만은 왕에게 대답했다.

"그리 될 것입니다. 왕께서는 가문을 이을 아들 넷을 갖게 되실
것입니다."

제14장

《베다》에 정통하고 명민한 지혜를 지닌 르샤슈룽가는, 얼마간 선정
에 들었다가 의식을 되찾고는 왕에게 이렇게 말했다.

"전하께 아들을 드리기 위해, 저는 아들 만드는 제사를 지낼 것
입니다. 《아타르와 베다》†† 에 전해지는 만뜨라로 성취되는 제사를 제
식대로 지내야만 합니다."

그리하여 그 빛나는 이는 왕의 아들을 내어놓기 위해 아들 만들

†† 힌두교의 경전인 네 《베다》 가운데 마지막 《베다》로서, 주로 주술을 다룬다.

기 제사를 거행했으며, 《베다》에 나와 있는 대로 불 속에 제물을 부었다. 신, 간다르와, 싯다,* 그리고 최고의 성자들이 각자의 몫을 흠향하기 위해 순서대로 와서 모여 있었다. 그 자리에 서열대로 모인 신들은, 세상의 창조주 브라흐마에게 중요한 말을 꺼냈다.

"신성하신 분이시여, 님의 은총을 받은 라와나라는 이름의 락샤사가 저희 모두를 괴롭히고 있나이다. 그의 힘 때문에 저희는 그를 응징할 수도 없습니다. 오래전에 그가 님을 흐뭇하게 하자, 님께서 그의 소원을 들어주셨고, 이를 존중해서 저희는 늘 그의 온갖 짓을 참아 왔습니다. 사악한 그는 삼계를 두려움에 떨게 하더니, 자신보다 위대한 자를 싫어하여 서른 신의 왕 샤끄라†마저 제압하려고 하고 있습니다. 소원을 이뤄 난공불락이 된 그는 분별을 잃고 성자, 약샤,‡ 간다르와, 아수라, 그리고 브라만을 무시하고 있습니다. 태양도 그를 태우지 못하고, 바람도 그의 가까이에서는 불지 못하며, 흔들리는 파도의 목걸이를 가진 바다도 그가 보이면 감히 움직이지 못합니다. 무시무시하게 생긴 이 락샤사에 대한 두려움이 너무 큽니다. 신성하신 분이시여, 부디 그를 죽일 방법을 숙고해 주십시오."

온 신들의 말을 듣고 브라흐마는 생각에 잠겼다가 말했다.

"아, 그 사악한 자를 죽일 방법은 이미 정해져 있소. '간다르와, 약샤, 신, 다나와,§ 그리고 락샤사가 저를 죽일 수 없게 해주십시오.'

---

* 신통력이 있는 반신족.

† 인드라.

‡ 부의 신 꾸베라를 섬기는 반신족. '야차'로 음사한다.

§ 아수라.

라고 그가 소원을 말했고, 내가 '그리 되리라.'라고 답했기 때문이오. 인간을 무시하는 마음 때문에 그 락샤사는 인간을 언급하지 않았소. 그러므로 인간만이 그를 죽일 수 있을 뿐이오. 그 외에 다른 방법은 없소."

브라흐마의 이 반가운 말을 듣고 신과 성자 모두는 기뻐했다. 그때 큰 빛의 비슈누가 도착하여 브라흐마 곁으로 가서는, 선 채로 마음을 가라 앉혔다. 신들은 전부 몸을 굽히고 그를 칭송하며 말했다.

"비슈누시여! 세상의 안녕을 위해서 님께서 맡아 주실 일이 있나이다. 무상의 분이시여, 아요디야의 군주 다샤라타왕은 관대하고 다르마를 알며, 위대한 성자와 같은 힘을 지니고 있습니다. 비슈누시여, 스스로를 넷으로 나누어, 마치 정숙, 위엄, 명예 그 자체와 같은, 그의 세 아내에게서 아들로 나투어 주십시오. 비슈누시여, 그곳에서 인간이 되시어 신에게는 죽음을 당하지 않는 라와나, 세상에는 큰 가시 같은 그를 전장에서 죽여주십시오. 어리석은 락샤사 라와나는 자신의 힘 때문에 방자해져서, 신, 간다르와, 싯다, 그리고 위대한 성자들을 핍박하고 있나이다. 힘과 자만으로 커져 파괴적인 힘을 가지게 된 라와나, 수행자들의 공포이자 서른 신[¶]의 왕 인드라의 적이며, 세상을 울부짖게 하는 그를 없애 주십시오."

¶ 르그베다에서 언급하고 있는 33신을 말한다. 와수 8, 루드라 7, 아디띠야 12에, 다른 몇몇 신을 합한 수이다. 그러나 숫자 33은 상징적인 숫자로, 신들의 수와 일치하지는 않는다. 주요 신들을 통칭하는 의미로 쓰인다.

제15장

주요 신들에게서 이런 임무를 부여 받은 나라야나* 비슈누는 이미 알면서도, 신들에게 부드럽게 물었다.

"성자들의 가시인, 락샤사들의 왕을 죽이기 위해, 신들이시여, 제가 어떤 방법을 써야 합니까?"

이를 듣고 신들은 다 같이 영원한 비슈누에게 대답했다.

"인간의 모습으로 싸워 라와나를 죽여야 합니다. 적을 정복하는 분이시여, 왜냐면 그는 오랫동안 혹독한 고행을 하여, 세상을 만드시고 세상의 숭배를 받으시는 브라흐마를 흡족하게 했기 때문입니다. 브라흐마께서는 그 락샤사에게 만족하시어, 어떤 종의 피조물이든지 두려워하지 않아도 된다는 은총을 그에게 내리셨습니다. 인간만 빼고 말입니다. 은총을 받을 때 그는 인간을 고려하지 않았습니다. 적의 파괴자시여, 그래서 그는 인간 때문에 죽을 것입니다."

스스로를 제어하는 비슈누는 신들의 말을 듣고, 자신의 부친으로 다샤라타왕을 택했다. 바로 그때, 적의 파괴자이자 아들이 없는 그 빛나는 왕은 아들을 기원하면서 제사를 올리고 있었다. 그 순간 제주의 제화(祭火)로부터 견줄 수 없는 광휘, 그리고 큰 힘과 용기를 지닌 위대한 존재가 나타났다. 붉은 안색에 붉은 옷을 입은 그는, 검고 둔두비 북† 같은 목소리를 냈다. 몸과 머리의 털, 그리고 수염이 눈 노란 사자처럼 번들거렸다. 상서로운 표식들을 몸에 지닌 그는,

---

* 비슈누의 별칭. 힌두의 지고신을 뜻한다.

† 인도의 타악기.

천상의 장신구로 단장하고 있었다. 산봉우리 같은 키, 호랑이 같은 걸음걸이를 가진 이였다. 태양과 같은 모습의 그는 타오르는 불의 화염과도 같았다. 그는 정제된 금으로 만들어져† 은 뚜껑으로 덮인 큰 항아리를, 마치 사랑하는 아내처럼 두 팔에 안고 있었다. 항아리에는 천상의 우유죽§이 들어 있었는데, 그것은 마치 창조의 힘 그 자체에서 나온 것 같았다. 다샤라타왕을 똑바로 응시하면서 그가 말했다.

"왕이여, 그대는 내가 창조주의 사자로 왔다는 것을 알아야 하오."

그러자 왕은 합장을 하고 대답했다.

"신성하신 분이시여, 어서 오소서. 님을 위해 제가 무엇을 해야 하겠습니까?"

창조주의 사자는 다시 이렇게 말했다.

"왕이여, 신을 경배함으로써 오늘 그대는 이것을 얻었소. 범 같은 사내여, 신들께서 준비하신 이 우유죽을 받으시오. 이것은 그대에게 후손을 만들어 줄 뿐만 아니라, 그대의 부와 건강을 늘려 줄 것이오. 적법한 아내들에게 '드시오'라고 하고는 이것을 주시오."

왕은 기뻐하며 머리를 조아리고 말했다.

"그리하겠나이다."

그리고 신들이 내린, 신의 음식이 든 항아리를 받았다. 환한 모습으로 그는 놀라운 존재를 경배하고, 더할 나위 없이 기뻐하며 그를 오른쪽으로 돌았다. 신들이 준비한 우유죽을 받고, 다샤라타는

---

† 금 그릇은 신들을 위한 것이고, 은 뚜껑은 조상들을 위한 것이라고 한다.

§ 빠야사. 쌀에 정제버터를 넣어 설탕, 우유와 함께 조리한다.

돈을 얻은 가난뱅이처럼 아주 행복해 했다. 놀라운 모습의 빛나는 존재는, 일을 마치자 그 자리에서 사라져 버렸다. 내궁은 기쁨의 빛으로 밝아져, 마치 아름다운 가을 달빛으로 환해진 하늘 같았다. 왕은 내궁으로 들어가 까우살리야에게 말했다.

"우유죽을 드시오. 이것이 그대에게 아들을 줄 것이오."

왕은 까우살리야에게 우유죽의 반을 주었다. 그리고 반의반을 수미뜨라에게 주었다. 아들을 얻기 위해 그는 다시 남은 것의 반을 까이께이에게 주었다. 고심 끝에 왕은 불사약 같은 우유죽 남은 것을 다시 수미뜨라에게 주었다.* 이렇게 왕은 자신의 아내들에게 각각 우유죽을 나누어주었다. 왕의 고귀한 아내들은 하나같이 우유죽을 받은 것을 큰 경의를 받은 것으로 여겨, 기쁨에 가슴이 뛰었다.

제16장

비슈누가 위대한 왕의 아들이 되어 떠나자, 스스로 존재하는 주 브라흐마는 신들 모두에게 이렇게 말했다.

"약속을 지키는 영웅 비슈누, 우리 모두의 안녕을 바라는 그를 위해, 원하는 대로 모습을 바꿀 수 있는 강력한 조력자들을 만드시

---

* 이 기술에 따르면— 비슈누의 이분체가 라마이고, 사분체가 락슈마나, 그리고 바라따와 샤뜨루그나가 팔분체이다. 하지만 우유죽의 배분에 대해서는 이견이 많다. 1권의 기술도 장에 따라 엇갈린다.

오. 총명하고 바람처럼 빠르고 수완을 갖추었으며, 비슈누만큼 용맹할 뿐더러 마야의 힘[†]까지 가진 영웅들을 만드시오. 제압당하지 않고 수단이 좋고 초인적인 몸을 갖추었으며, 불사약을 먹는 신들처럼 무기의 사용법을 빠짐없이 아는 영웅들을 만드시오. 뛰어난 압사라스[‡]와 간다르와 여인들의 몸에, 약샤[§]와 뱀의 딸들의 몸에, 긴꼬리 · 짧은 꼬리[¶] 암원숭이들의 몸에, 그리고 위디야다라[**]와 낀나라[††] 여인들의 몸에 만드시오. 그대들과 같은 용맹을 가진 아들들을 원숭이 모습으로 만들어야 하오."

고귀한 브라흐마의 말을 듣고, 그들은 그의 명을 따르겠다고 약속했다. 그리고 원숭이 모습의 아들을 태어나게 했다. 위대한 성자, 싯다,[‡‡] 위디야다라, 뱀, 천상의 음유시인들도 숲을 누비는 용맹한 원숭이 아들을 만들었다. 머리가 열인 라와나를 죽이기 위해 태어난 이들은 수천에 달했다. 그들은 마음대로 모습을 바꿀 수 있고, 용맹하며 힘을 가늠할 수 없는 영웅이었다. 코끼리나 산처럼 큰 몸집과 엄청난 힘을 가진 원숭이, 그리고 긴 꼬리 · 짧은 꼬리 원숭이가 속

[†] 환영의 힘. 마술적 힘을 뜻하기도 한다. 불이론 베단따에서는, 실체를 은폐하는 힘을 지칭한다.

[‡] 천상의 아름다운 기녀들. 신과 아수라가 우유바다를 저을 때 바다에서 나왔다.

[§] 부의 신 꾸베라를 섬기는 반신족.

[¶] 원숭이 종을 나타내는 다양한 쌴스끄리뜨 단어들을 편의상 긴 꼬리 원숭이, 짧은 꼬리 원숭이, 그리고 원숭이로 옮겼다.

[**] 반신족.

[††] 부의 신 꾸베라를 섬기는 반신족. 말 머리에 새의 몸을 지녔다고 한다. '낌뿌루샤'라고도 한다.

[‡‡] 신통력을 가진 반신족.

속 태어났다. 각 신의 아들은 부친과 같은 생김새와 아름다움, 그리고 용맹을 지니고 탄생했다. 용맹으로 유명한 그들 몇몇은 긴 꼬리 · 짧은 꼬리 암원숭이에게서, 또는 낀나라 여인들에게서 태어났다. 싸울 때 그들 모두 돌과 나무를 무기로 썼다. 전부 발톱과 이빨을 무기로 지니고 있었지만, 갖가지 무기를 다루는 데도 능숙했다. 그들은 큰 산을 흔들 수도, 뿌리 깊은 나무를 쓰러뜨릴 수도 있었다. 또한 힘으로 강들의 주인인 바다를 떨게 할 수도 있었다. 그들은 대지를 발로 쪼갤 수도, 대양을 건너뛸 수도, 하늘로 뛰어올라 구름을 잡을 수도 있었다. 그리고 발정 나서 숲을 배회하는 코끼리를 잡을 수도 있고, 울부짖는 소리만으로 새를 떨어뜨릴 수도 있었다. 이렇게 위대한 원숭이들, 모습을 마음대로 바꿀 수 있는 군사령관 천만이 태어났으며, 뛰어난 이들 군사령관에게서 다시 용맹한 원숭이들이 태어났다. 그들 수천은 륵샤완뜨산* 꼭대기에 모여들었고, 다른 원숭이들은 여러 군데의 산과 숲에 살았다. 원숭이 지휘관들은 속속들이, 태양신 수리야의 아들인 수그리와와 샤끄라의 아들인 왈린, 이 두 형제 밑에 모여들었다. 라마를 돕기 위해, 무시무시한 몸과 생김새를 가진 강력한 원숭이 지휘관들이 구름떼처럼 산들처럼 대지를 메웠다.

---

* 윈디야 동쪽 지역의 산.

제17장

위대한 왕의 말 희생제가 완결되자, 신들은 각자의 몫을 취하고 온 대로 다시 떠났다. 제사의 정화를 위한 절제가 끝나자, 왕은 아내들 무리†를 거느리고 하인, 군대, 그리고 탈것과 함께 도시에 입성했다. 지위에 맞게 왕의 경배를 받은 대지의 왕들은 기뻐하며, 황소 같은 성자에게 절하고 각자의 땅으로 돌아갔다. 왕들이 떠날 때 위대한 다샤라타왕은, 최고의 브라만들을 앞세워 다시 도시에 들어왔다.‡ 현명한 왕과 수행원들의 마땅한 경의와 배웅을 받으며, 르샤슈릉가 도 샨따와 함께 떠났다.

까우살리야는 익슈와꾸의 기쁨인 라마, 신성한 표식을 몸에 지 닌 비슈누의 반쪽을 낳았다. 번개를 가진 최고의 신 인드라 덕분에 아디띠§가 빛나듯이, 무한한 빛을 지닌 아들 덕분에 까우살리야도 빛났다. 까이께이에게는 바라따라는 이름의 진정한 용기를 지닌 아 들, 만덕을 구비한 비슈누의 화신 사분체¶가 태어났다. 수미뜨라는 락슈마나와 샤뜨루그나라는 용맹한 두 아들을 낳았는데, 비슈누의 분편인 둘은 온갖 무기를 잘 다루었다. 덕을 갖춘 위대한 아들 넷이 왕에게 차례로 태어났고, 서로 닮은 이들은 쁘로슈타빠다 별자리**처

---

† 다샤라타왕은 세 왕비뿐만 아니라, 다른 아내도 많이 거느리고 있었다.

‡ 왕들을 배웅하러 도시를 나갔다가 다시 들어왔다는 뜻.

§ 신들의 어머니.

¶ 앞에서는 바라따가 팔분체이고, 락슈마나가 사분체인 것으로 나온다.

** 월궁 28수 가운데 25, 26번째인 뿌르와 바드라빠다, 웃따라 바드라빠다를 말한다. 둘 다 별 두 개를 지닌 쌍둥이 별자리이다.

럼 예뻤다. 열하루가 지나고 나서,* 왕은 명명식을 거행했다. 와시슈타는 크나큰 환희에 차서 가장 뛰어난 장자를 라마, 까이께이의 아들을 바라따, 수미뜨라의 아들 하나를 락슈마나, 다른 아들을 샤뜨루그나라고 이름 지었다. 그는 출생의식을 비롯한 의식 전부를 치러 주었다.† 그들 가운데에서도 맏이인 라마는 왕가의 깃발과 같았고, 부친에게 큰 낙을 안겨 주었다. 그는 스스로 존재하는 브라흐마처럼, 중생 모두에게 큰 존경을 받았다. 그들 전부 《베다》를 잘 알았으며, 세상 사람들의 안녕을 위해 헌신하는 영웅이었다. 모두가 지혜를 지니고 모두가 덕을 갖추었지만, 그 가운데에서도 위대한 빛을 지닌 라마는 진정한 용기를 갖고 있었다. 번영을 가져오는 이,‡ 락슈마나는 어렸을 때부터 세상의 기쁨인 큰 형 라마를 늘 사랑했다. 빛을 지닌 락슈마나는 라마를 기쁘게 하는 일이라면 모두 했다. 그는 마치 라마의 몸 밖에 있는 또 다른 라마의 정기§ 같았다. 최고의 인간¶ 라마는 그가 없이는 잠들지 못했고, 자신에게 가져온 맛있는 음식도 그가 없이는 먹지 않았다. 라구의 후손 라마가 말에 올라 사냥에 나서면, 그는 뒤따르며 활로 라마를 호위했다. 바라따 또한 락슈마나의 동생 샤뜨루그나를 항상 자신의 정기보다 더 소중히 여겼으며, 샤뜨루그나도 바라따를 그렇게 여겼다. 다샤라타는 뛰어난

---

* 부정을 쫓는 기간(수따까). 끄샤뜨리야의 경우 보통 12일이기 때문에, 일반적으로 13번째 날에 명명식을 한다.

† 출생의식부터 결혼식과 장례식까지, 힌두 상위계급은 일생 동안 대략 12가지 이상의 의례(쌍스까라)를 치른다.

‡ '락슈마나'라는 이름이 지닌 뜻.

§ 생명의 숨인 쁘라나.

¶ 원래는 지고의 뿌루샤라는 뜻으로, 비슈누의 별칭이다.

네 아들 덕분에 다복했으며, 할아버지 브라흐마가 아들인 신들을 사랑하듯이 그들을 사랑했다. 그들이 지혜를 갖추고 만덕을 닦아, 염치를 알고 이름이 나고 만사를 이해하며 선견지명을 갖게 되자, 의로운 다샤라타왕은 스승들 그리고 친척들과 더불어 그들의 혼사를 생각하기 시작했다. 위대한 그가 고문들 속에서 이런 의논을 하고 있을 때, 광휘에 빛나는 위대한 성자 위슈와미뜨라가 당도했다. 그는 왕을 친견하고 싶어 문지기들에게 말했다.

"속히 가서 전하라. 꾸샤의 후손이자 가디의 아들인 내가 왔노라고."

이 말을 듣고 문지기들은 당황해서, 그의 명에 따라 모조리 왕궁으로 달려갔다. 왕궁에 가서는 익슈와꾸의 왕에게 성자 위슈와미뜨라가 왔다고 알렸다. 이를 듣고 왕은 기뻐하며 인드라가 브라흐마에게 그러하듯, 만사를 제쳐 두고 가문의 사제와 함께 그를 맞으러 나갔다. 자신의 서약에 엄격하고 광휘로 빛나는 그 고행자를 보고, 왕은 기쁜 얼굴로 그에게 아르기야를 바쳤다. 경전에 나온 대로 왕이 바치는 아르기야를 받고 나서, 그는 인간의 군주에게 안부와 안녕을 물었다. 또한 황소 같은 성자는 와시슈타와 다른 뛰어난 성자들을 얼싸안고, 관례대로 안부를 물었다. 그들 전부 기쁜 마음으로 왕궁에 들어가, 그곳에서 지위에 따라 합당하게 대접을 받았다. 고귀한 왕은 즐거운 마음으로 위대한 성자 위슈와미뜨라에게 경의를 표하며 말했다.

"불사약을 얻은 것처럼, 사막에 비가 오는 것처럼, 후손 없는 자가 적법한 아내에게서 아들을 얻은 것처럼, 잃었던 것을 다시 찾은 것처럼, 축제가 다가올 때처럼, 님께서 오신 것이 저는 기쁩니다. 위

대한 성자시여, 잘 오셨나이다. 님께서 가장 바라시는 것을, 어떻게
해야 제가 기꺼이 해 드릴 수 있겠습니까? 의로운 브라만이시여, 님
은 제게 귀한 존재이십니다. 이렇게 오시다니, 얼마나 큰 행운인지
요! 오늘에야 비로소 제가 태어난 보람이 있다는 것을, 제 삶이 훌륭
했다는 것을 알겠습니다. 예전에 님은 성자왕이라는 말로 불리셨지
만, 고행으로 밝은 광휘를 갖추시고는 브라만 성자의 지위를 얻으
셨습니다.* 제게 온갖 공경을 받아 마땅한 분이십니다. 놀라운 일입
니다, 브라만이시여. 그리고 제겐 최고의 축성입니다. 님이시여, 님
을 뵙는 것은 성지순례를 가는 것과 같나이다. 무슨 목적으로 오셨
는지 이유를 말씀해 주십시오. 님의 호의를 입었으니, 저도 님의 일
을 도울 수 있기를 바라나이다. 꾸샤의 후손이시여, 일을 행하시면
서 일의 성취를 의심하셔서는 안 될 것입니다. 제가 일을 완벽히 실
행할 것입니다. 님은 제게 신이시기 때문이나이다."

특출한 덕의 위대한 성자, 그 덕의 명성이 멀리 그리고 널리 알
려진 그는, 현명한 왕의 공손한 말을 듣고 가슴과 귀가 모두 즐거워
서 큰 희열을 느꼈다.

제18장

사자 같은 왕의 이처럼 훌륭하고도 세심한 말을 듣고, 위대한 성자
위슈와미뜨라는 털이 곤두설 만큼 기뻐하며 답했다.

---

* 위슈와미뜨라는 끄샤뜨리아왕이었지만, 고행을 통해 브라만의 지위를 얻게 되었다.

"범 같은 왕이시여, 이는 고귀한 가문의 후손으로서 와시슈타의 인도를 받으시는, 이 땅 위 다른 누구도 아닌 전하만의 덕입니다. 범 같은 왕이시여, 제가 가슴에 품은 이 말을 행하소서. 약속을 지키는 이가 되소서. 황소 같은 분이시여, 저는 특별한 목적을 이루기 위해 제사를 거행하고 있습니다. 그런데 뜻대로 모습을 바꿀 수 있는 락샤사 둘이 훼방을 놓고 있습니다. 제사가 거의 다 끝난 마당에, 힘과 기술을 갖춘 두 락샤사, 마리짜와 수바후가 살점과 피를 홍수 같이 쏟아 부어 불 제단을 적셨습니다. 이렇게 제사의 성취가 좌절되어 그곳을 떠나왔으니, 제가 기울인 노고가 모두 헛되게 되었습니다. 왕이시여, 제 분노를 터트릴 생각은 없나이다. 어떤 저주도 내리지 않는다는 것이, 그 제사에서 지켜야 할 사항이기 때문입니다. 범 같은 왕이시여, 전하의 아드님이신 용맹한 라마, 상투를 옆으로 틀었지만† 이미 진정한 영웅인 맏아들을 내어 주소서. 제 보호 아래, 그는 자신의 신 같은 힘으로 훼방꾼 락샤사들을 죽일 수 있기 때문입니다. 삼계의 명성을 가져올 갖가지 축복을 제가 그에게 내릴 것이니 망설이지 마소서. 라마를 만나면 그 둘이 무슨 수를 쓰든 대적할 수 없습니다. 그리고 라구의 후손 라마 이외에는 그 어떤 이도 그 둘을 죽일 수 없나이다. 간악한 그 둘은 힘에 자만하여 죽음의 덫에 빠질 것이고, 범 같은 왕이시여, 그들은 위대한 영혼 라마에게 맞서지 못할 것입니다. 왕이시여, 아드님에 대한 애정을 보이시면 안 됩니다. 약속드리건대, 락샤사 둘은 이미 죽은 것으로 아셔도 됩니다. 라마가 위대하고 진정한 용기를 지니고 있다는 것을 저는 아나이

---

† 원뜻은 까마귀 날개. 당시 소년들(특히 끄샤뜨리야)은 관자놀이 위쪽에 머리를 묶곤 했다.

다. 위대한 힘을 가진 와시슈타와 고행에 굳건한 다른 이들도 그럴 것입니다. 왕 중의 왕이시여, 다르마를 얻기를, 그리고 이 땅 위에서 영원할 영예를 바라신다면, 라마를 제게 내어 주셔야 합니다. 까꿋스타의 후손이시여, 와시슈타를 수장으로 하는 전하의 고문 모두가 동의하면, 라마를 가게 하소서. 사랑하는 아드님, 연꽃 눈의 라마를 제사 열흘 동안 거리낌 없이 내어 주셔야 합니다. 라구의 후손이시여, 제 제사의 때를 넘기지 말고 행하소서. 그리고 마음이 슬픔에 빠지지 않게 하소서. 복 받으십시오!"

위대한 성자, 정의롭고 명성 높은 위슈와미뜨라는 다르마와 이익을 갖춘 말을 마치고 침묵했다. 왕은 심장과 가슴을 갈기갈기 찢는 성자의 말을 듣고 큰 두려움에 사로잡혀, 마음의 고통 때문에 자리에서 비틀거렸다.

제19장

위슈와미뜨라의 말을 듣고, 범 같은 왕은 잠시 넋이 나갔다가 다시 정신을 차리고는 이렇게 말했다.

"연꽃 눈을 가진 제 아들 라마는 열여섯이 채 안 되었습니다. 그가 자신의 능력으로 락샤사들과 싸울 수 있을지, 저는 알 수 없나이다. 여기에 제가 주인이자 수장인 군단* 병력이 있습니다. 군단과 함

＊　악샤우히니. 코끼리(상병) 21,870마리, 전차(전차병) 21,870대, 말(기병) 65,610마리, 그리고 보병 109,350명으로 구성.

께 가서 제가 밤의 부랑자[†]들과 싸울 것입니다. 제 사람들은 무기에 능숙하고 용감한 영웅들이니 락샤사 무리와 싸울 수 있습니다. 부디 라마를 데려가지 마소서. 손에 활을 잡고 제가 직접 전투의 선봉에서 제사의 수호자가 되어, 숨이 붙어 있는 한 밤의 부랑자들과 싸울 것입니다. 제사의 규율은 잘 지켜질 테고, 제사에는 아무런 장애가 없을 것입니다. 그곳에 제가 가겠습니다. 부디 라마를 데려가지 마소서. 그는 소년이고 아직 공부를 마치지도 못했습니다. 강함과 약함도 모르고, 무기의 힘도 갖추지 못했으며, 전투에 능숙하지도 않습니다. 그는 락샤사들을 상대할 수 없나이다. 락샤사는 속임수를 쓰기 때문입니다. 라마와 떨어져서 저는 잠시도 살 수가 없습니다. 범 같은 성자시여, 부디 라마를 데려가지 마소서. 서약을 지키는 브라만이시여, 그래도 라구의 후손인 그를 데려 가시겠다면, 네 부분으로 편제된 군단[‡]과 저를 함께 데려가 주십시오. 꾸샤의 후손이시여, 제가 태어난 지 육만 년이고, 어렵게 얻은 아이입니다. 부디 라마를 데려가지 마소서. 아들 넷 가운데, 그 아이가 제겐 제일 큰 기쁨입니다. 가장 의로운 맏아들 라마를 부디 데려가지 마소서. 락샤사들은 얼마나 강합니까? 그들은 누구이고, 누구의 아들입니까? 황소 같은 성자시여, 그들은 얼마나 거대하고, 누가 그들을 보호합니까? 그리고 브라만이시여, 라마나 저, 혹은 제 군대가 속임수를 쓰는 락샤사에게 어떻게 대응해야 합니까? 존귀하신 분이여, 이 사악한 존재들에게 맞서 전투에서 어떻게 자리를 잡아야 할지 다 말씀

[†] 락샤사. 밤에 돌아다니기 때문에 붙은 별칭이다.

[‡] 상병, 전차병, 기병, 그리고 보병.

해 주십시오. 락샤사들은 저들의 용맹을 자랑스럽게 여기기 때문입니다."

그의 말을 듣고 위슈와미뜨라가 대답했다.

"뿔라스띠야 가계의 후손* 가운데 라와나라는 이름의 락샤사가 있습니다. 브라흐마께 받은 축복 덕분에, 그는 광폭하게 삼계를 괴롭히고 있지요. 그는 대단히 강하고 매우 용맹하며, 많은 락샤사가 그를 수행하고 있습니다. 락샤사들의 강대한 군주 라와나는 성자 위슈라와스의 아들이며, 와이슈라와나†의 형제라고 합니다. 이 대단한 자가 직접 제사를 훼방 놓지 않지만, 그의 명에 따라 마리짜와 수바후, 두 강력한 락샤사가 제사를 방해하고 있습니다."

성자가 이렇게 말하자, 왕은 성자에게 대답했다.

"이 사악한 존재들에게 싸움으로는 맞설 수 없습니다. 다르마를 아시는 분이여, 제 어린 아들에게 은혜를 베풀어 주소서. 불운한‡ 제게 님은 신이자 스승이시기 때문입니다. 신, 다나와,§ 간다르와, 약샤¶ 그리고 새와 뱀조차 싸움에서 라와나를 버텨낼 수 없는데, 하물며 인간은 어떻겠습니까? 전투에서 이 락샤사는 영웅의 용기마저 앗아가 버립니다. 라와나나 그의 군대와는, 제가 전투에서 맞설 수가 없나이다. 최상의 성자시여, 제 군대와 함께 하든 제 아들들과 함께 하든 말입니다. 브라만이시여, 마치 신 같은 제 아이, 전투

---

* 뿔라스띠야는 브라흐마의 마음에서 태어난 아들이다. 락샤사는 그의 후손이다.

† 부의 신 꾸베라. 라와나는 꾸베라의 이복 형제이다.

‡ 아들을 잃는 불운, 혹은 성자의 청을 들어줄 수 없는 불운.

§ 아수라.

¶ 부의 신 꾸베라를 섬기는 반신족.

에 단련되지 않은 어린 아들은 무슨 일이 있어도 내어 드릴 수 없나이다. 전장에서는 죽음과도 같은 순다와 우빠순다**의 두 아들이 제사를 방해하고 있습니다. 그러니 저는 어린 아들을 내놓지 않을 것입니다. 마리짜와 수바후는 용맹하고 잘 단련되어 있습니다. 동맹군과 함께라면 제가 둘 중 하나와는 싸울 수 있을 것입니다."

제20장

말마다 애정으로 가득한 그의 말을 듣고, 꾸샤의 후예는 화가 나서 대지의 주인에게 말했다.

"처음에는 원하는 것을 들어주겠다고 약속하시더니, 이제는 그 약속을 돌이키려 하십니까? 이는 라구의 후손에게 어울리지 않을뿐더러, 가문을 잃는 일입니다. 왕이시여, 이런 일을 감당할 수 있으시다면, 저는 온 대로 돌아가겠습니다. 까꾸스타의 후손이시여, 거짓 약속을 하시는 분께선 친지들과 함께 행복하시길."

현명한 위슈와미뜨라가 분노에 휩싸이자, 대지 전체가 흔들리고 신들은 두려움에 사로잡혔다. 온 세상이 겁에 질린 것을 알고 위대한 성자, 서약에 충실하고 굳건한 와시슈타가 왕에게 말했다.

"익슈와꾸 가문에 태어나신 전하께선 다르마의 화신처럼 서약에 충실하고 굳건하신 분입니다. 영예로운 분께서는 부디 다르마

** 신들을 두려움에 떨게 한 아수라 형제 슘바와 니슘바.《마하바라따》의 기술에 따르면, 신들의 미인계에 속아 서로를 죽였다고 한다.

를 버리지 마소서. 라구의 후손은 정의로운 자로 삼계에 알려져 있습니다. 자신의 의무는 받아들이고, 다르마가 아닌 것은 받아들이지 마십시오. 라구의 후손이시여, 행하겠다고 약속하고도 행하지 않는 사람이 하는 제사와 공사*는 허사가 되나이다. 라마가 무기에 능숙하건 능숙하지 않건 꾸쉬까의 아들 위슈와미뜨라에게 보호를 받는 한, 타오르는 불에 의해 수호되는 불사약처럼† 락샤사들은 그에게 맞설 수 없습니다. 다르마의 화신인 그는 강한 힘을 가지고 있나이다. 또한 이 세상 누구보다 지혜로운 그가 바로 고행력의 위대한 원천입니다. 그는 다양한 종류의 무기를 압니다. 삼계의 움직이고 움직이지 않는 존재―신, 성자, 아수라, 락샤사, 최고의 간다르와, 약사, 낀나라, 그리고 위대한 뱀―그 누구도 이를 다 알지 못하며, 알 수도 없을 것입니다. 끄르샤슈와의 정당한 아들들인 이 모든 무기는, 예전에 그가 아직 왕국을 다스릴 적에‡ 꾸샤의 후손인 그에게 주어진 것입니다. 이 끄르샤슈와의 아들들은 또한 창조주 쁘라자빠띠 딸들의 아들이기도 합니다. 그들은 다양한 모습과 위대한 힘, 그리고 빛을 지니고 있으며, 승리를 가져옵니다. 허리 고운 닥샤의 두 딸, 자야와 수쁘라바가 빛나는 날탄§과 무기 일백을 낳았나이다. 아수라 군을 깨부수기 위해 먼저 자야가, 뛰어나고 가늠할 수 없으며

---

* 공공의 이익을 위한 일. 우물이나 수조 공사 등등.

† 우유바다를 저어 얻은 불사약 아므르따. 신들이 마시고 남은 불사약을 비슈누가 간직하고 있다고 한다.

‡ 위슈와미뜨라는 원래 끄샤뜨리야 계급의 왕이었지만, 고행을 통해 브라만의 지위를 얻었다.

§ 일종의 미사일.

모습을 자유자재로 취할 수 있는 아들 오십을 낳았습니다. 그러자 수쁘라바도 공격할 수도 정복할 수도 없는, 상하라라고 하는 최강의 아들 오십을 낳았지요. 꾸쉬까의 아들 위슈와미뜨라는 이 무기들을 올바로 아나이다. 그 특성을 알기 때문에 새로운 것을 만들어 낼 수도 있습니다. 이렇듯 위슈와미뜨라는 힘과 광휘를 지닌 위대한 성자입니다. 왕이시여, 라마가 가는 것을 걱정하실 필요가 없나이다."

제21장

와시슈타가 다샤라타왕에게 이렇게 말하자, 왕은 좋은 낯으로 라마를 락슈마나와 함께 불렀다. 라마는 아버지 다샤라타와 어머니의 축복을 받았다.¶ 가문의 사제 와시슈타도 그를 위해 성스러운 찬가를 읊어주었다. 그리고 나서 다샤라타왕은 아들의 머리 냄새를 맡고,** 흔쾌한 마음으로 그를 꾸쉬까††의 아들 위슈와미뜨라에게 넘겨 주었다. 연꽃 눈의 라마가 위슈와미뜨라에게 가는 것을 보고, 바람이 기분 좋게 불어와 그를 건드리며 먼지를 털어주었다. 위대한 영혼인 그가 출발할 때 큰 꽃비가 내리고 신들의 북이 울렸으며, 소라고둥과 북소리가 들렸다. 위슈와미뜨라가 앞서 가고, 상투를 옆으

¶ 여행의 행운을 비는 의식.

** 애정의 표현.

†† 꾸샤의 후손이라는 뜻. 위슈와미뜨라의 부친인 가디를 말한다.

로 튼 빛나는 라마가 활을 들고 그를 따라가자, 수미뜨라의 아들 락슈마나가 그 뒤를 따랐다. 손에 활을 들고 활통을 맨 이들은, 마치 머리가 셋 달린 커다란 코브라 같았다. 할아버지 브라흐마를 따르는 아슈윈*처럼 그들은 시방†을 비추며 위대한 위슈와미뜨라를 따라갔다. 손목과 손가락 보호대를 하고 검을 찬 그들은 환하게 빛나고 있었다. 마치 가늠할 수 없는 신 스타누‡를 따르는 쌍둥이, 불에서 태어난 꾸마라§와도 같았다. 사라유강 남쪽 강변을 따라 오십 리를 가서, 위슈와미뜨라는 상냥한 목소리로 그를 불렀다.

"라마! 얘야, 이 물을 마셔라.¶ 시간을 낭비해선 안 된다. 발라와 아띠발라라고 하는 이 주문들을 받아들이렴. 그러면 피곤하지도 열도 나지 않고, 겉모습이 상하지도 않는다. 그리고 잠들었을 때도 경계하지 않을 때도, 락샤사가 너를 해치지 못할 것이다. 라마야, 두 팔의 힘으로는 이 땅 위에서 그 누구도 너와 견줄 수 없고, 삼계에서도 너와 같은 이는 없다. 무구한 라마야, 용모와 기량, 지혜, 결기 그리고 임기응변에 있어서도 세상에 너 같은 이는 없단다. 이 두 주문을 알게 되면, 너와 맞먹는 자는 더더욱 없을 것이다. 발라와 아띠발라는 모든 지혜의 어머니란다. 최고의 사내 라마야, 길 위에서 발라와 아띠발라를 읊으면, 배고픔도 목마름도 없게 된다. 라구의 후손

---

* 의술을 행하는 쌍둥이 신. 미남들로 유명하다.

† 십방(十方). 동서남북 사방과 북동·남동·남서·북서의 사우, 그리고 상하를 모두 이른다.

‡ 쉬바.

§ 위샤카와 전쟁의 신 스깐다.

¶ 주문을 읊기 위한 예비 정화의식. 물을 여러 번에 나누어 마시는 의례 행위를 말한다.

아, 힘을 가진 이 두 주문은 할아버지 브라흐마의 딸들이기 때문에, 이 둘을 배우면 네 명성을 능가할 자가 이 땅에 존재하지 않게 될 것이다. 까꿋스타의 정의로운 후손아, 너는 이들 주문을 받을 만하단다. 실로 만덕이 네게 다 있게 될 것이고, 이는 의심의 여지가 없지. 고행으로 얻은 이 둘은 쓸모가 많을 것이다."

그래서 라마는 기쁜 얼굴로 물을 마시는 정화의례를 행하고, 정화된 영혼의 위대한 성자에게 두 주문을 받았다. 주문을 받을 때, 라마는 아주 환하게 빛났다. 라마와 락슈마나는 꾸시까의 아들(위슈와미뜨라)을 위해 스승에게 해야 할 일을 전부 마쳤고, 셋은 사라유강변에서 편안하게 밤을 보냈다.

제22장

밤이 새벽으로 바뀌자, 위대한 성자 위슈와미뜨라는 나뭇잎 잠자리에 누워 있는, 까꿋스타의 두 후손에게 말했다.

"라마야, 까우살리야의 빼어난 아들아! 아침 의례가 있을 것이다. 일어나라, 범 같은 사내야. 신을 경배하는 일과를 행해야 하느니라."

성자의 고결한 말을 듣고 왕의 씩씩한 두 아들은 목욕하고 나서, 물을 바치고 지고의 기도문을 읊었다.** 두 용사는 일과를 마친 후,

---

** 아침마다 태양에게 물을 바치고, 가야뜨리 운율(8음절 3행)의 기도문을 낭송하는 의례를 말한다.

고행이 재산인 위슈와미뜨라에게 경의를 표했다.[*] 그리고 유쾌한 마음으로 떠날 준비를 마쳤다. 위대한 두 용사는 계속 나아가 강가강이 사라유강과 합쳐지는 신성한 곳[†]에서, 세 갈래로 흐르는[‡] 천상의 강 강가를 보았다. 그곳에서 그들은 수천 년 동안 가장 혹독한 고행을 해온, 최고의 고행력을 가진 성자들의 신성한 아슈람터에 들어섰다. 신성한 아슈람을 보고 몹시 기뻐하며, 라구의 두 후손이 위대한 위슈와미뜨라에게 물었다.

"이 신성한 아슈람은 누구의 것입니까? 누가 이곳에 살고 있습니까? 존귀하신 분이여, 몹시 궁금해서 듣고 싶나이다."

둘의 말을 듣고 황소 같은 성자가 웃으며 이렇게 말했다.

"라마야, 예전에 이 아슈람이 누구의 것이었는지 들어 보거라. 현자들이 까마(욕망)라고 부르는 깐다르빠[§]는 원래 육신을 갖고 있었다. 혼인 전 이곳에서 서약에 전념하며 고행에 매진하고 있던 신들의 왕 스타누[¶]에게 그 바보가 덤볐었지.[**] 위대한 영혼의 쉬바는 바람신 마루뜨 무리와 같이 이곳을 떠나면서, '훔'하고 소리를 내어

---

[*] 아비와다나 : 자리에서 일어나 상대의 발을 만지고, 그에게 인사하는 것.

[†] 인도에서는 강이 합쳐지는 장소를 성스럽게 여긴다.

[‡] 천상, 지상, 지하를 흐르기 때문에 생긴 강가의 별칭.

[§] 사랑의 신. 쉬바가 미간에 있는 세 번째 눈으로 그의 몸을 태워버렸기 때문에 몸이 없어졌다고 한다.

[¶] 쉬바.

[**] 신들은 쉬바의 아들을 신군의 대장으로 삼으려 했다. 그런데 쉬바가 고행에만 전념할 뿐 결혼을 하지 않자, 사랑의 신 까마가 사랑의 화살을 쏘아 그의 고행을 방해했다. 그러자 화가 난 쉬바는 미간의 눈으로 까마를 태워버리고 말았다. 하지만 까마의 노력은 결실을 맺어, 쉬바를 흠모하고 있던 빠르와띠—히말라야의 둘째 딸—는 이때 쉬바와 혼인하게 된다.

무시무시한 눈으로 그를 태워 버렸단다, 라구의 기쁨아. 그래서 그 바보의 몸이 죄다 사라지게 되었지. 위대한 신이 그를 태웠을 때, 그는 육체를 잃었다. 신들의 왕이 낸 분노 때문에, 까마의 몸이 없어지게 된 것이란다. 라구의 후손아, 여기서 그가 그의 몸(앙가)을 잃었기 때문에 그때부터 그는 '아낭가(몸 없는 자)'라고, 그리고 이 유명한 지역은 '앙가'라고 알려지게 되었다. 여기가 쉬바의 신성한 아슈람이고, 이 성자들은 예전에 그의 제자였지. 영웅아, 다르마에 헌신하는 그들에게 죄란 없단다. 잘생긴 라마야, 두 신성한 강 사이에서 밤을 지내자꾸나. 내일 우리는 강을 건널 것이다."

그들이 그곳에서 이야기하고 있을 때, 고행으로 얻은 천리안 덕에 이를 안 성자들은 매우 반가워하며 기뻐했다. 그들은 꾸시까의 아들 위슈와미뜨라에게 아르기야와 발 씻을 물을 주며 환대하고, 라마와 락슈마나에게도 차례로 손님을 환대하는 의식을 거행해주었다. 그런 환대를 받고 나서, 그들은 까마의 아슈람터에서 재미있게 이야기하며 편안하게 밤을 보냈다.

제23장

티 없는 여명에 적을 무찌르는 두 영웅은 일과를 행하고, 위슈와미뜨라를 앞세워 강가로 갔다. 서약에 철저한 위대한 영혼의 성자들은 다 함께 훌륭한 배 한 척을 가져와 위슈와미뜨라에게 말했다.

"존귀한 분이시여, 왕자들에 앞서 배에 오르십시오. 안전하게 길을 떠나소서. 시간을 낭비해선 안 될 것입니다."

"그리하리다."라고 위슈와미뜨라는 대답했다. 그리고 성자들에게
경의를 표하고 나서, 두 왕자와 함께 바다로 흐르는 강을 건너기 시작
했다. 강 한가운데에서 라마는 황소 같은 성자에게 물었다.

"물 부딪치는 이 시끄러운 소리는 무엇입니까?"

라구 후손이 궁금해 하는 것을 듣고, 의로운 성자는 소리의 원인
을 말해 주었다.

"라마야, 까일라사산에 브라흐마의 마음(마나스)에서 생겨난 호
수가 있는데, 이 호수를 마나스라고 한단다. 아요디야를 감싸고 흐
르는 이 강은 그 호수(사라스)로부터 흘러나왔지. 브라흐마의 호수로
부터 나왔기 때문에 이 강을 신성한 사라유라고 한단다. 비할 데 없
는 이 소리는, 이 강이 자흐누의 딸* 강가를 향해 휘몰아 갈 때 물이
들썩여서 나는 것이다. 라마야, 마음을 가다듬고 경배를 올려라."

의로운 두 형제는 두 강에 경배를 올렸다. 남쪽 강변에 도착하
자, 그들은 바쁜 걸음을 계속했다. 인적 없고 무서운 숲을 보고, 뛰
어난 왕의 아들이자 익슈와꾸의 후손인 라마가 황소 같은 성자에게
물었다.

"이 얼마나 범접하기 어려운 숲인지! 귀뚜라미 떼와 무서운 맹
수, 사납게 우는 새가 가득합니다. 사나운 목소리로 울부짖는 갖가
지 새뿐만 아니라, 사자·호랑이·멧돼지·코끼리가 숲을 채우고
있나이다. 다와, 아슈와까르나, 까꾸바, 벨, 띤두까, 빠딸라, 바다리
나무도 빼곡합니다. 이 얼마나 무서운 숲입니까?"

---

* 자신의 제사터에 강가가 범람하자, 성자 자흐누는 화가 나서 그녀를 마셔버렸다가, 나
중에 다시 그녀를 풀어주었다. 이 때문에 강가는 자흐누의 딸로 불린다.

큰 빛을 지닌 위대한 성자 위슈와미뜨라가 대답했다.

"애야, 까꾸스타의 후손아, 이 무서운 숲에 대한 것을 들어보아라. 최고의 사내야, 예전에 신의 노고로 만들어져 번영하던 두 지역, 말라다와 까루샤가 있었단다. 라마야, 옛날에 우르뜨라를 죽이고 나서,[†] 천 개의 눈을 가진 인드라[‡]는 브라만을 죽인 죄와 허기에 압도당했었다. 그래서 신들과 고행이 재산인 성자들이 인드라를 목욕시켰단다. 항아리의 물로 그를 씻겨 더러움을 없앤 것이지. 그들은 위대한 인드라의 몸에서 나온 더러움(말라)과 허기(까루샤)를 이곳에 두고 즐거워했단다. 더러움과 허기를 씻고 정결해진 지배자 인드라는 몹시 기뻐하며, 이 땅에 더할 나위 없는 축복을 내렸다.

'이 번영하는 두 땅은 내 몸의 더러움을 떠맡았으므로, 말라다와 까루샤로 세상에 널리 알려지리라.'

현명한 샤끄라[§]에 의해 이 땅이 명예로워지는 것을 보고, 신들은 빠까의 응징자에게 말했단다.

'훌륭하도다, 훌륭하도다!'

적을 길들이는 영웅아, 이 두 땅 말라다와 까루샤는 오랫동안 부와 곡식을 누리며 번영했지. 세월이 흘러, 모습을 마음대로 바꿀 수 있고 코끼리 천 마리의 힘을 가진, 따따까라는 이름의 약샤 여인

[†] 인드라는 고행의 힘이 두려워 성자의 아들을 죽인 적이 있다. 그러자 그 성자는 화가 나서 우르뜨라라는 괴물을 만들어 냈고, 인드라는 물길을 막고 있었던 큰 뱀 우르뜨라를 죽여 물을 흐르게 했다. 그러나 인드라라도 브라만을 죽인 죄를 피할 수는 없었다.

[‡] 아수라들에게 미인계를 쓰기 위해 브라흐마가 띨로따마라는 최고의 미녀를 창조했을 때, 그녀의 아름다움에 반한 나머지 인드라의 몸에 (그녀를 더 잘 보기 위한) 눈이 천 개나 생겼다고 한다.

[§] 인드라.

이 있었단다. 복 받기를! 그녀는 현자 순다의 아내였다. 샤끄라만
큼 용맹한 락샤사 마리짜가 그녀의 아들이지. 라구의 후손아, 말라
다와 까루샤, 이 두 땅을 지속적으로 황폐하게 한 것은 악독한 따
따까였다. 그녀가 길을 막고는 여기서 오십 리 거리에 살고 있다.
우리는 따따까의 숲을 지나가야만 한단다. 스스로의 완력에 의지
하여, 너는 그 사악한 것을 죽여야 한다. 내 명으로, 다시 한 번 이
지역을 가시나무로부터 자유롭게 하리라. 라마야, 두렵고 견디기
어려운 약샤 여인 때문에, 이 땅은 이렇게 폐허가 되어 아무도 이
곳에 오지 않게 되었다. 약샤 여인이 완전히 파괴했고, 지금도 파괴
를 멈추지 않고 있는 이 무서운 숲에 대해서는 이제 다 이야기했구
나."

제24장

가늠할 수 없는 성자의 이 고귀한 말을 듣고, 범 같은 라마는 고운
말로 대답했다.

　"황소 같은 성자시여, 연약한 약샤 여인이 어떻게 코끼리 천 마
리와 맞먹는 힘을 가지고 있습니까?"

　위슈와미뜨라가 말했다.

　"어떻게 큰 힘을 얻게 되었는지 들어보렴. 그 여인이 갖고 있는
강인함과 힘은, 축복으로 그녀에게 주어진 것이란다. 옛날에 수께뚜
라는 이름의 위대한 약샤가 있었다. 강하고 품행이 훌륭한 그는 아

이가 없어 고행을 했단다. 라마야, 할아버지 브라흐마는 그의 고행에 만족하여, 따따까라는 이름의 보석 같은 딸을 그 약샤 왕에게 주셨다. 할아버지는 코끼리 천 마리의 힘도 그녀에게 주셨지. 그렇지만 고명한 브라흐마께서는 그 약샤에게 아들을 주지 않으셨다.* 딸이 자라 젊음과 아름다움을 갖추게 되자, 그는 그 명성 높은 딸을 잠부의 아들 순다에게 아내로 주었단다. 시간이 얼마간 지나 그 약샤 여인은 마리짜라는 정복하기 어려운 아들을 낳았는데, 후에 그는 저주 때문에 락샤사가 되었지. 라마야, 순다가 살해되자† 따따까는 아들과 함께, 최고의 성자 아가스띠야를 공격하려고 했단다. 그러자 아가스띠야는 분노해서, 마리짜를 저주했다.

'너는 락샤사가 되리라.'

그리고 화가 머리끝까지 나서는, 따따까도 저주했지.

'빼어난 약샤 여인인 너는 흉측한 얼굴의 식인마가 되리라. 이 모습을 버리고 무시무시한 꼴이 되어라.'

이 저주를 참지 못한 따따까는 화가 나서 분별을 잃고는, 아가스띠야가 거닐곤 했던 이 아름다운 곳을 폐허로 만들었다. 라구의 후손아, 소와 브라만의 이익을 위해 그 악독하고 흉측한 약샤 여인, 용맹을 사특하게 쓰는 그녀를 죽여라. 이 삼계에서 네가 아닌 그 누구도, 그 저주 받은 존재를 죽이지 못한단다, 라구의 기쁨아. 최고의 사내야, 여인을 죽이는 일이라고 저어할 필요 없다. 왕의 아들은 네 계급의 이익을 위해 행해야 하기 때문이다. 이는 왕권이라는 짐을

---

* 그의 아들이 세상을 괴롭힐까봐 딸을 점지했다고 한다.

† 아가스띠야가 저주로 순다를 죽였다고 한다.

진 자의 변함없는 다르마란다. 까꿋스타의 후손아, 그 무법자를 죽여라. 그녀에겐 다르마가 없기 때문이다. 인간의 수호자야, 옛날에 대지를 파괴하려 했던, 위로짜나*의 딸 만타라를 샤끄라가 죽였다고 전해진단다. 라마야, 또한 옛날에 인드라의 세상을 없애려 했던, 브르구†의 아내이자 까비야‡의 어머니, 서약에 굳건했던 그녀를 비슈누가 죽인 일도 전해져 온다.§ 그밖에도 위대하고 뛰어난 왕자 여럿이 다르마에서 벗어난 여인들을 죽였단다."¶

제25장

서약에 굳건한 라구의 후손이자 으뜸인 사내의 아들인 라마는, 성자의 대담한 말을 듣자 합장을 하고는 대답했다.

"아요디야 원로들 가운데에서 위대한 다샤라타님께, 꾸쉬까 아드님(위슈와미뜨라)의 말씀을 망설임 없이 행해야 한다는 명을 받았나

---

* 아수라.

† 브라흐마의 가슴에서 태어난 아들이다.

‡ 아수라들의 스승인 슈끄라.

§ 인드라가 휴전 협정을 깨고 아수라들이 피신한 아슈람으로 군대를 몰아갔을 때, 그 앞을 막아선 이가 바로 브르구 성자의 아내 까비야마따이다. 그녀가 가진 주문의 위력이 두려워 인드라가 군사를 물리려 하자, 비슈누가 철군을 만류하고는 원반을 날려 그녀의 목을 잘라버렸다. 이 때문에 비슈누는 브르구 성자의 저주를 받아, 인간 세상에 화신으로 태어나게 되었다고 한다.

¶ 원래 여인을 죽이는 것이 큰 죄이기 때문에, 성자는 따따까를 죽이는 것이 죄가 되지 않는다고 역설하고 있다.

이다. 아버지의 말씀은 명이기 때문에, 또한 아버지의 말씀을 존중하기 때문에, 그 말씀을 가볍게 여기지 않을 것입니다. 아버지의 말씀을 제가 들었고, 그것이 또한 《베다》를 잘 아는 분의 명이기 때문에, 의심 없이 따따까를 죽이는 장한 일을 행할 것입니다. 소와 브라만의 이익을 위해, 이 지역의 안녕을 위해, 그리고 가늠할 수 없는 성자이신 님을 위해 저는 그 말씀을 행할 준비가 되어 있나이다."

이렇게 말하고 나서 적을 길들이는 영웅 라마는, 손아귀로 활 허리를 잡고 활줄로 소리를 내어 사방을 날카로운 소리로 채웠다. 그 소리는 따따까의 숲에 사는 것들을 놀라게 했으며, 따따까 또한 그 소리 때문에 혼란스러워져서 크게 성이 났다. 그 소리를 듣고 화가 나서 제 정신이 아닌 락샤사 여인 따따까는, 소리의 원인을 찾아 소리가 난 장소로 잽싸게 달려왔다. 끔찍한 모습과 끔찍한 얼굴의 성난 그녀, 그리고 엄청나게 큰 그녀의 몸집을 보고 라구의 후손 라마가 락슈마나에게 말했다.

"봐라, 락슈마나, 저 약샤 여인의 공포스럽고 무시무시한 몸을! 저걸 보고 새가슴들 꽤나 내려앉았겠는데? 마법의 힘을 갖춘, 공격하기 어려운 그녀를 봐. 하지만 오늘 난 귀와 코끝만 베고 그녀를 돌려보낼 거야. 죽일 생각이 없거든. 여자라는 이유만으로도 그녀는 보호받아야 하니까. 그녀의 힘과 거주지만을 빼앗자는 것이 내 생각이야."

라마가 이렇게 말하고 있을 때, 분노로 제 정신이 아닌 따따까는 팔을 들어 올리고 포효하며 라마를 공격했다. 그녀가 몸을 던지자 라마는 번개 같은 빠르기와 힘으로 그녀의 가슴을 활로 쏘았고, 그녀는 떨어져 죽고 말았다.*

겁나게 생긴 그녀가 죽는 것을 보고 신들과 신들의 왕은 "훌륭하도다, 훌륭해!"라고 하며, 까꿋스타의 후손을 치하했다.

천 개의 눈을 가진 인드라, 성채의 파괴자인 그는, 몹시 기뻐하는 신들 모두와 함께 위슈와미뜨라에게 말했다.

"꾸쉬까의 아들인 성자여, 복 받기를! 인드라와 마루뜨 무리 모두가 이 일을 기뻐하고 있소. 라구의 후손에게 그대는 애정을 보여야 할 것이오. 브라만이여, 피조물들의 주인인 끄르샤슈와의 아들들—실로 용맹하고 고행으로 얻은 힘으로 가득한 이들—을 그대는 라구의 후손에게 주어야 하오. 왕의 아들은 그럴 만한 가치가 있는 자이고, 브라만이여, 온전히 그대를 따르고 있지 않소? 게다가 그는 신들을 위해 아주 위대한 일을 해야 한다오."

이렇게 말하고 신들은 전부 위슈와미뜨라에게 경의를 표하고, 기뻐하며 온 대로 돌아갔다. 곧 땅거미가 졌다. 최고의 성자는 라마가 따따까를 죽인 것에 만족하고 기뻐하며, 라마의 머리에 입을 맞추고 이렇게 말했다.

"잘생긴 라마야, 오늘은 여기서 밤을 지내자. 내일 새벽에 우리는 내 아슈람터로 갈 것이다."

---

* 라마는 따따까를 죽일 생각이 없었지만, 갑자기 따따까가 덤비는 바람에 그녀를 죽이고 만다.

제26장

이렇게 밤을 지내고 나서, 고명한 위슈와미뜨라는 웃으면서 라구의 후손에게 부드러운 목소리로 말했다.

"명성 높은 왕자야, 복 받으렴! 나는 네게 완전히 만족했단다. 네게 크나큰 애정을 갖고 있으니, 무기를 전부 네게 줄 것이다. 너는 이 무기들로 신과 아수라 무리는 물론, 간다르와와 위대한 뱀도 전투에서 힘으로 제압하여 이길 수 있을 것이다. 복 받기를! 네게 천상의 무기를 전부 다 주마. 라구의 후손아, 천상의 위대한 단다 원반을 네게 주마. 영웅아, 다르마 원반, 깔라 원반, 무시무시한 비슈누 원반, 그리고 인드라의 원반 또한 주리라. 최고의 사내야, 번개 무기와, 쉬바의 것인 최고의 삼지창을 주마. 큰 완력을 가진 라구의 후손아, 브라흐마쉬라와 아이쉬까 무기, 그리고 브라흐마의 최강 무기도 네게 줄 것이다. 까꿋스타의 후손아, 그에 더하여 환하게 빛나는 두 철퇴 — 모다끼와 쉬카리 — 도 주마. 범 같은 왕자야, 나는 다르마의 올가미와 시간의 올가미, 그리고 그 무엇도 능가할 수 없는 무기인 바루나[†]의 올가미도 주겠노라, 라마야. 마르고 젖은 두 벼락도 줄 것이다, 라구의 기쁨아. 또한 삐나낀[‡]과 나라야나[§]의 무기, 그리고 아그니가 아끼던 쉬카라라는 무기를 주마. 라구의 후손아, 바람신 와유의 쁘라타마, 하야쉬라스, 그리고 *끄라운쩌*라는 이름의 무기도 주겠다. 까꿋스타의 흠 없는 후손아, 너에게 투창 두 개와, 깡깔라라고 하는

[†]   올가미로 죄인을 잡아들여 벌하는 도덕의 신. 물의 신이기도 하다.

[‡]   삐나까 활을 쓰는 쉬바.

[§]   비슈누의 별칭.

무서운 곤봉, 또한 까빨라와 깡까나 무기도 주리라. 아수라들이 갖고 있던 무기 전부와, 난다나라고 하는 위디야다라스의 위대한 무기를 주마. 큰 완력을 가진 왕자야, 보석 같은 검과, 간다르와들이 아끼는 마나와라고 하는 무기도 주겠다. 라구의 후손아, 쁘라스와빠나, 쁘라샤마나, 사우라, 다르빠나, 쇼샤나, 산따빠나, 윌라빠나를 주마. 깐다르빠가 아끼는 무서운 무기 마다나, 그리고 모하나라고 하는, 악귀들이 아끼는 무기를 받거라. 범 같은 사내야, 너는 명성 높은 왕의 아들이다. 범 같은 왕자야, 강대한 사우마나와 따마사, 두려운 무기 상와르따와 마우살라를 받거라. 큰 완력을 가진 라마야, 사띠야 무기, 최고의 마야다라, 그리고 적의 힘을 앗아가는 떼자쁘라바라는 이름의 무서운 무기를 받거라. 소마*의 무기 쉬쉬라, 뜨와슈뜨리†의 무기 수다마나, 바가의 다루나, 그리고 마누의 쉬떼슈를 받거라. 라마야, 큰 완력을 가진 이들 무기는, 아주 강력하고 훌륭하며 마음대로 모습을 바꿀 수 있단다. 왕자야, 이들을 즉시 받아라."

그리고 나서 최고의 성자는 자신을 정화하고 동쪽을 향한 다음, 탁월한 주문‡ 여러 개를 기꺼이 라마에게 주었다. 현명한 성자 위슈와미뜨라가 주문을 읊자, 귀한 무기들이 낱낱이 라구의 후손 앞에 나타났다. 그들 전부 기뻐하며 합장을 하고는 라마에게 말했다.

"저희 모두 당신의 종입니다, 존귀한 라구의 후손이시여!"

까꿋스타의 후손 라마는 받아들인다는 의미로 그들을 손으로 어루만지고 나서 명했다.

---

* 달의 신.

† 건축의 신.

‡ 무기를 제어할 수 있는 주문.

"내가 마음에 그대들을 떠올리면, 그때 나타나거라."

그러고 나서 강대한 라마는 기뻐하며 위대한 성자 위슈와미뜨라를 경배하고는 떠날 채비를 했다.

제27장

까꿋스타의 후손, 정결한 라마는 무기들을 받아들이고 나서 길을 떠나며, 위슈와미뜨라에게 환한 얼굴로 말했다.

"존귀하신 분이시여, 무기를 받은 덕에 신들도 저를 공격하기는 어려울 것입니다. 그렇지만 황소 같은 성자시여, 저는 무기를 되돌리는 법도 알고 싶나이다."

까꿋스타의 후손이 이렇게 말하자, 굳건하고 서약을 잘 지키는 위대한 성자, 순결한 위슈와미뜨라는 무기를 되돌리는 주문을 알려주었다. 그러고 나서, 그는 다시 이렇게 말했다.

"사뜨야완뜨, 사띠야끼르띠, 드르슈타, 라바사, 쁘라띠하라따라, 빠람묵카, 아왐무카, 락샥샤, 위샤마, 드르다나바, 수나바까, 다샥샤, 샤따왁뜨라, 다샤쉬르샤, 샤또다라, 빠드마나바, 마하나바, 둔두나바, 수나바까, 지요띠샤, 끄르샤나, 나이라시야, 위말라, 야우간다라, 하리드라, 다이띠야, 빠라마타나, 삐뜨리야, 사우마나사, 위두따, 마까라, 까라위라까라, 다나, 단야, 까마루빠, 까마루찌, 모하, 아와라나, 즈름바까, 사르와나바, 산따나, 그리고 와라나, 이들이 모습을 뜻대로 바꿀 수 있는, 끄르샤슈와의 빛나는 아들들이다.

라마야, 내게서 이들을 받아라. 너는 충분히 그럴 만한 가치가 있는 자이니라."

까꿋스타의 후손은 기쁜 마음으로 "그리하겠습니다."라고 대답했다.

그러자 무기들은 천상의 빛나는 몸을 취하여 즐거움을 안겨 주며, 합장을 하고 상냥한 목소리로 라마에게 말했다.

"범 같은 분이시여, 저희가 여기 있나이다. 명 하소서. 님을 위해 무엇을 할까요?"

라구의 기쁨 라마는 그들에게 말했다.

"가고 싶은 대로 가거라. 때가 되어 내가 그대들을 마음에 떠올리면, 그때 나를 도와야 할 것이다."

"그리하겠나이다."라고 대답하고, 그들은 까꿋스타의 후손 라마를 오른쪽으로 도는 예를 갖추고 온 대로 돌아갔다.

주문을 모두 배우고 나서 다시 나아가면서, 라구의 후손은 부드럽고 상냥하게 위대한 성자 위슈와미뜨라에게 말했다.

"산 근처에 저 구름 같은 나무숲은 무엇입니까? 사슴으로 가득하고 고운 목소리를 가진 온갖 새들로 꾸며져 있으니, 아름다워서 마음이 끌립니다. 최고의 성자시여, 이 땅의 유쾌한 풍경을 보고 나니, 털이 곤두서는 음산한 숲에서 빠져나왔다는 것을 알겠습니다. 존귀한 분이시여, 제게 다 말씀해주소서. 이는 누구의 아슈람터입니까? 브라만을 죽이는 간악하고 죄 많은 자를 상대해야 하는 곳이 이곳입니까?"

제28장

견줄 이 없는 라마가 궁금해 하자, 위대한 위슈와미뜨라는 설명하기 시작했다.

"라마야, 옛날에 이곳은 위대한 와마나*의 아슈람이었다. 위대한 고행자인 와마나가 성취를 이룬 곳이기 때문에 이곳은 성취의 아슈람이라고 불린단다. 그때는 위로짜나†의 아들인 그 유명한 발리 왕이, 마루뜨 무리를 거느린 인드라를 비롯한 신족을 정복하고 삼계에 자신의 왕권을 확립했던 시기였다. 발리가 제사를 지내고 있을 때,‡ 신들은 아그니를 필두로 이 아슈람에 모여 비슈누를 불렀지.

'비슈누시여, 위로짜나의 아들 발리가 최상의 제사를 올리고 있나이다. 그러니 그가 자신의 제사를 다 지내기 전에 일을 완수해야 합니다. 여기저기에서 몰려든 청원자들에게, 그는 어디서든 무엇이든 얼마든 전부 내주고 있습니다. 신들의 안녕을 위해 비슈누시여, 요가의 환영적 힘으로 난쟁이가 되어, 신성하고 뛰어난 일을 이루십시오. 일이 성취되면 신들의 주시여, 이곳은 님의 은총으로 성취의 아슈람이 될 것입니다. 신성한 분이시여, 부디 이곳을 나서소서.'

그러자 위대한 비슈누는 아디띠에게서 태어난 난쟁이§의 모습을 취하고, 위로짜나의 아들에게 갔단다. 그는 세 걸음만큼의 땅을

---

* 비슈누의 화신인 난쟁이.

† 쁘라흘라다의 아들인 아수라.

‡ 신에게 올리는 제사가 아니라, 더 높은 신성을 얻기 위해 신주 소마를 마시는 제사를 거행한 것이다. 이 제사를 마치면 발리 왕은 무적의 존재가 될 수 있었다.

§ 와마나는 신들의 어머니인 아디띠의 아들이다.

발리에게 청했고, 발리는 기꺼이 이를 받아들였다. 그러자 온 중생의 안녕에 헌신하는 세계의 혼 비슈누는 온 세상을 디뎠단다.* 위대한 신은 힘을 발휘하여 발리를 묶고 나서, 삼계를 다시 위대한 샤끄라†에게 되돌려 주어, 다시금 그의 지배하에 두게 했다. 난쟁이가 있었던 이 아슈람은 피로를 사라지게 한단다. 와마나께 헌신을 다한 덕분에 이제 이곳은 내 것이 되었지. 락샤사들이 이 아슈람에 와서 훼방을 놓고 있으니, 범 같은 사내야, 여기서 그 악독한 것들을 죽여야 한다. 라마야, 이제 비할 곳 없는 성취의 아슈람으로 가자꾸나. 아들아, 이 아슈람은 내 것이지만 네 것이기도 하단다."

성취의 아슈람에 사는 성자들은 위슈와미뜨라를 보고 즉시 자리에서 죄다 일어나 그에게 경배를 올렸다. 공경 받아 마땅한 위슈와미뜨라, 현명한 그를 경배하고 나서 그들은 두 왕자를 위해 손님을 환대하는 의례를 행했다. 라구의 기쁨, 적을 정복하는 두 왕자가 잠시 쉬고 있을 때, 성자들은 합장을 하고 범 같은 성자에게 말했다.

"황소 같은 성자시여, 복 받으시길! 지금 바로 정화의식에 들어가소서. 성취의 아슈람이 성취의 장소가 되게 하소서. 님의 말씀이 진실이 되게 하소서."

이 말을 듣고 위대한 성자, 빛이 넘치는 위슈와미뜨라는, 스스로를 제어하고 감관을 억제하면서 정화의식에 들어갔다. 두 왕자 또한 마음을 가다듬어 밤을 보낸 뒤, 아침에 일어나 위슈와미뜨라에게 인사를 올렸다.

---

* 와마나는 갑자기 키가 커져 첫 걸음으로 온 대지를, 두 번째 걸음으로 천계를 덮고, 마지막으로 발리의 머리를 밟았다.

† 인드라.

제29장

적을 길들이는 왕자들, 때와 장소를 아는 달변의 그들은, 적절한 때 적합한 곳에서 꾸샤의 후손 위슈와미뜨라에게 말했다.

"존귀한 브라만이시여, 밤의 부랑자들로부터 언제 이곳을 지켜야 하는지 알고 싶나이다. 때를 놓치면 안 될 것입니다."

싸우고 싶어 조바심이 난 까꿋스타의 후손들이 이렇게 말하자, 성자들은 모두 기뻐하며, 두 왕자에게 말했다.

"라구의 후손들이여, 두 사람은 오늘부터 엿새 밤을 지켜야 하오. 성자께서는 정화의식 중이셔서 침묵을 지키실 것이오."

명성 높은 두 왕자는 그 말을 듣고 엿새 밤 동안 성자들의 숲을 지키면서, 결코 잠들지 않았다. 적을 정복하는 두 영웅은 활로 무장하고, 주의를 기울여 최고의 성자 위슈와미뜨라를 수행하며 지켰다. 시간이 흘러 엿새째 날이 오자, 라마는 수미뜨라의 아들 락슈마나에게 말했다.

"집중하고 정신 바짝 차려."

싸우고 싶어 조바심이 난 라마가 이렇게 말할 때, 사제와 제관들이 가진 제화가 확 타올랐다. 《베다》의 주문과 함께 규정대로 제사가 진행되는 도중에, 하늘에서 소름 끼치는 소리가 크게 들렸다. 그리고 우기의 구름처럼 하늘을 덮은 락샤사 둘이 환술(幻術)을 펼치며 날아왔다. 마리짜와 수바후, 그리고 무시무시하게 생긴 졸개들이 함께 와서 홍수처럼 피를 뿌렸다. 힘으로 밀어닥친 그들을 보고, 사슴 눈의 라마는 락슈마나를 돌아보며 말했다.

"두고 봐, 락슈마나. 바람이 구름을 흩어 버리듯이, 내가 마누의 무기 쉬떼슈로 살코기를 먹는 사악한 락샤사들을 쫓아버릴 테니까."

라구의 후손 라마는 엄청난 분노를 느끼며, 가장 고귀하고 빛나는 무기를 마리짜의 가슴에 쏘았다. 마누가 썼던 최고의 무기에 맞고, 마리짜는 삼천 리 밖 바닷물 속으로 날아가 버렸다. 쉬떼슈의 힘에 뭉개져 정신을 잃고 날아가는 마리짜를 보고, 라마는 락슈마나에게 말했다.

"봐라 락슈마나, 다르마와 함께 하는 마누의 쉬떼슈를. 기절시켜서 날려 버리기는 했지만, 숨을 끊어놓지는 않았어. 무자비하고 사특한, 피를 마시는 다른 락샤사들도 죽일 거야. 악하게 행동하고 제사를 방해하잖아."

라구의 기쁨이 아그니의 탁월한 무기*를 들어 수바후의 가슴을 쏘니, 이를 맞고 수바후는 땅에 떨어졌다. 명성 높고 고귀한 라구의 후손은 그러고 나서, 바람 신의 무기†로 나머지를 죽여 성자들에게 기쁨을 주었다. 제사를 훼방 놓는 락샤사를 죄다 죽이고 나서, 라구의 기쁨은 그 옛날 인드라가 승리했을 때처럼 그곳의 성자들에게 경배를 받았다. 제사가 마무리 되자, 위대한 성자 위슈와미뜨라는 골칫거리가 사방에서 사라진 것을 보고 까꿋스타의 후손 라마에게 이렇게 말했다.

"위대한 완력의 전사야, 내 목적은 이루어졌다. 네가 아버지의 명을 이행했구나. 명성 높은 라마야, 네가 이곳을 진실로 성취의 아슈람이 되게 했도다."

---

* 쉬카라.

† 쁘라타마.

제30장

목적을 이룬 것을 기뻐하며, 두 영웅 라마와 락슈마나는 아주 흐뭇한 마음으로 그곳에서 밤을 보냈다. 밤이 가고 새벽이 되자, 그들은 아침 의례를 마치고 함께 위슈와미뜨라를 비롯한 성자들에게 갔다. 타오르는 불같은, 성자 중의 성자에게 인사를 하고 나서, 감미로운 언변을 지닌 그들은 고귀하고 듣기 좋은 말을 했다.

"범 같은 성자시여, 여기 님 앞에 하인 둘이 있습니다. 바라는 대로 명을 내리소서. 무엇을 할까요?"

그들이 이렇게 말하자, 위슈와미뜨라를 수장으로 하는 위대한 성자들은 모두 라마에게 말했다.

"최고의 사내야, 미틸라국 자나까가 무상의 다르마를 드러내는 제사를 지낼 것이다. 우리는 그곳에 갈 것이야. 범 같은 사내야, 너 또한 우리와 함께 갈 것이다. 그곳에서 너는 보석 같은 활을 볼 수 있을 게야. 최고의 사내야, 가늠할 수 없는 힘의 무시무시하고 빛나는 그 활은 예전에 신들이 내린 것이란다. 신, 간다르와, 아수라, 그리고 락샤사도 그것을 당기지 못하니, 인간은 어떻겠느냐. 힘이 넘치는 왕과 왕자들이 활의 위력을 시험하려 했지만, 그것을 당기지 못했단다. 범 같은 사내야, 그곳에서 미틸라의 위대한 군주가 가진 활을 보게 될 것이다. 그리고 까꿋스타의 후손아, 너는 경이로운 제사도 보게 될 것이다. 범 같은 사내야, 손잡이가 아름다운 그 뛰어난 활은, 미틸라의 군주가 이전 제사의 공덕으로 달라고 제신에게 간청한 것이란다."

성자 중의 성자 위슈와미뜨라는 이렇게 말하고 나서, 까꿋스타의 후손들과 성자 무리와 함께 출발하면서, 숲의 정령들에게 이별을 고했다.

"안녕하기를. 목적이 성취되었기에, 나는 이 성취의 아슈람에서 자흐누의 딸인 강가 강변 북쪽의 히말라야로 가노라."

성취의 아슈람, 위없는 존재의 아슈람을 오른쪽으로 도는 예를 행하고 그는 북쪽으로 출발했다. 최고의 성자가 나아갈 때, 전부 《베다》를 아는 추종자들이 수레 백 대를 가득 채우며 그 뒤를 따랐다. 성취의 아슈람에 살던 짐승과 새떼까지도 위대한 영혼의 성자 위슈와미뜨라를 따라왔다. 먼 길을 가서 해가 뉘엿뉘엿하자, 성자 무리는 마음을 가다듬고 쇼나 강변에 머물 곳을 만들었다. 해가 떨어지자, 가늠할 수 없는 힘을 가진 그들은 목욕을 마치고 차례로 제화에 공양을 올린 다음, 위슈와미뜨라를 상석으로 하여 자리에 앉았다. 라마는 락슈마나와 함께 성자들에게 예를 올리고는, 현명한 위슈와미뜨라 앞에 앉았다. 그리고 빛이 넘치는 라마는 호기심으로 범 같은 성자인 위대한 위슈와미뜨라에게 물었다.

"성스러운 이시여, 무성한 숲이 있어 아름다운 이곳은 어떤 곳입니까? 알고 싶나이다. 사실을 말씀해 주십시오. 복 받으시길."

라마의 말에 흥이 난 위대한 고행자, 서약에 충실한 그는 성자들 가운데에서 그 지역에 대한 것을 죄다 이야기하기 시작했다.

제31장

위슈와미뜨라는 이야기를 시작했다.

　브라흐마에게서 난, 꾸샤라는 이름의 위대한 고행자가 있었다. 그는 위다르바 여인에게서 뛰어난 아들 넷을 얻었는데, 그들의 이름은 꾸샴바, 꾸샤나바, 아두르따라자사, 그리고 와수라고 했단다. 빛나고 큰 힘을 가졌으며 의롭고 진실을 말하는 아들들이 끄샤뜨리야의 다르마*를 행하게 하려고, 꾸샤는 아들들에게 말했다.

　"아들들아, 사람들을 수호하는 일을 해야 한다. 그래야 다르마를 온전히 얻게 될 것이야."

　꾸샤의 말을 듣고 비범한 그들, 최고의 사내였던 이 넷은 다 도시를 세웠단다. 빛이 넘치는 꾸샴바는 도시 까우샴비를, 의로운 꾸샤나바는 도시 마호다야를 세웠다. 라마야, 아두르따라자사왕은 최고의 도시 다르마란야를, 그리고 와수왕은 기리우라자라는 도시를 세웠단다.† 라마야, 이 풍요로운 땅은 위대한 와수의 것이다. 빼어난 언덕 다섯 개가 사방을 둘러싸고 있지. 이 사랑스러운 강은 다섯 개의 빼어난 언덕 사이를 꽃목걸이처럼 장식하며 마가다로 흐르기 때문에 수[아름다운]마가디라고도 한단다. 비옥한 들판을 관통해 동쪽으로 흐르는, 이 곡식에 둘러싸인 마가디강은 위대한 와수의 것이지. 라구의 기쁨아, 의로운 성자왕 꾸샤나바는 그르따찌‡에게서 견

---

*　끄샤뜨리야의 의무는 왕국을 다스리며 백성을 지키는 것이다.

†　마가다국의 수도 라자그라하(왕사성).

‡　압사라스(요정).

줄 이 없는 딸 백을 얻었다. 어느 날 젊음과 아름다움을 갖춘 그들은 몸단장을 하고, 우기의 번개처럼 빛을 내며 정원으로 갔단다. 라구의 후손아, 더 없이 아름다운 장신구를 한 그들은 춤추고 노래하고 악기를 연주하며 아주 즐거워했지. 그들은 사지마다 고와서, 아름다움으로는 이 땅 위 그 누구도 그들에게 맞설 수 없었다. 정원에 있는 그들은 마치 구름 속 별 같았지. 젊음과 아름다움, 그리고 만덕을 갖춘 그들을 보고, 온 중생에 들어 있는 바람*의 신 와유가 말했다.

"내가 너희 모두를 원하니, 너희는 내 아내가 될 것이다. 인간임을 버려라. 그리고 긴 생을 얻어라."

지칠 줄 모르는 와유의 말을 듣고, 백 명의 소녀들은 그를 비웃으며 말했단다.

"빼어난 신이시여, 님은 온 중생들 속에서 움직이시니 각각의 힘을 다 아실 것입니다. 왜 저희를 모욕하시나요? 빼어난 신이시여, 저희는 꾸샤나바의 딸입니다. 님은 신이시기에, 저희 누구든 님을 고귀한 지위에서 떨어뜨릴 거예요. 게다가 저희는 정조를 지키고 있습니다. 어리석은 분이시여, 진실을 말씀하시는 아버지를 존중하지 않고 저희가 자신의 뜻대로† 남편을 고르는 때가 오지 않기를. 저희에게 아버지는 주인이자 최고의 신이시기 때문입니다. 아버지께서 저희를 주는 남자만이 저희의 남편이 될 것입니다."

그들의 말을 듣고 신성한 와유는 극도로 화가 나서, 그들의 몸에 들어가서는 사지마다 비틀어버리고 말았다. 와유가 사지를 비틀어

---

* 여기서 와유는 숨(정기)을 말한다.

† 힌두 전통은 여성에게 삼종지도를 강요한다. 자신의 뜻(의지)을 지니지 않은 여성만이, 정숙하다고 인정 받는다.

버린 소녀들은 왕궁으로 돌아갔지. 사지가 비틀린 그들을 보고 왕은 놀라 말했단다.

"이게 무슨 일이냐? 딸들아, 말해다오. 누가 감히 다르마를 무시했더냐? 누가 너희 모두를 꼽추로 만들었단 말이냐? 몸짓은 하는데 말을 않는구나."

제32장

위슈와미뜨라는 이야기를 계속했다.

현명한 꾸샤나바의 딸 일백은 이 말을 듣고, 머리로 그의 두 발을 만진 다음 말했지.

"왕이시여, 온 중생에 들어 있는 와유가 부정한 길에 빠져서는, 저희에게 접근하여 저희를 망치려고 했어요. 다르마를 존중하지 않고 말이에요. 저희는 그에게 '저희에겐 부친이 계시고, 복 받으시길, 저희는 자기 뜻대로 행하지 않아요. 아버지께서 저희를 당신께 주실지 그분에게 물어보세요.'라고 말했지만, 추악한 의도를 가진 와유는 이 말을 듣지 않고 저희 모두를 이렇게 상하게 했답니다."

의롭고 명예로운 왕은 이 말을 듣고, 견줄 이 없던 딸 백 명에게 대답했다.

"딸들아, 너희들이 견디어 낸 것은 의당 그래야만 하는 일이었다. 장하구나. 너희는 하나같이 우리 가문을 지켜냈다. 인내는 사내

뿐만 아니라 여인의 장신구이기도 하단다. 서른 명의 신에게 이런 참을성은 특히나 어려운 것이지. 딸들아, 이런 인내를 너희가 고루 갖추고 있구나. 인내는 보시요, 인내는 제사이며, 인내는 진리다, 딸들아. 인내는 영예요, 인내는 다르마이며, 인내 위에 세상이 서 있단다.”

그러고 나서, 서른 신을 능가하는 왕은 딸들을 보냈단다, 까꾸스타의 후손아. 조언을 구할 줄 아는 왕은, 때와 장소에 맞춰 적합한 남자에게 시집보내기 위해, 책사들과 함께 딸들의 출가를 의논했지. 그 당시에 쭐리라는 이름의 위대한 성자가 있었는데, 행위가 훌륭한 그는 사정을 제어하며*《베다》의 고행을 하고 있었다. 복 받기를! 성자가 고행을 하고 있을 때, 간다르와 여인—우르밀라의 딸 소마다—이 그의 시중을 들고 있었단다. 의로운 그녀는 그곳에 살면서, 그를 경배하고 섬겨 스승을 기쁘게 했단다. 라구의 기쁨아, 때가 되자 그는 그녀에게 물었다.

“복 받기를. 너 때문에 아주 흐뭇하구나. 널 위해 무엇을 해주랴?”

말하는 법을 아는 간다르와 여인은 성자가 흡족하다는 것을 알고 매우 기뻐하며, 역시 달변인 성자에게 달콤한 목소리로 말했단다.

“브라흐마와 하나가 되어 위대한 브라흐마의 광휘를 갖추신 님께서는 훌륭한 고행자이십니다. 저는 브라흐마의 고행력을 갖춘 의로운 아들을 원하나이다. 복 받으시길. 제게는 남편이 없으니 저는 그 누구의 아내도 아닙니다.《베다》에서 이르는 대로 님께 왔사오니, 부디 제게 아들을 주세요.”

---

* 정액을 위로 흐르게 하여 사정을 하지 않는 것. 육체적 순결을 뜻한다.

브라만 성자 쭐리는 기뻐하며 그의 마음으로부터 태어난,[†] '브라흐마닷따'라는 걸출한 아들을 그녀에게 주었다. 브라흐마닷따는 왕이 되어, 천상에 있는 신들의 왕처럼 궁극의 광휘를 갖추고 깜삘리야라는 도시에 살았지. 까꿋스타의 후손아, 의로운 꾸샤나바왕은 마음을 정하고는 브라흐마닷따에게 딸 백을 주었단다. 빛이 넘치는 대지의 주인 꾸샤나바는 브라흐마닷따를 불러, 아주 흡족한 마음으로 그에게 딸 백 명을 주었다. 라구의 기쁨아, 제신의 왕과도 같은 브라흐마닷따는 차례로 그들의 손을 잡았지.[‡] 그가 그들의 손을 만지는 순간 굽은 것이 펴졌고, 백 명의 여인들은 빼어난 아름다움을 갖추게 되어 슬픔에서 벗어났단다. 와유로부터 풀려난 그들을 보고 대지의 군주 꾸샤나바는 몹시 기뻐하며 거듭 즐거워했지. 대지의 군주 꾸샤나바는 갓 결혼한 브라흐마닷따와 그의 아내들을 스승 무리와 함께 돌려보냈다. 간다르와 여인 소마다 또한 아들에게 걸 맞는 결혼식에 크게 기뻐하며, 관례에 따라 며느리들을 맞이했단다.

제33장

위슈와미뜨라는 이야기를 계속했다.

[†] 브라흐마와의 합일을 통해 정신력으로 만든 아들이다. '브라흐마닷따'는 브라흐마가 준 아들이라는 뜻이다.

[‡] 혼례 의식을 뜻한다.

"라구의 후손 라마야, 브라흐마닷따가 혼인하여 떠나자, 아들이 없는 꾸샤나바는 아들을 얻기 위해 아들기원 제사를 거행했단다. 제사가 진행되는 동안 브라흐마의 아들 꾸샤는 크게 기뻐하며 대지의 군주 꾸샤나바에게 말했다.

'아들아, 너는 가디라고 하는, 아주 의롭고 훌륭한 아들을 갖게 될 것이다. 세상에서 스러지지 않는 명예를 그를 통해 얻게 될 것이야.'

라마야, 대지의 군주 꾸샤나바에게 이렇게 말하고 나서, 꾸샤는 하늘에 올라 불멸인 브라흐마의 세계로 돌아갔단다. 얼마 후 현명한 꾸샤나바에게, 가디라는 이름을 가진 아주 의로운 아들이 태어났지. 까꿋스타의 후손아, 그 의로운 가디가 내 부친이시다. 꾸샤 가문의 후손이기 때문에 나를 까우쉬까라고도 한단다, 라구의 기쁨아. 내게는 서약에 충실한 손위 누이가 있는데, 사띠야와띠라는 이름의 그녀는 르찌까와 결혼했다. 그리고 남편을 따라 육신을 가지고 천상에 올랐지. 꾸샤의 후손인 이 고귀한 여인은 후에 위대한 강이 되었다. 상서로운 물을 지닌 사랑스러운 내 누이는 히말라야에서 발원하여, 세상의 이익을 위해 자신의 뜻대로 흐른단다. 누이 까우쉬끼*에 대한 애정 때문에 나는 히말라야에 들어가 감관을 제어한 채 행복하게 살고 있다, 라구의 기쁨아. 상서롭고 축복받은 사띠야와띠, 진리와 다르마에 확고히 자리 잡고 남편에게 헌신하는 그녀가 바로 강중의 강 까우쉬끼지. 라마야. 나는 서약† 때문에 그녀를 두고

---

* 꾸샤의 남손은 까우쉬까, 여손은 까우쉬끼라고 한다. 그래서 위슈와미뜨라는 까우쉬까, 사띠야와띠는 까우쉬끼라고도 불린다. 이 강의 이름은 그녀의 이름 까우쉬끼를 딴 것이다.

† 제사를 지내겠다는 서약.

떠났었단다. 그리고 성취의 아슈람에 도착하여 네 힘으로 목적을 성취했다. 라마야, 이것이 내 가문과 출생에 대한 이야기지. 큰 완력의 용사야, 이게 네가 내게 물었던 것이다. 까꿋스타의 후손아, 내 이야기를 하다가 밤의 절반이 갔구나. 복 받기를. 가서 자렴, 여행에 아무 장애가 없어야 할 것이니. 나무들은 움직이지 않고, 짐승과 새들도 잠에 빠졌구나. 사방이 밤의 어둠 속에 잠겼다, 라구의 기쁨아. 박명이 점차 스러지고, 하늘이 마치 눈동자로 뒤덮인 것처럼 총총한 별자리와 별들이 빛으로 빛나고 있다. 서늘한 빛줄기의 달이, 세상의 어둠을 쫓고 빛으로 중생들의 마음을 흥겹게 하면서 떠오르는구나, 지배자야. 밤의 온 중생들, 살코기를 먹는 무서운 약샤와 락샤사가 떼지어 여기저기를 돌아다니고 있다."

빛이 넘치는 위대한 성자 위슈와미뜨라가 이렇게 말을 끝내자, 성자들 모두 그를 칭송했다.

"훌륭합니다, 훌륭합니다."

라마와 락슈마나 또한 다소 놀라서, 그 범 같은 성자를 칭송한 뒤 잠자리에 들었다.

제34장

쇼나 강변에서 위대한 성자들과 함께 나머지 밤을 보낸 위슈와미뜨라는 밤이 다한 새벽에 말했다.

"라마야, 밤이 가고 아름다운 여명이 오는구나. 아침 의례가 있을 것이다. 일어나라, 일어나. 복 받기를. 떠날 채비를 하거라."

그 말을 듣고 라마는 아침 의례를 행하고 갈 준비를 마치고 나서 말했다.

"상서로운 물의 쇼나강은 모래톱으로 단장되어 있어 건널 만합 니다. 브라만이시여, 두 길 중 어떤 길로 건널까요?"

라마가 이렇게 말하는 것을 듣고 위슈와미뜨라가 말했다.

"내가 가리킨 이 길로 위대한 성자들이 갈 것이다."

그리고 먼 길을 가서 반나절이 지났을 때, 그들은 성자들이 안주 하는 최고의 강—자흐누의 딸, 강가강—을 보게 되었다. 신성한 물의 그녀, 백조*와 두루미가 사는 강을 보고 성자들과 라구의 후손들 모 두 기꺼워했다. 강변에 머물 곳을 만들고 목욕을 한 다음, 의례에 따 라 그들은 신과 조상들을 위해 물을 올리고 제화에 공양을 붓고 나 서, 불사약 같은 공양물을 먹었다. 그러고 나서 만족스러운 마음으로 그들은, 위대한 성자 위슈와미뜨라를 사방으로 둘러싸고 강가 강변 에 앉았다. 즐거운 마음으로 라마는 위슈와미뜨라에게 물었다.

"존귀한 분시여, 세 길†로 흐르는 강가강에 대해 듣고 싶나이다. 어떻게 그녀가 삼계를 흘러, 시내와 강의 주인인 바다로 갑니까?"

라마의 말에 흥이 난 위대한 성자 위슈와미뜨라는, 강가의 기원 과 확장에 대해 말하기 시작했다.

"히말라야라는 이름을 가진 거대한 금속 광산이 산들의 왕이란 다. 그에겐 아름다움으로는 땅 위에 견줄 이가 없는 딸 둘이 있었지.

---

* 항사. 사랑의 메신저 역할을 하는 새라서 백조라고 번역했지만, 사실은 흰 기러기라고 봐야 한다.

† 천상, 지상, 그리고 지하.

라마야, 히말라야가 사랑하는, 허리 곱고 매력적인 메나라는 이름의 아내는 그들의 어머니이자, 메루산의 딸이다. 라구의 후손아, 그녀에게서 태어난 히말라야의 맏딸이 강가이고, 둘째 딸이 우마란다. 자신들의 목적을 이루기 위해 신들은 모두, 세 길로 흐르는 강이 될 맏딸을 산들의 왕에게 청했다. 다르마를 위해, 그리고 삼계의 안녕을 위해 히말라야는 세상을 정화하는 딸, 어떤 길이든 마음대로 가는 강가를 내주었단다. 삼계의 안녕을 위해 행하는 신들은 삼계의 이익을 위해 강가를 받아 목적을 이루고는, 만족하여 그녀를 데리고 떠났지. 라구의 기쁨아, 그 산의 다른 딸은 혹독한 서원을 세우고 고행을 행하는, 고행을 재산으로 삼는 여인이었다. 산중의 산 히말라야는 혹독한 고행에 전념하는 딸, 세상이 경배하는 우마를 견줄이 없는 쉬바에게 주었지. 최고의 강 강가와 여신 우마는 산들의 왕 히말라야의 두 딸이고, 온 세상이 그들을 경배한단다, 라구의 후손아. 세 길로 흐르는 강이 처음에는 천상에만 흘렀었다는 이야기를 전부 네게 했구나, 걸음걸이 당당한 아이야."

제35장

성자의 말을 듣고 라마와 락슈마나는 이야기에 탄복하며, 황소 같은 성자에게 말했다.

"브라만이시여, 님께서 하신 이 이야기는 뛰어나고 다르마를 갖춘 것이니, 산들의 왕 히말라야의 맏딸 이야기를 더 해주십시오. 상세하게 알고 계시니, 천계와 인간계에서 강가가 어떻게 발원했는지, 세상을 정화하는 그녀가 무슨 이유로 세 길을 정화하게 되었는지 자세히 말씀해 주십시오. 최고의 강가가 어떻게 세 길을 흐르는 강이라고 삼계에 알려지게 되었습니까? 다르마를 아시는 분이시여, 그녀가 무슨 일과 관련되어 있는지 말씀해 주소서."

까꿋스타의 후손이 이렇게 말하자 고행을 재산으로 삼는 위슈와미뜨라는, 성자들 가운데에서 빠짐없이 이야기하기 시작했다.

옛날에, 라마야, 푸른 목의 위대한 고행자 쉬바*는 결혼을 하고 나서, 욕망에 차서 여신†을 바라보며 사랑을 나누기 시작했단다. 그러면서 푸른 목의 신은 신들의 시간으로 백 년‡을 보냈지만, 적을 괴롭히는 라마야, 여신에겐 아이가 없었지. 할아버지 브라흐마를 필두로 한 신들은 두려워하며 생각했다.

'만약 이 둘에게서 어떤 존재가 태어난다면, 누가 그 존재를 견딜 수 있을 것인가?'

신들은 죄다 쉬바에게 가서 엎드리고 말했지.

"신들의 신이신 위대한 신이시여, 세상의 안녕에 헌신하는 분이시여! 이렇게 엎드린 신들에게 은총을 내려 주소서. 세상은 님의 정

---

* 신과 아수라들이 불사약을 얻기 위해 바다를 저었을 때, 불사약에 앞서 치명적인 독이 먼저 나왔다. 세상을 구하기 위해 쉬바가 그 독을 마시자, 그가 죽을까봐 걱정된 아내 빠르와띠가 그의 목을 잡았다. 독에 중독되어 쉬바의 목은 푸르게 변했고, 그 뒤로 쉬바는 푸른 목이라는 별칭을 얻게 되었다.

† 아내인 빠르와띠(우마).

‡ 인간의 시간으로 360년, 또는 3600년. 마하바라따에서는 신의 하루가 16,000년이라고 한다.

액§을 견딜 수 없을 것입니다. 그러니 《베다》에 나온 대로, 여신과 함께 고행을 하셔야 합니다. 삼계의 이익을 위해, 님께서는 정액을 몸속에 지니셔야 할 것입니다. 온 세상을 사라지게 하지 마시고, 부디 지켜 주소서."

신들의 말을 듣고 온 세상의 위대한 주는 "좋다."라고 모두에게 말하고는, 다음과 같이 덧붙였다.

"우마의 도움으로, 나는 정액을 몸속에 지닐 것이다. 서른 신과 대지는 안심해도 좋다. 그러나 이미 제자리에서 벗어난 내 정액, 비할 바 없는 그것은 누가 가지고 있을 것인가? 최고의 신들은 내게 말해보라."

이 말을 듣고 신들은 황소를 상징으로 삼는 그¶에게 대답했다.

"제자리에서 벗어난 정액은 대지가 갖게 될 것입니다."

이를 듣고 신들의 주 쉬바는, 산과 숲을 채우며 정액을 지표면에 풀어 놓았다. 그러자 신들은 공물을 먹는 신 아그니에게 연거푸 말했다.

"빛이 넘치는 그대는 와유와 함께 루드라 속으로 들어가야 할 것이오."**

이렇게 아그니에 의해 다시 퍼진 정액은, 불이나 태양처럼 환한 천상의 갈대숲과 흰 산이 되었다. 그곳에서 아그니에게서 나온, 빛

---

§ 힌두 전통에서 정액은 원기로 간주된다. 쉬바가 가진 엄청난 에너지가 정액을 통해 밖으로 나와 세계를 파괴할까 봐, 신들이 두려워하는 것이다.

¶ 쉬바의 상징은 난디라는 황소이다.

** 문맥상 '루드라의 정액 속으로'라는 뜻이 될 수 있지만, 원문은 '루드라 속으로'이다. 루드라는 쉬바의 별칭이다.

이 넘치는 까르띠께야가 태어났다.* 신들은 아주 기쁜 마음으로 성자 무리와 함께 쉬바와 우마를 아낌없이 경배했다. 하지만 라마야, 분노로 눈이 벌게진 산의 딸 우마는 화가 나서 서른 신을 전부 저주하며 말했단다.

"아들을 바라며 나누던 사랑을 방해했으니, 너희는 자신의 아내에게서 아이를 얻지 못하리라. 이제부터 너희의 아내에게는 후사가 없을 것이다."

제신에게 이렇게 말하고 나서, 그녀는 대지 또한 저주했지.

"대지야, 여러 모습의 너는 많은 이들의 아내가 되리라.† 네가 내아들을 바라지 않았으니, 이 마음씨 고약한 것아, 내 분노로 더럽혀져 너 또한 아들을 갖는 기쁨을 얻지 못할 것이다."

신들이 죄다 이렇게 창피를 당하는 것을 보고 나서, 신들의 주쉬바는 바루나가 수호하는 땅‡으로 갔단다. 그곳에 가서, 빼어난 히말라야 봉우리 북쪽 기슭에서 위대한 신은 여신과 같이 고행을 했지. 라마야, 히말라야 산의 딸들에 대해서는 네게 자세하게 말해 주었구나. 이제 너와 락슈마나는 강가의 기원에 대해 들어야 하리라.

---

* 머리 여섯의 전쟁신 까르띠께야의 탄생에 대해서는 여러 이야기가 전한다. 쉬바의 정액으로 잉태되었지만, 까르띠께야의 탄생과 양육에 관여한 아그니, 강가, 끄르띠까 모두가 그의 부모로 인정된다.

† 전통적으로 대지는 왕의 첫 번째 아내로 간주된다. 왕들이 대지를 나누어 다스리므로 당연히 대지는 여러 왕의 아내이다. 일부종사를 강요하는 힌두 전통에서, 남편이 여럿이라는 말은 여인에게 큰 모욕이 된다.

‡ 서쪽.

제36장

위슈와미뜨라는 이야기를 계속했다.

옛날에 쉬바 신이 고행 중일 때, 신과 성자 무리는 그들 군대의 지휘관을 바라고 할아버지 브라흐마에게 갔었단다. 인드라를 비롯한 신들은 아그니를 앞세우고, 모두 성스러운 할아버지 앞에 엎드려 훌륭한 말을 했다.

"성스러운 신이시여, 예전에 군의 지휘관으로 내려 주신 이§는 극도의 고행을 택하여 우마와 함께 수행하고 있나이다. 이제 세상의 안녕을 위해 행해야 할 일을 즉시 해주소서, 앞뒤를 아시는 분이시여! 님께서는 저희의 마지막 의지처이십니다."

신들의 말을 듣고 온 세상의 할아버지는 좋은 말로 서른 신을 달래며 말했지.

"자네들이 아내에게서 자손을 얻을 수 없을 것이라고, 산의 딸 우마가 말한 것은 변하지 않는 사실일세. 의심할 여지가 없지. 하지만 하늘을 흐르는 강가가 있지 않은가. 공물을 먹는 아그니가, 그녀에게서 적을 다스리는 장군을 태어나게 할 걸세. 산들의 왕 히말라야의 맏딸 강가가 그를 아들로 여길 테고, 우마는 그것을 크게 고려할 것이네.¶ 의심의 여지가 없지."

라구의 기쁨아, 이 말을 듣고 목적을 이룬 신들은 전부 할아버지

---

§ 쉬바.

¶ 자신의 언니 강가가 아들로 여기는 까르띠께야가 태어나는 것을 우마가 막을 리는 없다는 뜻이다.

께 절하고 그를 경배했단다. 라마야, 그러고 나서 신들은 죄다 광석으로 꾸며진 산, 빼어난 까일라사로 가서는 아들을 얻는 임무를 아그니에게 맡겼다.

"공물을 먹는 신이여, 그대는 신들의 임무를 완수해야 할 것이오. 빛이 넘치는 이여, 산의 딸 강가에게 그대가 정액을 쏟아야 하오."

정화의 신 아그니는 신들에게 이를 약속하고는 강가에게 가서 말했단다.

"여신이여, 신들의 기쁨을 위해 이 태아를 간직하시오."

이 말을 듣고 그녀는 신의 모습을 취했고, 그녀의 찬란한 아름다움을 본 아그니는 그녀에게 쉬바의 정액을 고루 뿌려 주었다. 정화하는 신 아그니는 이렇게 정액을 사방에 뿌려 강가의 수로를 전부 정액으로 채웠단다, 라구의 기쁨아. 하지만 강가는 신들의 사제인 아그니에게 말했지.

"신이여, 그대의 강력한 정액을 견딜 수가 없구려. 불길이 나를 태우니 내 마음도 괴롭소."

그러자 제신의 공물을 먹는 신 아그니는 강가에게 말했다.

"히말라야 기슭에 태아를 두도록 합시다."

흠 없는 아그니의 말을 듣고, 강가는 수로로부터 그 빛나는 태아를 흘려보냈다. 그녀로부터 나왔기 때문에 그 정액은 녹은 금*과 같이 빛났고, 대지에 닿자 티 없이 빛나는 금과 은이 되었지. 그리고 그것의 날카로운 성질로부터는 쇠와 구리가 생겨났다. 정액은 대지에 닿아 다양한 금속이 되었단다. 태아가 착상하는 순간, 산에 속한

---

* 가장 순수한 금을 말한다.

모든 숲이 빛으로 물들어 금으로 변했다. 라구의 후손아, 공물을 먹는 아그니처럼 빛나는 금은 이때부터 자따루빠, 즉 아름답게 태어난 것이라고 불리게 되었단다. 마루뜨 무리를 거느린 인드라는, 이렇게 태어난 아이에게 젖을 충분히 먹이기 위해 끄르띠까[†]들을 유모로 임명했다.

"우리 모두의 아들이다."라고 끄르띠까들은 결정하고는, 갓 태어난 아이에게 제때 젖을 주었지. 그리하여 신들은 모두 말했단다.

"의심의 여지없이, 이 아이는 까르띠께야[‡]로서 삼계에 유명해질 것이다."

이 말을 듣고, 끄르띠까들은 양수에서 흘러나와 불처럼 큰 광채로 빛나는 그를 목욕시켰다. 까꿋스타의 후손아, 뛰어난 광채로 빛나는 복 받은 까르띠께야가 양수로부터 흘러나왔기 때문에 신들은 그를 스깐다, 즉 흘러나온 것이라고도 한단다. 그는 머리를 여섯으로 나투어, 여섯 끄르띠까의 젖가슴에서 나오는 훌륭한 젖을 빨았다. 하루 동안 젖을 빨고 나서, 힘이 넘치는 그는 어린아이의 몸으로 다이떼야[§] 전사 무리를 자신의 용력으로 이겼지. 신들 무리는 아그니를 앞세워 다 같이 모여서는, 흠 없는 광휘의 그를 천군의 지휘관으로 임명했단다. 라마야, 이제 강가에 대한 상세한 이야기와 꾸마라[¶]의 특별하고도 상서로운 출생에 대해 다 말했구나.

[†] 여섯 개의 별로 이루어진 별자리. 황소자리 플레이아데스 성단(묘성)을 말한다고 한다.

[‡] 끄르띠까의 아들이라는 뜻.

[§] 아수라.

[¶] 까르띠께야의 별칭.

제37장

꾸샤의 후손 위슈와미뜨라는 구구절절 좋은 이 이야기를 라마에게 해주고 나서, 이어지는 이야기를 까꿋스타의 후손에게 더 해주었다.

옛날에 사가라라는 이름의 용맹하고 의로운 아요디야왕이 있었단다. 그는 아이를 원했지만 자손이 없었지. 라마야, 사가라의 첫째 아내는 이름이 께쉬니라고 하는데, 위다르바* 왕의 딸인 그녀는 굳게 다르마를 지키며 진실만을 말하는 여인이었단다. 사가라의 두 번째 아내는 수마띠라고 하는데, 아리슈타네미† 의 딸이었다. 아름다움으로는 땅 위에 견줄 여인이 없었지. 왕은 두 아내와 함께 히말라야에 들어가, 브르구쁘라스라와나 산에서 고행을 했단다. 이렇게 백 년을 채우자, 진실한 자 가운데 최고인 성자 브르구는 그들의 고행에 기뻐하며 사가라에게 축원을 내려 주었다.

"흠 없는 인간이여, 그대는 아주 많은 자식을 얻게 될 것이다. 황소 같은 사내여, 또한 세상에서 비할 수 없는 명성을 얻게 될 것이다. 친애하는 이여, 그대의 한 아내는 가문을 이을 아들 하나를, 다른 아내는 육천 명의 아들을 낳을 것이다."

황소 같은 성자가 이렇게 말하자, 두 공주는 크게 기뻐하면서 합장을 하고 그를 칭송하며 말했다.

"브라만이시여, 누가 아들 하나를 갖게 될까요? 누가 많은 아들

---

* 중인도 Berar 지역.

† 신과 아수라의 아버지인 성자 까샤빠.

을 갖게 되나이까? 브라만이시여, 듣고 싶사옵니다. 님의 말씀이 사실이 되길!"

둘의 말을 듣고, 가장 의로운 브르구는 가장 훌륭한 말을 했다.

"너희의 바람대로 이루어지리라. 가문을 이을 아들 하나냐, 혹은 힘이 넘치고 명성 높으며 활력으로 가득한 아들 여럿이냐, 어느 쪽 축원을 바라느냐?"

라구의 기쁨 라마야, 성자의 말을 듣고, 왕 앞에서 께쉬니는 가문을 이을 아들 하나를 택했단다. 그리고 수빠르나[†]의 누이인 수마띠는 활력 가득하고 명성 높은 아들 육천을 골랐지. 성자를 오른쪽으로 도는 예를 행하고 머리를 조아리고 나서, 왕은 두 아내와 함께 자신의 도시로 돌아갔다. 시간이 흘러 께쉬니는 아사만자[§]라고 하는, 사가라의 장자를 낳았지. 범 같은 사내야, 수마띠는 조롱박 같은 태아를 낳았다. 그 조롱박같이 생긴 것이 나누어지더니, 아들 육천이 되었단다. 유모들은 정제 버터를 채운 항아리에 그들을 넣어 키웠다. 오랜 시간이 지나자, 그들은 전부 젊은이가 되었다. 사가라의 아들 육천이 젊음과 아름다움을 갖추기까지는 긴 시간이 걸렸지. 최고의 사내야, 사가라의 맏아들은 번번이 아이들을 붙잡아 사라유 강물에 던지고는, 그들이 가라앉는 것을 지켜보면서 웃곤 했단다. 이렇게 도성 사람들에게 악행을 일삼자, 그의 아버지는 도시에서 그를 추방했다. 아사만자에게는 앙슈만이라고 하는 용맹한 아들이 있었는데, 그는 사람들 모두에게 사랑받고 사람들 모두에게 친절하게

[†] 까샤빠와 위나따의 아들인 가루다. 아름다운 깃털을 가진 이라는 뜻이다.

[§] 사악한 자라는 뜻.

말하는 자였지. 최고의 사내야, 얼마 후 사가라는 좋은 생각이 떠올라, 제사를 올리겠다는 결정을 내렸다. 결심을 하고 나서, 《베다》를 아는 왕은 스승 무리와 함께 제사의식을 거행하기 시작했단다.

제38장

위슈와미뜨라의 이야기를 끝까지 들은 라구의 기쁨 라마는, 몹시 좋아하며 불처럼 빛나는 성자에게 말했다.

"복 받으시길. 이야기를 자세하게 듣고 싶나이다. 브라만이시여, 제 조상들께서는 어떻게 제사를 거행했나이까?"

위슈와미뜨라는 웃으며 까꿋스타의 후손에게 말했다.

"라마야, 위대한 사가라에 대한 이야기를 상세하게 들어 보거라."

히말라야라는 이름으로 알려져 있는 샹까라*의 장인은 윈디야 산과 마주보고 있지. 최고의 사내야, 그 제사는 두 산 사이에서 거행되었다. 범 같은 사내야, 그곳이 제사를 지내기에는 최적의 장소이기 때문이지. 까꿋스타의 후손아, 강한 활을 갖춘 앙슈만, 뛰어난 전차병인 그가 사가라의 명을 받들어 희생제의 말을 지키고 있었단다, 얘야. 그런데 욱티야 제례†가 행해지는 날에 인드라가 락샤사의 모

---

* 쉬바. 그는 히말라야의 둘째 딸인 빠르와띠(우마)와 결혼했다.
† 말 희생제의 둘째 날에 지내는 제사.

습으로 변해서는, 제주의 희생제 말을 데려가 버리고 말았다.[✝] 까꿋스타의 후손아, 사가라의 말을 도둑맞자, 스승 무리는 제주에게 모두 이렇게 말했다.

"욱티야의 날에 희생제의 말을 힘으로 강탈당하고 말았나이다. 까꿋스타의 후손이시여, 도둑을 죽이고 말을 되찾아 와야 합니다. 이 제사의 결함이 우리 모두에게 재난을 가져올 것이기 때문입니다. 왕이시여, 결함이 제거되도록 조치를 취하소서."

회합에서 스승들의 말을 듣고, 왕은 아들 육천에게 말했다.

"아들들아, 황소 같은 사내들아, 나는 이를 락샤사의 소행으로 보지 않는다. 《베다》의 주문으로 정화되어, 큰 몫을 받는 위대한 성자들에 의해 거행된 대제사였기 때문이다. 그러니 아들들아, 가서 찾아라. 복 받기를! 바다로 둘러싸인 땅 전체를 찾아 보거라. 아들들아, 리마다 하나하나 찾아라. 내 명이니, 말 도둑을 쫓아 말이 발견될 때까지 땅을 파라. 손자 그리고 스승 무리와 함께, 나는 말이 발견될 때까지 정화된 상태[§]로 여기 있을 것이다. 복 받기를!"

이 말을 듣고, 힘이 넘치는 왕자들은 기꺼운 마음으로 아버지의 말씀에 따라 지표를 돌아다녔단다, 라마야. 그들은 금강석처럼 단단한 팔로 리마다 하나하나 땅거죽을 갈았다, 범 같은 사내야. 번개같이 단단한 곡괭이와 무시무시한 쟁기로 파헤쳐지자, 라구의 기쁨아, 대지는 울부짖었단다. 라구의 후손아, 나가[¶], 아수라, 그리고 락

[✝] 고행이나 제사의 공덕으로 다른 사람이 자신에게 맞먹는 힘을 갖게 될까봐, 인드라는 종종 고행을 방해하거나 제사를 훼방 놓곤 한다.

[§] 제사를 지내기 위해 정화의식을 거친 상태.

[¶] 반신족인 큰 뱀.

샤사에 이르기까지, 죽임을 당하는 중생들의 무서운 외침 소리가 울려 퍼졌지. 라구의 기쁨아, 이 영웅들은 땅을 이백만 리 깊이—빼어난 하계 라사딸라*에 이르기까지—로 파헤쳤단다. 범 같은 사내야, 이렇게 왕자들은 사방을 떠돌며 산으로 가득한 잠부 대륙†을 팠다. 그러자 신, 간다르와, 아수라, 뱀 모두 마음이 어지러워, 할아버지 브라흐마에게 갔지. 겁에 질린 슬픈 얼굴로 위대한 영혼의 브라흐마를 칭송하고 나서, 그들은 할아버지에게 이렇게 말했다.

"신성한 분이시여, 사가라의 아들들이 온 땅을 파헤치고 있나이다. 위대한 존재와 수중생물이 수없이 죽어 가고 있습니다. 사가라의 아들들은 '우리 제사를 망치고 말을 데려갔다.'라고 하면서 중생들을 다 죽이고 있습니다."

제39장

위슈와미뜨라는 이야기를 계속했다.

신들의 말을 듣고 신성한 할아버지 브라흐마는, 사가라 아들들의 파괴적인 힘에 겁을 집어먹고 당황한 그들에게 대답했다.

---

* 7개의 지하세계 가운데 네 번째. 지상에서 밑으로 아딸라, 위딸라, 수딸라, 라사딸라, 딸라딸라, 마하딸라, 그리고 빠딸라 순이다.

† 메루 산을 둘러싸고 있는 7개 대륙 가운데 하나로서, 인도 땅을 뜻한다. 인도 대륙이 잠부(로즈애플) 나무의 열매처럼 생겼다고 해서 붙여진 이름이다.

"이 온 대지는 까삘라의 모습을 취하고 있는 현명한 와수데와[†]의 것이고, 그가 쉼 없이 대지를 지탱하고 있소. 대지가 파헤쳐지는 것은 반복해서 있었던 일이고, 사가라의 명 짧은 아들들이 죽는 것도 그러하다오."

할아버지의 말을 듣고, 적을 다스리는 신 서른 셋은 무척 기뻐하며 온 대로 돌아갔다. 사가라의 위대한 아들들이 눈에 띄게 대지를 파헤치자, 지진이 난 듯한 소리가 났다. 돌아다니면서 전 대지를 파헤치고 나자, 사가라의 아들들은 다 함께 부친에게 말했다.

"온 대지를 돌아다니며 위력적인 신, 다나와, 락샤사, 악령, 뱀, 그리고 낀나라[§]를 죽였습니다만 말도, 말을 데려간 도둑도 보지 못했나이다. 복 받으시길! 이제 무엇을 할까요? 계책을 생각해주소서."

아들들의 말을 듣고 뛰어난 왕 사가라는 화가 나서 이렇게 말했단다, 라구의 기쁨아.

"더 파거라, 복 받기를! 지표를 파헤쳐라. 말 도둑을 찾아서 목적을 이룬 다음 돌아 오거라."

부친의 말을 받들어, 위대한 사가라의 아들 육천은 하계 라사딸라로 달려갔다. 그곳에서부터 파내려 가다가 그들은 대지를 지탱하고 방위를 수호하는, 산처럼 거대한 코끼리 위루빡샤[¶]를 보았지. 라구의 기쁨아, 위대한 코끼리 위루빡샤는 산과 숲, 대지 전체를 머리로 지탱하고 있다. 까꿋스타의 후손아, 위대한 코끼리가 잠시 쉬려

[†] 비슈누의 별칭. 위대한 성자 까삘라는 비슈누와 동일시된다.

[§] 부의 신 꾸베라를 섬기는 반신족. 낌뿌루샤라고도 불린다.

[¶] 각각 동서남북 사방과 북동·남동·남서·북서 사위를 지탱하는 코끼리 여덟 마리 가운데 하나로, 동쪽을 수호한다.

고 머리를 흔들 때마다 지진이 일어난단다. 방위를 수호하는 위대한 코끼리를 오른쪽으로 도는 예를 취하고 예경한 다음, 라마야, 그들은 계속 라사딸라를 팠다. 동쪽을 다 파헤치고 나서 그들은 다시 남쪽을 팠지. 남쪽에서도 그들은 방위를 수호하는 위대한 코끼리 — 머리로 대지를 지탱하고 있는, 거대한 산과 같은 마하빠드마 — 를 보았다. 그들은 큰 놀라움에 사로잡혔단다. 위대한 사가라의 아들 육천 명은 그를 오른쪽으로 도는 예를 취하고 나서 서쪽을 팠다. 힘이 넘치는 그들은 서쪽 방향에서도 방위를 수호하는 코끼리, 거대한 산과 같은 사우마나사를 보았지. 오른쪽으로 도는 예를 취하고 그의 안부를 물은 다음, 그들은 북쪽 방향을 파내려 갔다. 라구의 후예들 가운데 최고인 라마야, 그들은 눈처럼 흰 바드라, 대지를 받치고 있는 빛나는 몸의 그를 보았단다. 육천의 아들 전부 그를 만지고 오른쪽으로 도는 예를 갖춘 다음, 다시 대지를 팠다. 마침내 사가라의 아들 모두 널리 알려진 북동쪽*으로 가서, 화가 난 채로 대지를 팠지. 그곳에서 그들은 까삘라의 모습을 취한 영원한 와수데와, 그 신 주변을 돌아다니는 말을 보았다. 그들은 그가 희생제를 망쳤다고 여기고, 화가 나서 분노로 흐려진 눈으로 그에게 달려가며 말했다.

"게 섰거라, 게 섰거라! 네 놈이 우리 희생제의 말을 데려갔구나. 어리석은 놈아, 우리 사가라의 아들들이 왔다는 것을 알아라!"

라구의 기쁨아, 그들의 말을 듣고 까삘라는 화가 나서 '훔' 소리를 냈다. 그러자 위대하고 가늠할 수 없는 까삘라에 의해, 사가라의 아들 전부가 한 무더기의 재로 변하고 말았단다, 까꿋스타의 후손아.

---

* 전통적으로 북동쪽은 신성한 땅으로 여겨진다.

제40장

위슈와미뜨라는 이야기를 계속했다.

라구의 기쁨아, 사가라 왕은 아들들이 간 지 오래 되었다는 것을 깨닫고, 스스로의 광휘로 빛나는 손자 앙슈만에게 말했다.

"너는 배웠고 용감하며, 강함으로는 선대[†]와 같다. 선대의 행로와 말을 데려간 길을 찾아라. 하계에 사는 중생들은 강하고 거대하다. 그러니 그들의 공격을 막기 위해 검과 활을 가져가거라. 경배할 만한 분께는 경배를 올리고, 일에 장애가 되는 자는 죽여라. 목적을 이루거든 돌아와 내 제사를 완성하여라."

위대한 사가라에게 제대로 명을 받은 앙슈만은, 활과 칼을 챙겨 걸음걸이도 가볍게 떠났다. 최고의 사내야, 그는 왕의 명으로, 위대한 선대들이 파 놓은 길을 따라 하계로 내려갔단다. 빛이 넘치는 그는 그곳에서 다이떼야, 다나와,[‡] 락샤사, 악령, 그리고 새와 뱀에게 경배를 받는, 방위를 수호하는 코끼리를 보았지. 그는 오른쪽으로 도는 예를 취하고 코끼리에게 안부를 물은 다음, 선대들과 말 도둑에 대해서도 물었단다. 그의 말을 듣고 방위를 수호하는 코끼리는 앙슈만에게 호의적으로 말했다.

"아사만자의 아들아, 너는 목적을 이루고 곧 말과 함께 돌아가

---

† 사가라의 아들 6천, 앙슈만의 숙부들이다.

‡ 다이떼야는 디띠의 자손들, 다나와는 다누의 자손들을 말한다. 닥샤의 딸인 디띠와 다누 자매는 둘 다 브라흐마의 후손인 까샤빠와 혼인하여 아수라인 다이떼야와 다나와 들을 낳았다.

게 될 것이다."

이 말을 듣고 그는, 방위를 수호하는 코끼리 모두에게 합당한 절차와 방법에 따라 질문을 하려고 갔단다. 그는 방위의 수호자들―달변이고 말뜻을 잘 아는 코끼리들―모두로부터 인사와 함께, 말과 함께 돌아가게 될 것이라는 격려를 받았지. 그들의 말을 듣고 그는 급히 그의 선대인 사가라의 아들들이 한 무더기의 재로 변한 곳으로 갔다. 그들의 죽음 때문에 슬픔에 사로잡힌 나머지, 아사만자의 아들은 서러워하며 크게 목 놓아 울었단다. 애통함과 비애에 잠겨 있을 때, 범 같은 사내는 주변을 배회하는 희생제의 말을 보았다. 빛이 넘치는 그는 왕자들에게 물을 올리고 싶었지만,* 물을 찾아도 못을 볼 수가 없었지. 날카로운 눈을 돌려 앙슈만은 바람처럼 빠른 수빠르나,† 선대의 외삼촌인 새들의 왕을 보았단다, 라마야. 위나따‡의 빛이 넘치는 아들 가루다는 그에게 이렇게 말했다.

"범 같은 사내야, 슬퍼하지 말거라. 그들의 죽음은 세상의 안녕을 위해서란다. 힘이 넘치던 그들을 태운 것은 가늠할 수 없는 까삘라이기 때문에, 현명한 자야, 이 세상의 물을 그들에게 바쳐서는 안 된다. 황소 같은 사내야, 히말라야의 맏딸인 강가, 세상을 정화하는 그녀만이 한 무더기의 재로 변한 그들을 정화할 수 있단다. 세상이 사랑하는 강가가 그들의 재를 적실 때, 비로소 육천 명의 아들은 하늘나라로 갈 수 있을 것이다. 복 받은 아이야, 황소 같은 사내야, 말을 데리고 가거라. 용사야, 너는 네 조부의 제사를 완결

---

* 조상들에게 물을 올리는 일상 의례를 말한다.
† 가루다.
‡ 까샤빠 성자의 아내. 까샤빠와 위나따의 둘째 아들이 가루다이다.

지어야 하느니라."

　수빠르나의 말을 듣고, 명성 높고 큰 용맹을 갖춘 앙슈만은 말을 데리고 서둘러 다시 돌아갔지. 라구의 기쁨아, 그는 제사를 위해 정화를 마쳤던 왕을 찾아, 있었던 일을 고하고 수빠르나의 말을 전했단다. 앙슈만으로부터 무서운 이야기를 듣고 나서, 왕은 의례대로 제사를 완성했지. 대지의 주인, 영광이 넘치는 왕은 제사를 마치고 자신의 도시로 돌아갔지만, 강가를 내려오게 하는 것에 대해서는 계책을 세우지 못했다. 오랫동안 계책을 세우지 못한 채 삼만 년 동안 나라를 다스리다가, 위대한 왕은 천상으로 갔단다.

제41장

위슈와미뜨라는 이야기를 계속했다.

　라마야, 시간의 법칙§에 사가라가 굴복하자, 대신들은 실로 의로운 앙슈만을 왕으로 삼고 싶어 했단다. 라구의 기쁨아, 앙슈만은 대단히 위대한 왕이었다. 그의 위대한 아들은 딜리빠로 널리 알려졌지. 라구의 기쁨아, 왕권을 딜리빠에게 주고 앙슈만은, 히말라야의 아름다운 봉우리에서 아주 혹독하게 고행을 했다. 고행자의 숲에 가서 삼만 이천 년을 지낸 후 위대한 명성의 왕, 고행이 재산인 앙슈

---

§　죽음.

만은 마침내 천상을 얻었지. 빛이 넘치는 딜리빠는 선조들의 죽음에 대해 듣고 슬픔에 마음을 빼앗긴 나머지, 어떤 결정도 내리지 못했단다. 그는 줄곧 생각했지.

'어떻게 강가를 내려오게 할 수 있을까? 어떻게 그들에게 제숫물*을 올릴 수 있을까? 또 어떻게 그들을 구할 수 있단 말인가?'

의로움으로 칭송 받는 그는 항상 이를 생각하고 있었고, 그에게는 바기라타라는 이름의 아주 의로운 아들이 태어났단다. 빛이 넘치는 딜리빠왕은 수많은 제사를 지냈고, 삼만 년 동안 왕국을 다스렸다. 범 같은 사내야, 왕은 그들을 구할 방책을 내지 못하고, 병 때문에 시간의 법칙에 굴복했지. 아들 바기라타를 왕위에 올리고 나서, 그 범 같은 왕은 거둬들인 업에 따라 인드라의 세상으로 갔단다. 라구의 기쁨아, 의롭고 위대한 성자왕 바기라타는 후사가 없어 아이를 원했다. 라구의 기쁨아, 그래서 그는 오랫동안 고까르나에서, 양팔을 올린 채 한 달에 한 번 먹으며 감관을 제어하는 다섯 불의 고행†을 했지. 그가 천 년 동안 그렇게 혹독한 고행을 하자, 존귀한 신이자 온 피조물의 주인인 브라흐마는 아주 흡족해 했다. 할아버지 브라흐마는 신들 무리와 함께 고행 중인 위대한 바기라타에게 가서 말했단다.

"위대한 왕이자 백성들의 주인인 바기라타여, 그대가 훌륭하게 행한 고행에 만족하노라. 서약에 충실한 자여, 축원을 골라 보라."

빛과 힘이 넘치는 바기라타는 합장한 채 서서, 온 세상의 할아버

---

* 조상들에게 물을 바치는 의례. 인도에서는 술이 아니라 물을 망자에게 올린다.
† 사방 네 개의 불에 둘러싸여 다섯 번째 불인 태양을 바라보는 고행이다.

지에게 이렇게 말했다.

"제가 존귀하신 분을 기쁘게 했다면 그래서 고행의 보답이 있다면, 사가라의 아들 전부가 제게서 제숫물을 받을 수 있게 해주소서. 증조이신 위대한 그들의 재를 강가의 물로 적셔, 그들 모두 영원한 하늘나라에 갈 수 있도록 해주소서. 또한 신이시여, 가문이 몰락하지 않도록 제게 후손을 주소서. 신이시여, 또 다른 축원으로 익슈와꾸 가문을 위해 후손을 내려 주소서."

왕이 이렇게 말하자, 온 세상의 할아버지는 듣기 좋은 목소리로 상냥하게 빼어난 말을 했단다.

"위대한 전차병 바기라타여, 네 훌륭한 바람이 이루어지기를! 복 받기를, 익슈와꾸 가문을 흥성시킬 자여! 하이마와띠,† 즉 강가는 히말라야의 맏딸이다. 왕이며, 하라§만이 그녀를 떠받칠 수 있느니라. 왕이여, 강가가 떨어지는 것을 대지는 견디지 못할 것이다. 영웅이여, 삼지창을 가진 쉬바 말고는 이를 떠받칠 수 있는 자를 나는 알지 못하노라."

세상을 창조한 신은 왕에게 이렇게 이르고 나서 강가에게도 이를 말한 다음, 마루뜨 무리와 함께 하늘로 갔다.

---

† 히말라야의 딸이라는 뜻.

§ 쉬바.

제42장

위슈와미뜨라는 이야기를 계속했다.

신중의 신이 떠나자, 라마야, 그는 한쪽 엄지발가락 끝으로 땅 위에 선 채 일 년 동안 쉬바를 경배했단다. 그렇게 일 년을 채우자, 우마의 남편이자 짐승들의 왕, 온 세상의 경배를 받는 쉬바가 왕에 게 말했지.

"최고의 사내여, 나는 만족했노라. 그러니 그대가 기뻐할 일을 하 리라. 산들의 왕의 딸을 내가 머리로 받쳐 줄 것이니라."

이리하여, 라마야, 온 세상의 경배를 받는, 히말라야의 맏딸은 아주 강대한 모습으로 천상으로부터 신성한 쉬바의 머릿속으로 견 디기 어려운 속도를 내며 떨어졌단다, 라마야. 하지만 돌돌 말린 그 의 머리타래 속에서 헷갈린 여신은, 나가는 길을 찾지 못해 수많은 해 동안 그곳에서 헤맸지. 그것을 보고 바기라타는 다시 한 번 혹독 한 고행을 했다. 이에 하라는 아주 흡족하여, 라구의 기쁨아, 빈두 호수에 강가를 풀어 주었지. 이렇게 해서 천상에서 샹까라*의 머리 로, 거기에서 다시 대지로, 그녀의 물이 무서운 소리를 내며 흐르게 된 것이란다. 그때 그곳에서 신, 성자, 간다르와, 그리고 약샤와 싯 다† 무리가 하늘에서 내려오는 강가를 지켜보았지. 신들도 도시만 한 천상의 수레나 수려한 코끼리, 혹은 말을 타고 그곳에 모여 놀라

---

* 쉬바.

† 신통력을 가진 반신족.

위했다. 강가가 하강하는, 세상에 전례 없는 빼어난 광경을 보고 싶어, 한량없는 힘을 지닌 신 무리가 다 함께 왔단다. 모여든 신 무리와 그들의 장신구가 내는 빛으로, 구름 걷힌 하늘은 해가 백 개 뜬 것 같았지. 악어와 뱀 무리, 펄떡이는 물고기로, 하늘에 빛이 흩뿌려진 듯 했다. 수천의 물거품과 백조 떼 때문에 하늘은 하얗게 되어, 갑자기 가을 구름으로 덮인 것 같았단다. 강은 어떤 곳에서는 빨리 흐르고 어떤 곳에서는 굽이쳐 흘렀으며, 어떤 곳에서는 깊이 가라앉았다가 솟았고, 어떤 곳에서는 완만히 흘렀다. 어떤 곳에서는 물과 물이 부딪쳐 뒤로 흐르기도 하고, 종종 물이 위로 치솟았다가 다시 땅에 떨어지기도 했지. 샹까라의 머리에서 다시 지표면으로 떨어진, 죄를 씻어 주는 물은 티 없이 빛났단다. 쉬바의 몸에서 떨어진 물이기 때문에 신성하다고 여겨, 성자 무리와 간다르와들은 지상에 사는 자들과 함께 그곳에서 목욕을 했다. 저주 때문에 천상에서 지상으로 떨어졌던 자들은, 그 강에서 목욕을 하여 죄를 씻었지. 반짝이는 물로 죄를 떨쳐 버린 그들은 다시 하늘로 올라가 자신의 세계로 돌아갔다. 반짝이는 물을 반기며, 사람들은 강가에서 신나게 목욕하여 죄를 씻었단다. 빛이 넘치는 성자왕 바기라타가 빛나는 수레에 올라 앞으로 달리자, 강가는 그의 뒤를 따랐지. 제신과 성자 무리, 다이뗴야, 다나와, 락샤사, 뛰어난 간다르와와 약샤, 낀나라, 위대한 나가와 뱀, 압사라스, 그리고 수중 생물까지, 라마야, 모두 기뻐하며 바기라타의 수레를 따라갔단다. 모든 죄를 씻어 주는 최고의 강, 명성 높은 강가는 이렇게 바기라타 왕을 따라갔다.✝

✝ 판본에 따라 이 뒤에 자흐누 성자 이야기가 붙기도 한다. 천상에서 지상으로 내려온 강가는 계속 나아가다가 성자 자흐누의 제사터에 범람했고, 성자는 화가 나서 그녀를 모

제43장

위슈와미뜨라는 이야기를 계속했다.

　강가를 뒤따르게 한 왕은, 사가라의 아들들이 파 놓은 굴을 따라 그들이 재로 변한 곳으로 들어갔다. 라마야, 재가 강가의 물에 잠기자, 온 세상의 주 브라흐마는 왕에게 이렇게 말했단다.

　"범 같은 사내여, 위대한 사가라의 아들 육천은 구원을 받아, 마치 신처럼 하늘에 갔노라. 왕이여, 세상에 바닷물이 마르지 않는 한, 사가라의 아들 전부 신처럼 천상에 있으리라. 그리고 이 강가는 그대의 맏딸이 되어, 그대 때문에 얻은 이름 바기라티*로 세상에 널리 알려지리라. 세 길을 가는 강가는 신성한 바기라티라는 이름으로, 또한 세 길을 흐르기 때문에 뜨리빠타가†로도 기억될 것이다. 인간들의 군주여, 그대는 선조 모두를 위해 이곳에서 물을 올려야 할 것이다. 왕이여, 그대의 서약을 완성하라. 왕이여, 이는 다르마의 최고 봉인 그대의 영예로운 조상 사가라조차도 이루지 못했던 소원이니라. 또한 아들이여, 세상에 견줄 이 없는 힘을 지니고 있었던 앙슈만도, 강가를 데려오고 싶어 했지만 뜻을 이루지 못했다. 끄샤뜨리야의 다르마에 확고했던 그대의 부친—나와 맞먹는 고행을 하고, 위대한 성자들과 동등한 빛을 지녔던 덕을 갖춘 성자왕—인 걸출

두 마셔버렸다. 신과 성자들이 그를 칭송하자 그는 귀를 통해 강가를 풀어 주었고, 그때부터 그녀는 자흐나위, 즉 자흐누의 딸이라고 불리게 되었다.

*　바기라타의 딸이라는 뜻.

†　세 길을 가는 자라는 뜻.

하고 빛이 넘치며 흠 없는 딜리빠마저 강가를 데려오고 싶어 했으나 그러지 못했도다. 허나 그대는 서원을 지켰다, 황소 같은 사내여! 위대한 자들마저 인정하는 최고의 명성을, 그대는 이 세상에서 얻었도다. 적을 정복하는 자여, 그대가 강가를 내려오게 했으니, 이로써 그대는 다르마에 큰 거처를 얻었느니라.[†] 빼어난 인간이여, 그대 자신이 저 합당한 물에서 목욕을 하라. 순결하게 되어 공덕을 얻으라, 사내 중의 사내여! 위대한 조상 모두에게 물을 올리는 의식을 거행하라. 안녕하기를! 나는 내 세계로 돌아갈 것이니, 그대 또한 그리하라, 왕이여!"

이렇게 말하고 나서 온 세상의 할아버지, 위대한 명성을 지닌 신들의 주 브라흐마는 신들의 세계로 온 대로 되돌아갔지. 명성 높은 성자왕 바기라타는 식순과 의례에 따라 사가라의 아들들에게 최고의 물을 바치고 나서, 그 물에 목욕하여 스스로를 정화하고는 자신의 도시로 돌아갔단다. 최고의 사내야, 이렇게 목적을 성취한 그는 자신의 왕국을 다스렸고, 왕을 다시 얻은 백성들은 기뻐했다, 라구의 후손아. 그들은 근심으로부터 풀려나, 걱정 없이 하고자 하는 일을 이뤘지. 라마야, 강가에 대해서는 네게 다 이야기했구나. 안녕을 얻길, 복을 받기를! 해질녘 의례의 때가 지나고 있다. 내가 말해준, 이 강가가 내려온 이야기는 부와 명성, 장수와 아들을 가져오고, 천국에 갈 수 있게 해준단다.

[†] 삶의 네 가지 목적 가운데 다르마를 성취했다는 뜻. 혹은 다르마를 통해 얻어야 하는 브라흐마의 세계(범천계)에 오를 수 있게 되었다는 뜻.

제44장

락슈마나와 함께 위슈와미뜨라의 말을 듣고 나자, 라구의 후손 라마는 놀라움으로 가득차서 그에게 말했다.

"브라만이시여, 강가의 신성한 하강, 그리고 사가라의 아들들이 판 대지가 그 물로 채워졌다는, 님께서 말씀하신 이야기는 정말 놀랍습니다."

위슈와미뜨라의 상서로운 이야기를 생각하면서, 그는 수미뜨라의 아들 락슈마나와 함께 밤을 다 보냈다. 청명하게 동이 트자, 적을 길들이는 라구의 후손은 아침 의례를 마친 위슈와미뜨라, 고행이 재산인 그에게 말했다.

"정말 들을 가치가 있는 것을 들었고, 신성한 밤이 지나갔나이다. 이제 세 갈래로 흐르는 강, 이 신성한 최고의 강을 건너게 해주십시오. 존귀하신 님께서 이곳에 당도하셨다는 것을 알고, 공덕을 행하는 성자들이 서둘러 자리가 편안한 배를 보냈나이다."

위대한 영혼을 지닌 라구 후손의 말을 듣고, 꾸쉬까의 아들 위슈와미뜨라는 성자 무리와 함께 강을 건넜다. 북쪽 강둑에 도착하자, 그들은 그곳 성자들에게 인사를 하고 강가의 둑에 앉아 도시 위샬라*를 보았다. 라구의 후손 둘과 함께 최고의 성자는, 그곳에서 위샬라—천상에 견줄 만큼 멋지고 아름다운 도시—로 바삐 갔다. 현명한 라마는 합장을 하고 위대한 성자 위슈와미뜨라에게, 빼어난 도시 위샬라에 대해 물었다.

---

* 붓다 재세시, 동인도에서 강력한 힘을 가지고 있었던 릿차위 족의 수도. 당시에는 와이샬리라고 불렸다.

"위대한 성자시여, 위샬라에 어떤 왕가가 있는지 듣고 싶나이다. 복 받으시길! 정말 궁금합니다."

라마의 말을 듣고 황소 같은 성자는, 위샬라에 대한 옛이야기를 시작했다.

라마야, 내가 말해 줄 테니, 샤끄라의 놀라운 이야기를 들어보렴. 이 지역에서 있었던 일을 지금 일어나는 일처럼 들어야 하느니라, 라구의 후손아. 옛날 끄르따 유가 시대†에, 라마야, 디띠‡의 아들들은 힘이 넘쳤단다. 그리고 아디띠의 복 받은 아들들도 용맹하고 아주 의로웠지. 최고의 사내야, 그때 이 위대한 존재들에게 이런 생각이 떠올랐단다.

'노쇠와 질병으로부터 벗어나, 우리가 언제까지 불멸일 수 있을까?'

이 생각에 골몰하자, 이 현명한 자들에게는 다른 생각이 떠올랐지.

'우유 바다§를 저어 그곳에서 불사약¶을 얻으리라.'

이렇게 바다를 젓기로 결심하고, 무한한 힘의 그들은 와수끼**를 밧줄로, 만다라 산을 막대로 삼아†† 바다를 젓기 시작했다. 천 년이

---

† 네 유가 가운데 첫 번째. 황금시대를 말한다.

‡ 디띠는 아수라들의 어머니이고, 아디띠는 신들의 어머니이다.

§ 약초가 가득한 만다라 산으로 휘저어져, 바다가 마치 우유처럼 희뿌옇게 변했기 때문에 우유 바다로 불리게 되었다고 한다.

¶ 아므르따.

** 뱀 왕.

†† 인도에서는 액체를 오래 저어야 할 때 손으로 막대를 잡고 젓는 것이 아니라, 막대를 줄로 감아 양쪽에서 줄을 번갈아 잡아당긴다. 그러면 돌출부가 달린 막대가 제자리에서 돌면서 액체를 휘젓게 된다.

지나자, 밧줄이 된 뱀 머리의 독니가 산의 바위를 부수면서 끔찍한 독을 내뿜었지. 바다 표면에 이것이 퍼져 할라할라라고 하는 치명적인 독이 되었고, 신, 아수라, 인간에 이르기까지, 그 독이 온 세상을 태우기 시작했단다. 그러자 신들은 위대한 신, 짐승들의 주인인 루드라 샹까라*를 의지하고자, 그를 찬미했다.

"구해주소서, 저희를 지켜 주소서!"

신들의 말을 듣고 신들의 신인 주 쉬바가 그곳에 나타났고, 소라 고둥과 원반을 가진 하리†도 그곳에 모습을 드러냈단다. 하리는 미소를 짓더니, 삼지창을 든 루드라에게 말했지.

"신들이 바다를 저어 처음 나온 것은 님의 것입니다. 최고의 신이시여, 님께서는 신들 가운데 첫 번째이시기 때문입니다. 그러니 여기 서서 첫 번째 공양인 이 독을 받으소서, 주님이시여!"

최고의 신 비슈누는 이렇게 말하고 나서, 그곳에서 사라져 버렸단다. 신들의 공포를 목도하고 궁수 비슈누의 말을 들은 쉬바는 무시무시한 독 할라할라를, 불사약 아므르따라도 되는 양 마셨지.‡ 그러고 나서 신들의 주 하라§는 신들을 떠나 되돌아갔다. 라구의 기쁨아, 신과 아수라는 모두 다시 바다를 저었지. 그런데 젓기 막대가 된 최고의 산 만다라가 빠딸라¶까지 가라앉아 버렸단다. 그러자 신

---

* 쉬바.

† 비슈누.

‡ 이 때 독을 목에 간직했기 때문에, 쉬바의 목이 퍼렇게 되었다고 한다. 이후 쉬바는 푸른 목이라는 별칭을 얻게 되었다.

§ 쉬바.

¶ 7개의 지하세계 가운데 가장 깊은 곳.

들은 간다르와들과 함께, 마두**를 처단한 비슈누를 칭송했다.

"님께서는 온 중생, 특히 신들의 의지처이시니, 팔심 좋은 분이
시여, 우리를 지켜주소서!"

이를 듣고 감관의 주인인 하리는, 거북이의 모습을 취하여 등으
로 산을 받친 다음 해저에 내려놓았단다. 그러고 나서 세계의 영혼
이자 최고의 존재††인 께샤와‡‡는, 신들 가운데 자리하고는 손으로 산
꼭대기를 잡고 바다를 저었지.

먼저 단완따리§§라는 이름의 의사와, 눈부신 압사라스¶¶들이 나
왔다. 휘저은 물 속(압수)의 영약(라사)으로부터 나왔기 때문에, 이 최
고의 여인들을 압사라스라고 한단다, 최고의 마누***후손아. 이 빛
나는 압사라스는 육억 명이었고, 까꿋스타의 후손아, 그들의 하녀
는 헤아릴 수가 없었다. 하지만 신들도 아수라들도 다 그들을 아내
로 받아들이지는 않았지. 이렇게 받아들여지지 않았기 때문에 그
들은 모두를 위한 여인†††이 되었다고 한다. 그러고 나서 라구의 기쁨
아, 바루나‡‡‡의 축복 받은 딸인 수라§§§가 아내로 받아들여지기를 바라

** 비슈누가 죽인 악마 이름.

†† 뿌루쇼따마.

‡‡ 궁극의 존재인 비슈누 또는 끄르슈나의 별칭.

§§ 신들의 의사. 인도 전통의학인 《아유르 베다》의 전설 속 창시자이다.

¶¶ 신들의 기녀인 반신족.

*** 인류의 조상.

††† 천상의 기녀

‡‡‡ 물의 신.

§§§ 취하게 하는 음료(술)를 의인화한 것이다.

며 나왔지. 용맹한 라마야, 디띠의 아들인 아수라들은 바루나의 딸인 그녀를 받아들이지 않았지만, 아디띠의 아들인 신들은 흠잡을데 없는 그녀를 받아들였단다. 이 때문에 디띠의 아들들은 아수라라고, 아디띠의 아들들은 수라라고 알려지게 되었다.* 바루니†를 받아들였기 때문에 수라들은 즐겁고 유쾌했지.‡ 다음에는 최고의 말웃차이히슈라와와 그 무엇보다 값진 보석 까우스뚬바가 나왔고,§최고의 사내야, 그 뒤에 가장 귀한 불사약 아므르따가 나왔단다. 라마야, 그리고 아므르따 때문에 디띠 가문에 큰 멸족이 있었다. 아디띠의 아들들이 디띠의 아들들을 살육했던 것이지. 그러자 아수라는락샤사와 연합하여, 용맹한 라마야, 삼계를 혼란에 빠뜨린 무시무시하고도 거대한 전쟁을 벌였단다. 모두가 파멸할 때, 힘이 넘치는비슈누는 환영의 힘¶으로 모히니의 모습을 취하고는 서둘러 아므르따를 가져갔지.** 최고의 존재이자 불멸인 비슈누에게 맞선 자들은,

---

* 싼스끄리뜨 단어 앞에 '아(a)'를 붙이면 부정의 뜻이 된다. 따라서 수라는 술을 마시는 자, 아수라는 술을 마시지 않는 자라는 뜻이다.

† 바루나의 딸.

‡ 수라(술)을 마신 신들이 흥겨워했다는 뜻.

§ 말 웃차이히슈라와는 인드라가, 보석 까우스뚬바는 비슈누가 차지했다.

¶ 마야.

** 마침내 불사약이 바다에서 나오자, 신들이 흥분한 틈을 타서 아수라들이 먼저 불사약을 차지해버렸다. 불사약을 빼앗긴 신들이 갈팡질팡하자, 비슈누는 모히니라는 어여쁜여인으로 변한 뒤 아수라들에게 다가갔다. 아리따운 그녀의 모습에 넋이 나간 아수라들은 그녀에게 누구냐고 물었다. 모히니는 수줍은 듯이,
"저는 단완따리의 누이랍니다. 제가 바다에서 나올 때는 아무도 보고 있지 않았지요. 지금 배필을 찾고 있는 중이에요."라고 말했다.
아름다운 그녀를 차지하고 싶었던 아수라들은, 자기들에게 골고루 불사약을 나눠달라고 그녀에게 부탁했다.

전장에서 빛나는 비슈누에 의해 산산조각이 났다. 디띠와 아디띠의 아들들 간의 이 엄청나고 무서운 전쟁에서, 아디띠의 용맹한 아들들은 디띠의 아들들을 거의 다 죽여 버렸단다. 디띠의 아들들을 학살한 다음, 성채의 파괴자 인드라는 왕권을 얻고 기뻐했지. 성자 무리 그리고 천상의 음유시인들과 함께 그는 세상을 다스렸단다.

제45장

위슈와미뜨라는 이야기를 계속했다.

아들들이 죽자, 디띠는 큰 슬픔에 빠져 남편 마리짜 까샤빠[††]에게 말했단다.

"존귀한 분이여, 힘이 넘치는 당신의 아들들이 내 아들들을 죽였어요. 이제 긴 고행을 통해, 샤끄라를 죽일 아들을 소원할 거예요. 제가 고행을 할 거란 말예요. 그러니 당신은 제게 아이를 주셔야 해요. 그리고 그 아이가 샤끄라 신을 죽일 수 있을 거라고 제게 약속해주세요."

"그러지요. 불사약을 모두에게 고루 나눠드릴 테니, 눈을 꼭 감고 계셔야 해요. 마지막에 눈 뜨시는 분이 저랑 혼인해주세요."라고 답하고 나서, 모히니는 그들에게 불사약을 건네받았다. 그리하여 그녀가 불사약을 가지고 신들에게 도망치고 있을 때, 아수라들은 모히니를 아내로 맞고 싶은 욕심에 모두들 눈을 꼭 감고 있었다.

[††] 닥샤의 딸인 다누, 디띠, 그리고 아디띠 자매는 모두 성자 까샤빠와 결혼하여, 각각 다나와(다누의 아들들, 아수라족), 다이떼야(디띠의 아들들, 아수라족)와 아디띠야(아디띠의 아들들, 신족)를 낳았다. 신족과 아수라족은 이복형제이다.

그 말을 듣고 빛이 넘치는 마리짜 까샤빠는, 극도의 슬픔에 사로 잡힌 디띠에게 대답했지.

"그리 되기를, 복 받기를! 고행이 재산인 여인이여, 자신을 정화하시오. 당신은 샤끄라를 죽일 수 있는 아들을 낳을 것이오. 천 년 동안 정결을 지킨다면, 당신은 삼계를 파괴할 수 있는 아들을 나를 통해 낳게 될 것이오."

이렇게 말하고 나서, 빛이 넘치는 성자는 손으로 그녀를 쳤단다. 그리고 그녀를 만지고 나서,* "평안하길!"이라고 말하고는 고행을 하러 떠났다.

최고의 사내야, 그가 가자 디띠는 몹시 기뻐하며, 꾸샤쁠라와†에 가서 정말 혹독한 고행을 했단다. 그런데 그녀가 고행을 하는 동안, 천 개의 눈을 가진 샤끄라는 덕을 갖추어 극진하게 그녀의 시중을 들었다, 최고의 사내야. 천 개의 눈을 가진 샤끄라는 불, 길상초,‡ 장작, 과일, 뿌리채소 등 원하는 것은 뭐든 그녀에게 가져다주었지. 고단함을 덜어 주기 위해 디띠의 사지를 주물러 주면서, 샤끄라는 언제나 어느 때나 그녀의 시중을 들었단다. 라구의 기쁨아, 그리하여 천 년에서 십 년이 모자란 때, 디띠는 무척 기꺼워하며 천 개의 눈을 가진 샤끄라에게 이렇게 말했다.

"최고의 용맹을 갖춘 자야, 복 받기를! 고행을 행하는 기간이 이제 십 년 남았다. 이제 너는 곧 형제를 보게 될 것이다. 아들아,§ 그는

---

* 사랑을 나누고 나서.

† 위샬라의 동쪽 숲이라고 한다.

‡ 제사에 쓰이는 신성한 풀.

§ 아디띠와 디띠 자매는 모두 까샤빠의 아내이므로, 디띠는 인드라의 이모이자 계모가

너를 정복하려들 것이나, 내가 너를 위해 그를 달랠 것이야. 아들아, 너는 정복한 삼계를 그와 나누게 될 것이니 걱정하지 말거라."

디띠가 샤끄라에게 이렇게 말할 때 해가 중천에 이르렀고, 머리를 놓아야 할 곳에 발을 둔 채로¶ 여신은 갑자기 잠에 빠졌다. 발을 두어야 할 곳에 머리를, 머리를 두어야 할 곳에 발을 둔 그녀의 부정을 보고, 샤끄라는 웃으며 기뻐했지. 그리고 성채의 파괴자 샤끄라는 자신을 최대한 제어하면서 그녀의 몸 구멍으로 들어가, 태아를 일곱 조각으로 찢고 말았단다, 라마야. 끝이 백으로 갈라진 와즈라**로 찢기면서, 라마야, 그 태아는 큰 목소리로 울었고, 디띠는 잠에서 깼지.

빛이 넘치는 샤끄라는 태아에게, "울지 마라, 울지 마라."†† 라고 말하면서 우는 태아를 조각냈다.

"죽이지 마, 죽이면 안 돼!"

디띠가 소리치자, 샤끄라는 어머니의 말에 따라 밖으로 나왔다. 와즈라를 든 채 합장을 한 샤끄라가 디띠에게 말했단다.

"여신이시여, 발을 머리 두는 곳에 두고 주무셨기 때문에 부정을 타셨나이다. 저는 그 틈을 놓치지 않고, 전장에서 샤끄라의 살해자가 될 그를 일곱 조각냈습니다. 여신이시여, 부디 저를 용서해 주시길."

된다.

¶ 잠을 잘 때 머리는 북쪽이나 동쪽에, 발은 남쪽이나 서쪽에 두어야 한다. 이런 금기를 어기는 것은 부정을 초래해서, 이 부정을 타고 액운이 들어온다고 한다.

** 번개. 인드라의 무기.

†† '마 루다(울지 마라)'에서 바람의 신 마루뜨의 이름이 유래되었다는 설명.

제46장

위슈와미뜨라는 이야기를 계속했다.

태아가 일곱 조각이 나자 큰 슬픔에 빠진 디띠는, 천 개의 눈을 가진 샤끄라, 난공불락의 그를 회유하려고 이렇게 말했단다.

"내 잘못으로 태아가 일곱 조각이 나서 무용하게 되었으니 신들의 주, 발라의 처단자여, 그대에게는 잘못이 없노라. 내 태아가 잘못된 것이 좋은 점도 있기를 바라니, 이 일곱이 바람의 신이 되어 일곱 대기권*의 수호자가 되게 해라. 내가 낳은 아들 일곱이 마루뜨†라고 널리 알려지고, 천상의 모습으로 대기의 권역을 활보하게 해라. 하나는 브라흐마의 세계, 또 하나는 인드라의 세계, 그리고 와유라고 알려져 큰 명성을 누릴 셋째는 천상을 누비게 해주렴. 최고의 신이여, 복 받기를! 내 나머지 아들 넷도 신이 되어, 그대의 명에 따라 사방에서 움직이게 해라. 그대 때문에 생긴 이름 마루뜨로 널리 알려지게 하거라."

그녀의 말을 듣고 성채의 파괴자이며 발라의 처단자, 천 개의 눈을 가진 샤끄라는 합장을 하고 디띠에게 말했지.

"의심의 여지없이 님께서 말씀하신 대로 다 이루어질 것입니다, 복 받으시길! 님의 아들들은 신이 되어 활보하게 될 것입니다."

이렇게 고행의 숲에서 합의를 하고 나서, 어머니와 아들은 각자

---

* 아와하, 쁘라와하, 상와하, 웃와하, 위와하, 빠리와하, 그리고 빠라와하.

† '마루뜨(marut ; 바람)'에서 바람의 신 마루뜨의 이름이 파생되었다는, 두 번째 어원 설명.

의 목적을 이룬 다음 하늘로 갔다고 나는 들었다, 라마야. 까꿋스타의 후손아, 이 지역은 고행을 성취한 디띠의 시중을 들며 대신(大神) 인드라가 살았던 곳이란다. 범 같은 사내야, 익슈와꾸에게는 위샬라라고 널리 알려진, 알람부샤⁺ 소생의 대단히 올곧은 아들이 있었다. 그가 여기 이 지역에 위샬라라는 도시를 세웠지. 라마야, 위샬라의 아들은 힘이 넘치는 헤마짠드라였다. 헤마짠드라 바로 뒤는 그 유명한 수짠드라였고. 라마야, 수짠드라의 아들은 두므라슈와라고 알려졌고, 두므라슈와의 아들은 스른자야다. 스른자야의 아들은 이름 높고 위대한 사하데와였고, 사하데와의 아들은 아주 올곧은 꾸샤슈와란다. 그리고 꾸샤슈와의 빛이 넘치는 위대한 아들이 소마다따지. 소마다따의 아들은 까꿋스타라고 널리 알려졌단다. 수마띠라는 이름을 가진 그의 유명한 아들, 빛이 넘치고 정복하기 어려운 그가 지금은 이곳에 살고 있지. 익슈와꾸의 은총 덕분에 위샬라의 위대한 왕들은 모두 장수하며, 용맹하고 올곧단다. 라마야, 우리는 여기서 하룻밤을 편안하게 보낼 것이다. 최고의 사내야, 내일 아침 자나까를 봐야만 한단다.

빛이 넘치고 명성 높은 수마띠, 그 최고의 사내는 위슈와미뜨라가 도착했다는 것을 듣고 그를 맞으려 나왔다. 스승들과 친척들을 거느리고, 그는 위슈와미뜨라에게 최고의 경의를 표했다. 그는 합장을 하고 안부를 묻고 나서 말했다.

"성자시여, 저는 복 받았나이다. 제가 은혜를 받았나이다. 이렇

⁺ 위샬라의 어머니.

게 제 나라, 제 눈앞에 계시다니, 이보다 더한 복은 제게 없을 것입니다."

제47장

성자의 평안을 묻고 나서 그곳에서 하나하나 인사를 나눈 다음, 의례적인 말이 끝나자 수마띠는 위대한 성자에게 말했다.

"복 받으시길! 이 두 소년은 신처럼 용맹해 보이나이다. 코끼리나 사자처럼 걷고, 호랑이나 황소같이 뛰어나 보입니다. 연꽃잎처럼 눈은 길고 젊음은 막 피어나려는 참이니, 검과 활과 화살통으로 무장한 이들은 마치 아슈윈*같은 모습을 하고 있군요. 신들의 세계에서 지상으로 내려온 불멸의 존재 같나이다. 성자시여, 저들은 왜 걸어서 이곳에 왔습니까? 무슨 목적으로 왔으며, 누구의 아들들입니까? 몸집, 몸짓과 몸동작도 서로서로 닮아 있는 저들이, 하늘을 장식하고 있는 해와 달처럼 이곳을 빛내고 있나이다. 무슨 일로 저 용맹한 최고의 사내 둘이 훌륭한 무기를 지닌 채 힘든 여행을 해서 이곳에 왔습니까? 사실을 듣고 싶나이다."

그 말을 들은 성자는 성취의 아슈람에 머물렀던 일과 락샤사들을 죽인 일을 있었던 그대로 전해 주었다. 위슈와미뜨라의 말을 듣고 왕은 몹시 기뻐하며, 다샤라타의 힘이 넘치는 두 아들, 환대 받아

---

* 신들의 의사인 쌍둥이 신. 준수한 용모로 유명하다.

마땅한 이 특별한 손님 둘에게 예를 갖추고 경의를 표했다. 수마띠의 극진한 환대를 받고 그곳에서 하룻밤을 머문 다음, 라구의 두 후손은 미틸라로 갔다. 성자들은 자나까의 빛나는 도시 미틸라를 보고, "훌륭하도다, 훌륭해!"라고 모두가 경탄했다.

라구의 후손 라마는 근교 숲에서 아름답지만 오래되고 버려진 아슈람을 보고는, 황소 같은 성자에게 물었다.

"훌륭한 아슈람 같은데 왜 성자들이 없나이까? 존귀하신 분이시여, 듣고 싶나이다. 예전에 저곳은 누구의 아슈람이었습니까?"

라구 후손의 말을 듣고, 빛이 넘치는 달변의 위대한 성자가 대답했다.

"아, 라구의 후손아, 잘 들어라. 이곳이 누구의 아슈람터이며, 어쩌다 위대한 자의 분노 때문에 저주 받게 되었는지 내 분명하게 말해주마."

위슈와미뜨라는 아슈람에 대한 이야기를 시작했다.

최고의 사내야, 신들까지도 경배했던, 천상과도 같은 이 아슈람은 옛날에 위대한 가우따마의 것이었단다. 예전에 그는 이곳에서, 아내 아할리야와 함께 수많은 계절 동안 고행을 하고 있었지, 명성 높은 왕자야. 어느 날 그의 부재를 알고 샤찌[†]의 남편─천 개의 눈을 가진 인드라─이 성자의 모습을 하고 아할리야에게 말했단다.

"마음을 다잡은 여인이여, 욕망에 사로잡힌 사내는 여인의 가임

[†] 인드라의 아내.

기[*]를 기다리지 못하오. 그러니 허리 고운 여인이여, 당신과 사랑을 나누고 싶구려."

라구의 기쁨아, 성자의 모습을 한 자가 천 개의 눈을 가진 인드라라는 것을 알면서도, 그 어리석은 여인은 신들의 왕을 향한 욕망 때문에 제 마음을 따랐지. 마음이 원하는 것을 이루고 나서 그녀는 최고의 신에게 말했다.

"원하는 것을 이루셨으니, 신중의 신이시여, 속히 가세요. 신들의 주시여, 당신 자신과 저를 늘 지켜 주셔야 해요, 내 사랑!"

인드라는 웃으며 아할리야에게 대답했단다.

"엉덩이 예쁜 여인이여, 나는 완전히 만족했으니 온 대로 갈 것이오."

이렇게 사랑을 나누고 나서, 라마야, 그는 가우따마가 두려워 잎새로 만든 오두막을 서둘러 나왔지. 그때 그는 고행의 힘을 갖춘 위대한 성자, 신과 다나와도 범접하기 어려운 가우따마가 오는 것을 보았다. 목욕한 곳의 물에 젖은 채로, 제화용 장작과 길상초를 들고 있는 그 황소 같은 성자는 마치 불처럼 빛나고 있었지. 그를 보고 신들의 군주는 몸을 떨면서 얼굴을 떨구었단다. 천 개의 눈을 가진 품행 나쁜 샤끄라가 자신의 모습을 한 것을 보고, 덕을 갖춘 성자는 화가 나서 말했다.

"사악한 자야, 내 모습을 취하고 해서는 안 될 일을 저질렀으니, 너는 고환이 없어지리라."

위대한 성자 가우따마가 화를 내며 이 말을 하자마자, 천 개의

---

* 달거리가 끝난 날부터 16일 간을 말한다. 그러나 달거리 기간을 제외하고는, 이 이외의 다른 날에 관계하는 것이 엄격히 금지되어 있는 것은 아니다.

눈을 가진 인드라의 양 고환이 바닥에 떨어졌지. 샤끄라를 저주하고 나서 그는 아내도 저주했단다.

"수천 년 동안 너는, 여기 이 아슈람에서 살게 될 것이다. 음식도 없이 공기만 먹으면서 고통 받아야 하고, 중생 모두에게 보이지도 않는 모습으로 재 위에 누워 살아야 하리라. 이 무서운 숲에 다샤라타의 아들, 정복되지 않는 라마가 올 때 비로소 너는 정화될 것이다. 품행 나쁜 여인아, 오직 그를 환대하는 것으로써 너는 욕망과 어리석음에서 벗어나, 내 앞에서 몸을 되찾고 기뻐하게 되리라."

빛이 넘치는 성자 가우따마는 나쁜 짓을 저지른 아내에게 이렇게 말하고는 아슈람을 떠났단다. 지금 이 위대한 고행자는 히말라야의 아름다운 봉우리에서, 싯다†와 천상 음유시인들의 섬김을 받으며 고행을 하고 있지.

제48장

위슈와미뜨라는 이야기를 계속했다.

거세된 샤끄라는 두려움에 찬 얼굴로 아그니를 비롯한 신들, 그리고 성자 무리와 천상의 음유시인들에게 말했단다.

"내가 위대한 가우따마의 화를 돋우어 그의 고행에 장애를 만들

---

† 신통력이 있는 반신족.

었소. 이는 신들의 일을 내가 대신한 것이오. 그의 분노 때문에 나는 고자가 되었고, 그의 아내는 버림받았다오. 큰 저주를 내리게 해서 나는 그의 고행력을 빼앗았소.[*] 내가 신들의 일을 도왔으니, 빼어난 신들이여, 성자 무리와 천상의 음유시인들과 함께 그대들 모두 내 고환을 회복시켜야 할 것이오."

인드라의 말을 듣고, 아그니를 필두로 신들은 마루뜨 무리를 거느리고 다 같이 조상신들에게 가서 말했지.

"샤끄라가 고환을 잃었나이다. 여기 고환이 있는 숫양이 있사오니, 숫양의 고환을 취하시고 샤끄라의 것은 속히 돌려주소서. 거세된 숫양은 님들을 크게 흡족하게 해드릴 것입니다. 그러니 이후로도 님들을 기쁘게 해드리기 위해 그 같은 양을 바치는 사람에게는, 님들께서 쇠하지 않는 훌륭한 보상을 내리실 것입니다."

그곳에 모인 조상신들은 아그니의 말을 듣고,[†] 숫양의 고환을 뿌리째 뽑아 천 개의 눈을 가진 인드라에게 심어주었다. 까꿋스타의 후손아, 이때부터 조상신들은 함께 모여, 인드라를 위해 고환을 떼어낸 거세 숫양을 먹게 되었단다. 라구의 후손아, 그리고 이때부터 인드라는, 위대한 가우따마의 고행력 때문에 숫양의 고환을 지니게 되었지. 빛이 넘치는 아이야, 공덕을 행하는 성자의 아슈람으로 가자. 그래서 복 많은 아할리야, 여신과도 같은 모습의 그녀를 구하자꾸나.

---

[*]　고행으로 큰 힘을 얻어 자신의 지위를 위협할까 봐, 인드라는 곧잘 성자들의 고행을 방해하곤 한다. 그리고 감정을 제어하는 것은 고행의 기본이기 때문에, 성자가 화를 낸 탓에 고행을 방해 받았다고 하는 것이다.

[†]　불의 신 아그니는 신들의 사제 겸 대변인 역할을 한다.

위슈와미뜨라의 말을 듣고, 라구의 후손은 락슈마나와 함께 위슈와미뜨라를 따라 아슈람에 들어갔다. 그곳에서 그는 고행의 광채로 빛나는 복 받은 여인―가까이 다가간 사람에게도, 신과 아수라에게조차도 보이지 않는 여인―을 보았다. 조물주가 공을 들여 빚어 마치 여신과도 같은 그녀는, 환영으로 만들어진 것 같았고, 타오르는 불꽃이 연기에 싸인 것처럼 보였다. 그녀는 보름달의 빛 같았으나 먼지나 구름에 가린 것 같았고, 타오르는 태양의 빛 같았으나 물속에 있는 것처럼 보였다. 라마를 보기 전까지는, 가우따마의 저주 때문에 삼계에 보이지 않는 존재였기 때문이다. 라구의 후손들이 그녀의 발을 잡자, 그녀는 가우따마의 말을 기억하고 그 둘을 환대했다. 전통적인 의례와 순서대로, 그녀가 마음을 모아 손님에게 발 씻을 물과 아르기야를 바치자, 까꿋스타의 후손 라마는 이를 받았다. 그러자 신들의 북소리와 함께 큰 꽃비가 내리고, 간다르와와 압사라스가 대거 그곳에 모여들었다.

"훌륭하오, 훌륭해!"라고 말하며, 신들은 다 같이 아할리야에게 경의를 표했다.

가우따마의 말대로 그녀의 몸은 고행의 힘에 의해 정화되었다. 빛이 넘치는 가우따마 또한 아할리야와 함께 하고는 기뻐했다.[†] 그 위대한 고행자는 의례에 따라 라마를 경배한 뒤에 고행을 계속했다. 위대한 성자 가우따마로부터 의례에 따라 최고의 경배를 받고 나서, 라마는 미틸라로 갔다.

[†] 가우따마는 라마가 도착하리라는 것을 미리 신통력으로 알고 아슈람으로 돌아왔다고 한다.

제49장

라마는 락슈마나와 함께, 위슈와미뜨라를 따라 북동쪽으로 가서 제사터에 이르렀다. 라마와 락슈마나는 범 같은 성자에게 말했다.

"위대한 자나까님의 제사는 실로 대단하고 훌륭합니다. 복 받은 분이시여, 이곳에는 다양한 지역에 살며 《베다》에 대한 배움을 갖추고 있는 브라만 수천 명이 있습니다. 성자들의 울안이 수레 수백 대로 가득 찬 것이 보이나이다. 브라만이시여, 저희가 머물 장소를 정해주소서."

라마의 말을 듣고 위대한 성자 위슈와미뜨라는, 물이 있는 호젓한 곳에 머물 곳을 만들었다. 성자 중의 성자 위슈와미뜨라의 소식을 듣고, 왕은 아르기야를 바치기 위해 가문의 흠 없는 사제 샤따난다와 뛰어난 제관들을 앞세우고 서둘러 위슈와미뜨라에게 왔다. 그리고 《베다》의 주문을 먼저 읊고 나서, 법도대로 아르기야를 바쳤다. 위대한 자나까의 경배를 받고 나서, 위슈와미뜨라는 왕이 안녕한지, 제사에 문제가 없는지 그에게 물었다. 그러고 나서 그는 성자들, 스승들, 그리고 사제 샤따난다의 안부를 묻고, 무척 반가워하며 그들을 하나하나 순서대로 껴안았다. 왕은 합장을 하고 성자 중의 성자에게 말했다.

"존귀하신 분께서는 빼어난 성자들과 함께 부디 자리에 앉으소서."

자나까의 말을 듣고 위대한 성자가 앉자, 가문의 사제와 제관들 그리고 왕과 그의 고문들도 앉았다. 이렇게 사방을 에워싸고 법도대로 그들이 자리에 앉은 것을 보자, 왕은 위슈와미뜨라에게 말했다.

"오늘 신들께서 제 제사를 풍요롭게 하는 결실을 만들어 주셨나이다. 제가 오늘 존귀한 분을 뵌 것이 제사의 결실입니다. 황소 같은 성자시여, 이렇게 성자들을 거느리시고 제 제사터에 오시다니, 브라만이시여, 저는 복 받았나이다, 은혜를 입었나이다. 브라만 성자시여, 현자들은 제 제사가 열이틀 남았다고 합니다. 그러니 꾸쉬까의 아드님이시여, 부디 자기 몫을 찾는 신들을 보소서."

왕은 스스로를 가다듬고 기쁜 얼굴로 합장을 한 채, 범 같은 성자에게 다시 물었다.

"복 받으시길! 이 두 소년은 신처럼 용맹해 보이나이다. 코끼리나 사자처럼 걷고, 호랑이나 황소 같이 뛰어나 보입니다. 연꽃잎처럼 눈은 길고 젊음은 막 피어나려는 참이니, 검과 활과 화살통으로 무장한 이들은 마치 아슈윈같은 모습을 하고 있군요. 신들의 세계에서 지상으로 내려온 불멸의 존재 같나이다. 성자시여, 저들은 왜 걸어서 이곳에 왔습니까? 무슨 목적으로 왔으며, 누구의 아들들입니까? 훌륭한 무기를 지닌 저 두 용사는 누구의 아들입니까, 위대한 성자시여? 몸집, 몸짓과 몸동작도 서로서로 닮아 있는 저들이, 하늘을 장식하고 있는 해와 달처럼 이곳을 빛내고 있나이다. 상투를 옆으로 튼 두 용사에 대해 사실을 듣고 싶나이다."

위대한 자나까의 말을 들은 그는, 다샤라타의 훌륭한 두 아들에 대해 말했다. 성취의 아슈람에 머물렀던 일과 락샤사들을 죽인 일, 위샬라를 보기 위해 별 어려움 없이 여행했던 일, 아할리야를 보고 가우따마를 만난 일, 그리고 위대한 활을 시험해 보려고 온 일까지

---

* (1. 47. 2-5.)의 본문과 두 행만 다르다.

위대한 자나까에게 죄다 일러주고 나서, 빛이 넘치는 위대한 성자 위슈와미뜨라는 침묵했다.

제50장

위슈와미뜨라의 말을 들은, 가우따마의 빛이 넘치는 맏아들 샤따난 다―고행의 광채로 빛나는 위대한 고행자―는 라마를 눈앞에 보 고 기쁨에 털이 곤두설 만큼 몹시 놀라워했다. 편안하게 앉아 있는 두 왕자를 보고, 샤따난다는 성자 중의 성자 위슈와미뜨라에게 말 했다.

"범 같은 성자시여, 오랫동안 고행을 해 오신 명성 높은 제 어머 니에게, 님께서 왕자를 보여주셨습니까? 빛이 넘치는 분이시여, 몸 을 가진 것들 모두에게 숭배 받아 마땅한 라마에게, 명성 높은 제 어 머니가 숲에서 나는 것들을 올려 경배했습니까? 빛이 넘치는 분이 시여, 옛날에 신이 사악한 짓을 했을 때, 제 어머니에게 무슨 일이 있었는지 라마에게 말씀하셨나이까? 꾸쉬까의 아드님이시여, 복 받 으시길! 라마를 보고 나서, 최고의 성자시여, 어머니가 아버지와 다 시 결합했습니까? 꾸쉬까의 아드님이시여, 라마가 제 아버지의 경 배를 받았습니까? 빛이 넘치는 라마는 위대한 그분의 환대를 받고 나서 이곳에 온 것입니까? 꾸쉬까의 아드님이시여, 여기 오기 전에 라마가 자신을 가다듬고 평온한 마음으로 제 아버지께 인사를 올렸 습니까?"

달변의 샤따난다가 하는 말을 듣고 위대한 성자, 말을 제대로 할 줄 아는 위슈와미뜨라가 대답했다.

"최고의 성자시여, 저는 어긋남 없이 해야 할 일을 했습니다. 성자와 그의 안주인께서는 바르가와와 레누까처럼* 재결합 하셨습니다."

현명한 위슈와미뜨라의 말을 듣고, 빛이 넘치는 샤따난다는 라마에게 말했다.

"최고의 사내여, 잘 왔소. 능가할 수 없는 위대한 성자 위슈와미뜨라님을 이렇게 뒤따라오다니, 우리가 복 받았구려. 상상할 수도 없는 행위와 무한한 빛으로, 광명 넘치는 위슈와미뜨라님께서는 고행을 통해 브라만 성자가 되셨다오.† 라마여, 위대한 고행을 행하신,

---

* 바르가와는 씨족명으로, 여기서는 자마다그니 성자를 말한다.
　　어느 날, 빠라슈라마의 어머니 레누까는 강으로 목욕을 하러 갔다. 돌아오는 길에 그녀는 아내들과 어울려 물놀이를 하고 있는 간다르와 왕을 보았다. 잘생긴 그의 모습에 그녀는 그만 마음이 흔들리고 말았다. 레누까가 아쉬람으로 돌아오자, 그녀의 남편 자마다그니는 금새 아내의 변화를 알아차렸다. 아들들이 하나씩 돌아오자, 그는 차례로 네 아들에게 아내를 죽이라고 명령했다. 그러나 아들들 모두 어쩔 줄 몰라 하면서도 아버지의 명을 따르지는 않았다. 그러자 성자 자마다그니는 아들들을 저주했다. 저주를 받은 그들은 정신을 잃고 짐승이나 새처럼 행동하기 시작했다. 그때 막내인 빠라슈라마가 돌아왔다. 성자는 다시 "죄 많은 네 어미를 죽이도록 해라. 마음 아파할 것 없느니라."하고 명령했다.
　　그러자 빠라슈라마는 지체 없이 도끼를 집어 들어 어머니의 목을 잘랐다. 화가 풀린 자마다그니는 흐뭇해하며 막내아들에게 "내 명을 지키기 위해 어려운 일을 했구나. 네 소원을 말해 보거라."라고 말했다.
　　그러자 빠라슈라마는 "부디 어머니를 되살려 주십시오. 또한 제가 어머니를 죽인 무서운 기억에 사로잡히지 않도록, 그리고 어머니를 죽인 것이 죄가 되지 않도록 해주소서. 또한 형들이 예전처럼 온전하게 해주십시오. 전쟁터에서는 누구도 제 적수가 되지 못하게 해주시고, 제가 장수를 누리도록 해주소서."라고 청했다.
　　성자는 아들의 요구를 모두 들어주었다.
† 원래 끄샤뜨리야 왕이었던 위슈와미뜨라가 고행으로 브라만의 지위를 얻은 것을 말한다.

꾸쉬까의 아드님께 수호를 받다니, 이 땅 위에 그대보다 더 운 좋은 이는 달리 없을 것이오. 위대한 영혼을 지니신, 꾸쉬까의 아드님에 대해 내가 이야기할 터이니 잘 들으시오."

샤따난다는 위슈와미뜨라에 대한 이야기를 시작했다.

이 의로운 성자께서는 오랫동안 적을 정복하는 왕이셨소. 다르마를 알고 배움을 행하셨으며, 백성들의 안녕에 헌신하셨다오. 예전에 조물주의 아들인 꾸샤라는 이름의 위대한 왕이 있었소. 꾸샤의 아들 꾸샤나바는 용맹하고 올곧았지요. 꾸샤나바의 아들은 가디라고 널리 알려졌는데, 가디의 아드님이 빛이 넘치는 위대한 성자 위슈와미뜨라님이시오. 빛이 넘치는 위슈와미뜨라님께서는 대지를 수호하시며, 수천 년 동안 왕으로서 왕국을 경영하셨소. 어느 날 빛이 넘치는 분께서는 징병을 하고 군단*에 둘러싸여 대지를 행군하셨다오. 도시와 왕국, 강과 산, 그리고 아슈람을 돌아다니시다가 왕께서는, 여러 가지 꽃과 과일, 나무와 온갖 동물 무리가 가득하고, 싯다†와 천상의 음유시인들이 방문하곤 하는 와시슈타‡의 아슈람터에 들어가셨소. 그곳은 신, 다나와, 간다르와, 낀나라가 아름다움을 더하고, 길든 사슴이 가득하며, 새떼가 깃드는 곳이었지요. 또한 브라만 성자 무리가 들어차 있고, 고행을 통해 완전함을 이루어 불처럼 빛나는 위대

---

* 코끼리(상병) 21,870마리, 전차 21,870대, 말(기병) 65,610마리, 그리고 보병 109,350명으로 구성.

† 신통력이 있는 반신족.

‡ 라마 가문의 사제인 와시슈타.

한 천상성자의 무리도 종종 나타나는 곳이었소. 브라흐마와 맞먹을 만큼 존귀하고 위대한 성자들과, 물이나 공기 혹은 시든 나뭇잎만을 먹고 사는 성자들로 늘 붐비는 곳이었다오. 열매, 근채나 나뭇잎으로 연명하는 이, 스스로를 제어하며 감각과 분노를 정복한 이, 기도와 제사에 헌신하는 이, 이러한 성자와 왈라킬리야¹로 가득한 곳이었소. 힘이 넘치는 최고의 정복자 위슈와미뜨라님께서는, 또 다른 브라흐마 세계와도 같은 와시슈타의 아슈람을 보셨다오.

제51장

샤따난다는 이야기를 계속했다.

힘이 넘치시는 영웅 위슈와미뜨라님께서는, 주문을 읊는 데는 최고인 와시슈타를 보시고 아주 기뻐하시며 겸손하게 그에게 절하셨소. 위대한 영혼의 와시슈타는 "잘 오셨습니다."라고 이분께 말했지요.

그리고 존귀한 와시슈타는 이분의 자리를 알려주었다오. 현명한 위슈와미뜨라님께서 앉으시자, 빼어난 성자 와시슈타는 관례에 따라 이분을 위해 과일과 뿌리채소를 주었소. 빛이 넘치시는 빼어난 왕 위슈와미뜨라님께서는 와시슈타의 환대를 받으시고는, 고행과

§ 햇빛만 받아 마시며 살아간다는 성자. 엄지만큼 작지만, 무서운 고행력을 지니고 있어, 화가 나면 상대를 태워버린다고 한다.

불공양,* 그리고 제자들의 안녕을 물으셨지요. 와시슈타는 모든 것이 평안하다고 빼어난 왕께 답했소. 또한 조물주 브라흐마의 아들이자《베다》의 주문에 최고인 와시슈타는, 자리에 편안히 앉아 있는 왕께 물었다오.

"왕이시여, 전하의 모든 것이 안녕합니까? 다르마로 백성들을 기쁘게 하시고, 의로운 왕이시여, 왕에게 합당한 행위[†]로 백성들을 수호하고 계십니까? 하인들은 보살핌을 받고 있고, 명을 잘 따릅니까? 적을 죽이는 분이시여, 전하의 적은 다 정복되었습니까? 적을 제압하는 분이시여, 전하의 군과 보고, 동맹, 그리고 아들손주들은 탈 없이 안녕합니까?"

빛이 넘치는 왕 위슈와미뜨라님께서는 공손함을 갖추시고는, 빼어난 와시슈타[‡]에게 다 안녕하다고 답하셨소. 의로운 두 분은 오랜 시간 즐거운 이야기를 기쁘게 나누시고는, 서로에게 끌리게 되셨다오. 라구의 후손이여, 존귀한 와시슈타는, 대화 끝에 미소를 지으며 위슈와미뜨라님께 말했지요.

"힘이 넘치는 분이시여, 가늠할 수 없는 전하와 전하의 군에게 걸 맞은 대접을 해드리고 싶나이다. 부디 제게서 이를 받으소서. 왕이시여, 제가 행하는 환대를 받으소서. 왕께서는 성의를 다한 공경을 받아 마땅한 최고의 손님이십니다."

---

* 아그니호뜨라. 아침저녁으로 불에 우유 같은 공물을 붓는, 간단한 일상 의례이다.

† 왕의 행동규범을 말한다. 1. 적법하게 왕위를 얻는 것 2. 부를 늘리는 것 3. 왕국을 지키는 것 4. 존중할만한 이들을 존경하는 것, 이렇게 네 가지이다.

‡ 빼어난(vasiṣṭham). 와시슈타의 이름은 최고를 뜻하는 이 '와시슈타'에서 파생되었다고 한다.

와시슈타의 말을 듣고 현명한 왕 위슈와미뜨라님께서는 이렇게 말씀하셨소.

"님께서 하신 환대의 말로, 이미 저는 그것을 받았습니다. 존귀하신 분이시여, 님의 아슈람에서 나는 과일과 뿌리채소, 입 헹굴 물과 발 씻을 물,§ 그리고 님을 뵙는 것으로, 공경 받아 마땅한 분께 오히려 제가 온갖 것으로 훌륭하게 대접받았나이다. 지혜 높은 분이시여, 저는 가 봐야 합니다. 안녕히 계십시오. 자상한 눈길로 저를 봐주시길."

왕께서 이렇게 말씀하셨지만, 의롭고 고귀한 와시슈타는 자꾸자꾸 왕을 청했다오. 그리하여 가디의 아드님께서는 와시슈타에게 대답하셨지요.

"님께서 바라시는 대로 하겠나이다, 황소 같은 성자시여!"

모든 죄를 씻어 낸 빛이 넘치는 와시슈타, 《베다》의 주문을 읊는 데는 최고인 그는 이 대답을 듣고 기뻐하면서 얼룩소를 불렀소.

"오너라, 어서 오너라, 샤발라야! 내 말을 들으려무나. 여기 성자 왕과 그의 군대를, 호화로운 음식으로 환대하기로 결심했다. 준비해 다오. 나를 위해 여섯 가지 맛¶의 음식 가운데 무엇이든, 그들이 바라는 대로 다 쏟아 내거라, 원하는 것을 주는 천상의 소야! 핥고 빨 수 있는 것들, 맛있는 밥과 마실 것까지 전부, 산더미처럼 음식을 내놓아라. 서둘러라, 샤발라야!"

---

§ 관례적으로 손님에게 대접하는 것들이다.

¶ 신맛, 단맛, 짠맛, 쓴맛, 매운맛, 그리고 떫은맛.

제52장

샤따난다는 이야기를 계속했다.

　적을 파괴하는 이여, 와시슈타가 이렇게 말하자, 원하는 것을 주는 샤발라는 누가 무엇을 원하든 족족 만들어 냈다오. 사탕수수와 단 것, 볶은 곡물, 과실주*와 훌륭한 술, 진귀한 음료를 비롯한 온갖 음식뿐만 아니라, 산더미 같은 뜨끈한 밥, 맛좋은 요리와 국, 강 같은 커드를 만들어 냈지요. 수천의 은그릇은 다양한 맛의 과자와 사탕으로 가득 찼소. 와시슈타는 모두를 만족시켰고, 라마여, 위슈와미뜨라 군은 잘 먹은 사람들과 즐거움으로 가득했다오. 성자왕 위슈와미뜨라님과 그의 안주인, 또한 브라만과 사제들도 흡족히 먹고 즐거워했소. 신하와 고문, 그리고 하인까지 이렇게 대접 받자, 그는 큰 기쁨을 느끼며 와시슈타에게 이렇게 말했다오.
　"브라만이시여, 공경 받아 마땅한 분께 오히려 제가 이렇게 큰 환대를 받았나이다. 달변인 분이시여, 말씀드릴 것이 있사오니 들어주소서. 십만 필의 암소를 드릴 터이니 부디 샤발라를 제게 주소서. 존귀한 분이시여, 그 소는 진정한 보물이고, 보물이란 원래 왕의 것입니다. 그러니 제게 샤발라를 주십시오. 브라만이시여, 그것은 정당한 제 것이나이다."
　이 말을 듣고 존귀하고 올곧은 와시슈타, 그 황소 같은 성자는 대지의 주인에게 답했지요.

----

* 사탕수수 당원으로 만드는 와인 마이레야.

"십만, 아니 십억 필의 소, 혹은 은 더미를 받더라도 저는 샤발라를 왕께 드리지 않을 것입니다. 적을 파괴하는 분이시여, 제 눈앞에서 그 소를 떼어낼 수는 없나이다. 스스로를 제어하는 이에게 명성이 영원하듯이, 제게 샤발라가 그러합니다. 게다가 신들을 위한 공양과 조상들을 위한 공양, 불공양, 발리, 호마 공양,[†] 그리고 생을 유지하는 것도 저는 그 소에게 의지하고 있나이다. 스와하를 읊는 것도 와샷을 읊는 것도[‡] 여러 종류의 배움[§]도, 성자왕이시여, 전부 그 소에게 의지하고 있습니다. 이는 의심의 여지가 없지요. 언제나 기쁨을 주는 샤발라는 진정 제게 전부입니다. 왕이시여, 님에게 샤발라를 드릴 수 없는 이유는 많습니다."

와시슈타의 말을 듣고 능변의 위슈와미뜨라님께서는 더 강경하게 말씀하셨소.

"금으로 만든 안장 끈과 몰이용 금 막대를 갖춘 코끼리 일만 사천 마리를 드리겠습니다. 작은 방울 장식을 단, 백마 네 필이 끄는 금 마차 팔백 대도 드리겠습니다. 게다가 말의 본고장에서 태어난 혈통 좋고 뛰어난 말, 천하고도 열 필도 드리겠나이다, 서약에 충실하신 분이시여! 또한 다양한 색으로 구별되는 어린 암소 천만 마리도 드릴 것입니다. 그러니 샤발라를 제게 주소서."

하지만 현명한 위슈와미뜨라님의 말씀을 듣고, 존귀한 이는 대

[†] 날마다 쌀, 곡물, 또는 정제버터를 조금씩 떼어 중생들에게 베푸는 것을 발리라고 한다. 우리의 고수레와 비슷하다. 호마는, 정제버터를 신에게 바치는 것이다. 두 가지 공양 모두 브라만이 날마다 행해야 하는 다섯 가지 의례에 속한다.

[‡] '스와하'와 '와샷' 모두 공양물을 올릴 때나, 제사의 끝에 (공양을 받는 신의 이름 뒤에 붙여) 읊는 말(주문)이다. 스와하는 가정 의례인 호마에, 와샷은 큰 제례에 쓰인다.

[§] 《베다》의 부속 학문인 여섯 가지 베당가.

답했다오.

"왕이시여, 그 무엇을 주신다 해도 샤발라를 드리지는 못한다고, 이미 말씀드렸나이다. 오직 그 소만이 제 보석이고 제 재산이기 때문입니다. 또한 오직 그 소만이 제 전부이고 제 삶이기 때문이나이다."

제53장

샤따난다는 이야기를 계속했다.

성자 와시슈타가 원하는 것을 주는 소를 포기하지 않자, 라마여, 위슈와미뜨라님께서는 샤발라를 힘으로 끌고 가셨소. 라마여, 위대한 왕이 샤발라를 끌고 가자, 소는 고통과 슬픔에 울면서 생각했지요.

'내가 이리도 낙담하고 괴로워하는데 왕의 하인들이 나를 끌고 가다니, 위대한 영혼의 와시슈타께서 나를 버리셨단 말인가? 아뜨만을 명상하는 위대한 성자이신 의로운 와시슈타께서 아끼시던 나, 죄 없고 헌신적인 나를 버리실 만큼 내가 잘못한 것이라도 있단 말인가?'

이렇게 생각한 그녀는 계속 한숨 지었소. 그러다 빼어난 힘을 가진 와시슈타에게 재빠르게 달려갔다오. 적을 죽이는 이여, 하인 수백을 떨쳐 버리고 그녀는 위대한 성자의 발밑으로 바람같이 달려갔소. 와시슈타 앞에 서서 눈물을 흘리며 울면서, 샤발라는 구름에서

나는 천둥소리처럼 이렇게 말했지요.

"브라만의 존귀한 아드님이시여, 저를 버리셨습니까? 그래서 왕의 하인들이 저를 님 앞에서 끌고 가는 것입니까?"

이 말을 듣고 브라만 성자는, 마음이 슬픔에 잠겨 고통스러워하는 누이에게 하듯이 말했소.

"샤발라야, 내가 너를 버린 것도, 네가 잘못을 한 것도 아니란다. 힘이 넘치는 왕이 힘에 취한 나머지 너를 끌고 가는구나. 내 힘은 왕과 같지 않다. 오늘은 특히 그렇구나. 왕은 강성한 끄샤뜨리야이자, 이 땅의 주인이란다. 말과 수레로 붐비고, 코끼리와 깃발로 가득한 군단 전체가 여기 있다. 그는 나보다 더 강하단다."

와시슈타의 말을 듣고 말귀 밝은 그녀는, 무궁한 광휘의 브라만 성자에게 공손하게 말했다오.

"끄샤뜨리야는 사실 힘이 없고, 브라만이 더 강하다고들 하나이다. 브라만이시여, 브라만의 힘은 신성하고, 끄샤뜨리야의 것보다 강합니다. 님의 힘은 끝이 없습니다. 위슈와미뜨라의 힘이 크기는 하나, 님의 힘보다 더 크지는 않나이다. 님의 강함은 당할 자가 없습니다. 빛이 넘치는 분이시여, 제게 명하소서. 님이 지니신 브라만의 힘으로 제 자신을 채워, 그 사악한 자의 교만과 힘을 제가 부숴 버리겠나이다."

라마여, 그녀가 이렇게 말하자 명성 높은 와시슈타는 명했소.

"적군을 파괴할 군을 만들어라."

그 소가 "음메" 하고 울자 수만의 빠흘라와인*이 나오더니, 위슈와미뜨라님의 눈앞에서 군대를 죄다 쳐부숴 버렸다오. 왕께서는 분

---

* B.C. 1~2C 경 인도에 침입했었던 파르티아인(이란계). 일반적으로 비아리얀 이민족을 총칭한다.

노하신 나머지 눈이 켜져서는, 갖가지 무기로 빠흘라와인을 죽이셨소. 수만의 빠흘라와인이 위슈와미뜨라님께 살해당하는 것을 보고, 그 소는 무시무시한 샤까인과 야와나인*이 섞여 있는 군을 만들어 냈지요. 샤까인과 야와나인으로 이루어진 군대가 대지를 덮었다오. 아주 용맹하고 광채를 지닌 그들은 금빛 꽃술처럼 빛났지요. 긴 칼과 날카로운 창을 지니고 금빛 장신구를 단 그들은, 타오르는 불처럼 위슈와미뜨라님의 군대 전부를 없애 버렸소. 하지만 빛이 넘치는 위슈와미뜨라님께서는 무기를 죄다 동원하셨다오.

제54장

샤따난다는 이야기를 계속했다.

그들이 위슈와미뜨라님의 무기 때문에 어리벙벙해져서 당황하는 것을 보고 와시슈타는 지시했소.

"원하는 것을 주는 소야, 요가의 힘으로 더 만들어 내라."

그녀의 "음메" 하는 소리에 태양처럼 빛나는 깜보자인†들이 나왔다오. 그리고 젖통에서는 손에 무기를 든 빠흘라와인들이 나오고, 그녀의 음문에서는 야와나인들이, 항문에서는 샤까인들이, 또한 몸

---

* 샤까는 스키타이인을, 야와나는 박트리아(아프가니스탄)를 세운 그리스인을 말한다. 빠흘라와와 마찬가지로 비아리얀 이민족을 뜻한다.

† 말로 유명한 지역.

구멍에서는 믈렛차, 하리따 그리고 끼라따인[†]들이 나왔지요. 그들은 즉각 위슈와미뜨라 군의 병사들을, 보병, 코끼리와 말 하며, 전차병까지 전부 죽여 버렸다오. 라구의 기쁨이여. 위대한 와시슈타에 의해 병사들이 살해당하는 것을 보고, 위슈와미뜨라님의 아드님 백 명이 화가 나서 무기를 들고 그에게 달려들었소. 그러나 위대한 성자는 '훔'이라고 하는 것만으로, 그들 모두를 태워 버렸지요. 위슈와미뜨라님의 아드님들뿐만 아니라 말·전차·보병까지, 위대한 와시슈타에 의해 한순간에 재가 되었소. 아들과 군대가 스러져 버리는 것을 보시고, 명성 높은 위슈와미뜨라님께서는 수치스러워 하며 생각에 잠기셨다오. 힘을 잃은 바다처럼, 독니가 부러진 뱀처럼, 일식이 일어난 해처럼, 갑자기 이분께선 빛을 잃으셨소. 아들들과 군사들이 죽자, 날개 잃은 새처럼 낙담하셨던 것이오. 자부심도 사라지고 힘도 사라져서 풀이 죽으셨지요.

그래서 아들 하나를 왕으로 올리며 "끄샤뜨리야의 다르마대로 대지를 다스려라."라고 명하셨다오.

그런 다음 이분께선 숲으로 달려가셨소. 낀나라와 뱀이 종종 모습을 드러내는 히말라야 기슭으로 들어가, 위대한 고행자께서는 위대한 신 쉬바의 은총을 바라며 고행을 하셨다오. 얼마간 시간이 흐르자, 축원을 내려 주시는 신들의 주, 황소를 상징으로 하는 쉬바가 위대한 성자 위슈와미뜨라님께 나타났지요.

[†] 믈렛차(알아들을 수 없는 언어를 한다는 의미인 어근 mlecch에서 유래)는 보통 비아리얀인이나 미개인을 뜻한다. 끼라따는 원래 북인도의 언덕에 거주했던 원주민을 뜻하지만, 구릉지대에 사는 부족민을 통칭하는 의미로 확장되었다. 하리따 또한 부족민을 뜻하는데, 끼라따의 한 갈래라고 하기도 한다. 정확한 의미는 알 수 없다.

"왕이여, 무엇을 바라고 고행을 하는가? 말하고 싶은 것을 말해보라. 나는 축원을 내리는 자이니, 그대가 바라는 축원을 말해보라."

신이 하는 말을 듣고 위대한 고행자 위슈와미뜨라님께서는, 위대한 신에게 엎드려 이렇게 말씀하셨다오.

"무구하고 위대한 신이시여, 저 때문에 위대한 신께서 흡족하시다면, 궁술의 지식 전부를, 부수적인 지식과 그보다 덜 중요한 지식까지, 그리고 비밀스럽고도 은밀한 주문까지 다 알려주소서. 또한 신과 다나와, 위대한 성자, 간다르와, 약샤, 그리고 락샤사에게 알려진 무기 전체가 제게 나타나게 하소서, 죄 없는 분이시여! 신중의 신이시여, 님의 축복으로 제가 바라는 것이 이루어지게 하소서."

그러자 신들의 주 쉬바는 "그리 되리라."라고 말하고는 하늘로 갔소.

힘이 넘치고 진즉 자부심이 컸던 성자왕 위슈와미뜨라님께서는 무기를 얻으시자, 완전히 자부심으로 가득 차게 되셨다오. 보름날 바다처럼 차오르는 힘 때문에, 이분께선 빼어난 성자 와시슈타를 이미 죽은 자로 여기셨소. 왕께서는 아슈람터로 가서 무기를 풀어놓으셨지요. 그 무기들의 힘 때문에 고행의 숲이 죄다 타버렸다오. 현명한 위슈와미뜨라님께서 무기를 장전하시는 것을 보고, 성자들이 놀라 백방으로 흩어졌지요. 와시슈타의 제자들, 그리고 짐승과 새들도 위험을 느끼자, 두려워하며 천 갈래 사방으로 달아났소. 위대한 와시슈타의 아슈람터는 순식간에 텅 비어 사막처럼 고요해졌지요.

와시슈타가 거듭 "두려워하지 말거라. 태양이 안개를 파괴하듯이, 가디의 아들 위슈와미뜨라를 내가 파괴할 것이니."라고 했지만 말이오.

이렇게 말하고 나서 빛이 넘치는 와시슈타, 《베다》를 읊는 데에는 최고인 그는 분노에 차서 위슈와미뜨라님께 이런 말을 했다오.

"오랫동안 번영해온 아슈람을 파괴하는 것은 악한 짓이니, 어리석은 자여, 그대는 더 이상 존재하지 않게 될 것이다."

이렇게 말하고 나서, 극도로 화가 난 그는 세기 말의 연기 없는 불*처럼 서서 야마†의 지팡이 같은 자신의 지팡이를 서둘러 들어 올렸소.

제55장

샤따난다는 이야기를 계속했다.

와시슈타의 말을 듣고 힘이 넘치는 위슈와미뜨라님께서는 "서라, 섰거라!"라고 하시며, 아그니의 무기를 장전하셨다오.

존귀한 와시슈타는 화가 나서 이렇게 말했지요.

"이름뿐인 끄샤뜨리야야, 나 여기 있다. 힘이 얼마나 되는지 보자. 너와 네 무기에 대한 자존심을 내 부숴 주리라, 가디의 아들아! 끄샤뜨리야의 힘과 브라만의 위대한 힘을 어떻게 비교할 수 있단 말이냐? 내 신성한 브라만의 힘을 보아라, 이 끄샤뜨리야 망신아!"

---

* 네 유가의 끝에 일어나 세계를 파괴하는 불.

† 죽음의 신. '염라'는 야마의 음차이다.

가디의 아드님께서 쏜, 무시무시하고 빼어난 아그니 무기는 불의 힘이 물에 의해 잠잠해지듯이, 브라만의 지팡이에 의해 잠잠해졌소. 가디의 기쁨이신 위슈와미뜨라님께서는 분노에 차서 바루나, 루드라, 인드라, 짐승들의 주 쉬바, 이쉬까의 무기에, 마누, 모하나, 간다르와, 스와빠나, 모하나,* 즈름바나, 산따빠나, 윌라빠나, 쇼샤나, 다라나의 무기, 압도적인 인드라의 번개, 브라흐마의 올가미, 바루나의 올가미, 삐나까의 무기, 슈슈까와 아르드라의 번개, 삐샤짜와 끄룬짜의 무기, 다르마의 원반, 깔라의 원반, 비슈누의 원반, 와유, 마타나, 그리고 하야쉬라의 무기까지 쏘셨다오. 그리고 그는 한 쌍의 창인 깡깔라와 무살라, 위대한 무기 와이디야다라, 깔라의 무서운 무기, 무시무시한 삼지창 무기, 까빨라, 그리고 깡까나를 쏘셨지요. 라구의 기쁨이여, 실로 이분께선 모든 무기를, 《베다》를 읊는 데에는 최고인 와시슈타에게 쏘아 내셨소. 그런데 놀라운 일이 일어났다오. 브라흐마의 아들†이 이 모든 것을 지팡이로 삼켜버렸던 것이오. 무기들이 제압되자, 가디의 기쁨 위슈와미뜨라님께서는 브라흐마의 무기‡를 쏘셨고, 그 무기가 솟아오르는 것을 보고 아그니를 비롯한 신들과 천상의 성자, 간다르와, 위대한 뱀 모두가 놀랐다오. 브라흐마의 무기가 날아오르자, 삼계가 두려워했지요. 하지만 그 위대하고 무시무시한 브라흐마의 무기마저도 와시슈타는, 브라만의 지팡이를 들어 올려 브라만의 힘으로 전부 삼켜 버렸소, 라구의 후손이여! 브라흐마의 무기를 삼킨 위대한 와시슈타는, 사납고 무섭게

---

* 같은 무기의 이름이 두 번 나타남.

† 와시슈타는 창조주 브라흐마의 아들이다.

‡ 우주를 파괴할 수 있는 힘을 가진 극강의 무기이다.

변한 모습으로 삼계를 멍하게 했지요. 위대한 와시슈타의 온 몸 구멍에서는 빛줄기 같은 불의 혀가 연기에 싸여 뿜어져 나왔다오. 야마의 지팡이처럼 와시슈타의 손에 들어 올려진 브라만의 지팡이는, 세기 말의 연기 없는 불처럼 빛났지요. 그러자 성자 무리는 《베다》를 읊는 데는 최고인 와시슈타를 칭송했소.

"님은 다함없는 힘을 가지셨나이다. 브라만이시여, 힘으로 힘을 제어하소서. 브라만이시여, 님께서는 위대한 고행자 위슈와미뜨라를 제압하셨나이다. 《베다》를 읊는 데는 최고인 분이시여, 부디 진정하소서. 세상을 공포로부터 벗어나게 하소서."

이 말을 듣고 빛이 넘치는 위대한 고행자는 자신을 제어했다오. 굴욕을 당한 위슈와미뜨라님께서도 한숨을 쉬며 말씀하셨소.

"끄샤뜨리야의 힘은 힘이 아니로다! 브라만의 빛이 넘치는 힘이야말로 힘이로다! 브라만의 지팡이 하나로 내 무기 전부를 사라지게 하다니! 이를 잘 새겨, 감각과 마음을 제어하겠노라. 그리고 나를 브라만으로 만들어 줄 위대한 고행을 시작할 것이다."

제56장

샤따난다는 이야기를 계속했다.

이렇게 해서 위대한 영혼 와시슈타와 적대하게 되신 위슈와미뜨라님께서는, 가슴 아프게 자신의 패배를 기억하시고 한숨을 쉬고 또 쉬시면서 왕비님과 함께 남쪽으로 가셨다오, 라구의 후손이여. 그곳에서 위대한 고행자 위슈와미뜨라님께서는, 무서운 극한의 고행을 하셨지요. 과일과 근채를 음식으로 먹고 감관을 제어하며 궁극의 고행을 하셨소. 그러는 동안 이분께 진실과 다르마에 헌신하는 아드님들이 태어났다오. 하위슈빤다, 마두슈빤다, 드르다네뜨라, 그리고 마하라타였지요. 천 년을 채우자 세상의 위대한 할아버지 브라흐마는, 고행이 재산인 위슈와미뜨라님께 친절하게 이렇게 말했소.

"꾸쉬까의 아들아, 그대는 고행으로 성자왕들이 얻는 세상을 얻었도다. 그대의 고행 때문에, 우리는 그대를 성자왕으로 인정할 것이니라."

이렇게 말하고 빛이 넘치는 브라흐마, 세상 최고의 주는 신들과 함께 인드라의 세계로, 거기서 다시 브라흐마의 세계*로 갔지요. 위슈와미뜨라님께서는 그 말을 듣자 부끄러움을 느끼시고 고개를 떨구셨다오. 그리고 큰 고통과 슬픔으로 이렇게 말씀하셨지요.

"아주 위대한 고행을 했는데도, 제신과 성자 무리는 나를 성자왕으로만 여기는구나. 이를 내 고행의 결실로 생각할 수는 없다."

이렇게 마음을 정하시고, 이 위대한 고행자께서는 극도로 절제하시며 가장 혹독한 고행을 하셨다오, 까꿋스타의 후손이여! 그때 뜨리샹꾸라고 알려진 익슈와꾸 왕가의 후손, 진실을 말하고 감관을 정복한 왕이 있었소. 라구의 후손이여, 어느 날 그는 제사를 지내야겠다는 생각을 했소.

---

* 천계 가운데 가장 높은 범천.

'신들의 최고 영역에 내 몸을 갖고 올라가야겠다.'

그는 와시슈타를 불러 자신의 생각을 말했지요. 허나 위대한 영혼의 와시슈타는 "불가합니다."라고만 말했다오.

와시슈타에게 거절당하자, 그는 와시슈타의 아들들이 긴 고행을 하고 있는 남쪽 방향으로 갔지요. 빛이 넘치는 뜨리샹꾸는 고행 중인 와시슈타의 아들들, 명성 높고 뛰어난 광휘를 갖춘 일백을 보았소. 스승의 위대한 아들들에게 다가간 그는, 다소 창피한 나머지 고개를 숙이고는 차례대로 인사를 했지요. 그리고 합장을 하고는 위대한 그들 모두에게 말했소.

"저는 님들을 의지처로 여기고, 의지처를 찾아 왔나이다. 님들만이 제게 의지처가 되실 수 있기 때문입니다. 복 받으시길! 저는 위대한 와시슈타님께 거절당했나이다. 큰 제사를 지내고 싶사오니, 부디 허락해 주십시오. 은혜를 구하고자, 스승님의 아드님 모두를 경배하나이다. 이렇게 머리를 조아려, 고행에 굳건하신 브라만들께 간청하나이다. 님들께서는 마음을 가다듬고 제사를 올려 주시어, 제가 목적을 이룰 수 있도록 해주소서. 그리하여 제가 이대로 몸을 가지고 신들의 세상을 얻을 수 있도록 해주소서. 와시슈타님께 거절당했기 때문에, 고행이 재산인 성자들이시여, 스승님의 아드님이신 님들이 아니면 저는 다른 곳을 찾을 수가 없나이다. 모든 익슈와꾸의 마지막 의지처는 가문의 사제였습니다. 그러니 존귀한 분들이시여, 그분 다음으로는, 님들 전부가 제겐 신과 같으십니다."

제57장

샤따난다는 이야기를 계속했다.

뜨리샹꾸의 말을 듣자, 라마여, 성자의 아들 백 명은 화를 내며, 왕에게 이렇게 말했다오.

"어리석은 이여, 진실을 말씀하시는 스승께 거절당하고, 어떻게 이를 무시하고 다른 사람에게 왔습니까? 모든 익슈와꾸의 마지막 의지처는 가문의 사제였습니다. 진실을 말씀하시는 분의 말을 제쳐둘 수는 없지요. 존귀한 성자 와시슈타님께서 불가하다고 말씀하셨는데, 어떻게 저희가 님의 제사를 지낼 수 있겠습니까? 최고의 사내여, 어리석군요. 다시 자신의 도시로 돌아가십시오. 삼계의 법칙을 깨뜨리는* 그런 제사는, 존귀한 와시슈타님께서만 지내실 수 있습니다."

그들의 말을 듣고, 왕은 화가 나서 흥분한 목소리로 다시 그들에게 말했소.

"존귀하신 스승님과 그 아드님들께 이렇게 거절당하는군요. 저는 다른 의지처로 갈 것입니다. 고행이 재산인 분들이시여, 안녕하시길."

불쾌한 암시가 담긴 이 말을 듣고, 성자의 아들들은 극도로 화가 나서 왕을 저주했다오.

---

* 영혼만 천상에 오를 수 있다는 섭리를 깨뜨리기 때문이다. 하지만 몸을 지닌 채 하늘 나라에 간 예가 전혀 없는 것은 아니다.

"그대는 짠달라[†]가 되리라."

이 말을 하고 나서, 위대한 이들은 자신들의 아슈람으로 들어갔지요. 그리고 밤이 지나자 왕은 짠달라가 되어 버렸소. 검은 옷을 입은, 머리카락이 빠진 검둥이가 되었던 것이오. 그의 화환과 화장품[‡]은 화장터에서 온 것이었고, 장신구는 쇠로 만들어진 것이었지요. 짠달라 모습의 그를 보고, 라마여, 고문과 신하 모두 그를 버렸고, 시민들은 다 떠나버렸다오. 까꿋스타의 후손이여, 홀로 남은 왕은 최대한 자신을 절제했으나, 밤낮으로 고통 받게 되자 고행이 재산인 위슈와미뜨라님께 갔소. 짠달라 모습으로 망가진 왕을 보고, 라마여, 성자 위슈와미뜨라님께서는 연민을 느끼셨소. 라마여, 복 받기길! 빛이 넘치고 몹시 정의로우신 이분께서는, 끔찍한 모습의 왕에게 동정심으로 이렇게 말씀하셨지요.

"힘이 넘치는 왕의 아들이여, 무슨 일로 오셨소? 아요디야의 용맹한 군주여, 저주가 님을 짠달라로 만들고 말았구려."

이 말을 듣고 짠달라로 변한 달변의 왕은, 합장을 하고 언변 좋은 성자께 말했다오.

"저는 제 스승님과 스승님의 아드님들께도 거절당했습니다. 원하는 것을 이루지도 못한 채, 이런 불운까지 얻었답니다. 이 몸을 가지고 천상에 갈 수 있기를 바란 탓에, 친절한 분이시여, 저는 백 번의 제사를 지냈지만 아무 결실도 얻지 못했나이다. 예전에 저는 그 어떤 거짓도 말한 적이 없고, 앞으로도 그럴 것입니다. 지금 이렇게

---

† 슈드라 남자와 상위 계급의 여자 사이에서 태어난 불가촉천민을 말한다. 가장 천시 받는 계층이다. 원래는 특정 부족민을 일컫는 말이었다고 한다.

‡ 향을 내기 위한, 로션 같은 화장품.

비참해도 말입니다. 친절한 분이시여, 끄샤뜨리야의 다르마에 맹세하나이다. 저는 갖가지 제사를 거행하고, 다르마로 백성들을 다스렸으며, 덕과 품행으로 위대한 스승을 만족시켰습니다. 그리고 다르마에 헌신하며 제사를 지내기를 바라는데도, 황소 같은 성자시여, 스승께서는 만족하지 않으십니다. 그러니 운명만이 제일이고 인간의 노력은 소용없는 것이라고 생각하나이다. 운명이 모든 것을 능가하니, 최후의 의지처는 운명일 수밖에요. 극도로 괴로움을 당한 제게, 제가 바라마지 않는 은총을 주소서. 복 받으시길! 운명이 노력을 제압해버렸습니다. 다른 의지처로는 가지 않을 것입니다. 제게는 다른 안식처가 없나이다. 부디 인간의 노력으로 운명을 극복할 수 있도록 해주소서."

제58장

샤따난다는 이야기를 계속했다.

　왕이 이렇게 말하자, 꾸쉬까의 아드님이신 위슈와미뜨라님께서는 연민 때문에 짠달라로 변한 왕에게 직접* 다정하게 말씀하셨소.
　"익슈와꾸여, 잘 오셨소. 아들이여, 그대가 아주 올곧은 자임을 알고 있소. 내가 그대의 안식처가 될 것이니 두려워 마시오, 황소 같

---

* 원래 브라만은 짠달라 같은 불가촉천민을 상대하지 않는다. 보기만 해도 부정을 탄다고 여기기 때문이다.

은 왕이여! 왕이여, 위대한 덕행의 성자 모두에게 제사를 도와 달라고 내가 말하겠소. 그러니 걱정 없이 제사를 지내게 될 것이오. 스승의 저주로 변한 모습 그대로, 그대는 몸을 가지고 천상에 가게 될 것이오. 인간들의 군주여, 나는 천상이 이미 그대 손에 들어왔다고 생각하오. 그대가 이 꾸쉬까의 아들, 안식처를 줄 수 있는 내게 안식처를 구하러 왔기 때문이오."

이렇게 말씀하신 뒤, 빛이 넘치는 성자께서는 아주 올곧고 현명한 자신의 아들들에게 제사를 위한 것들을 모으게 하셨다오. 그리고 제자들을 모두 불러 이렇게 말씀하셨지요.

"아들들아, 내 명에 따라 내가 아끼는 너희가, 많이 배운 이들인 빼어난 성자 전부를, 그들의 제자와 제관과 함께 데려와야 한다. 내 말의 힘에 복종하여, 누구든 무례한 말을 하지 말아야 할 것이다. 그리고 그들이 한 말을 빠짐없이 내게 전하라."

이 말을 듣고 그들은 그의 명에 따라 사방으로 흩어졌소. 그리고 나라 각지에서 《베다》 학자들이 왔다오. 그의 제자들은 타는 듯이 빛나는 성자 위슈와미뜨라님께 다시 돌아와서, 《베다》 학자들이 했던 말을 전부 그에게 고했소.

"님의 말씀을 듣고 사방에서 브라만들이 모여들고 있습니다. 마호다야† 만 빼고는 모두 올 것입니다. 하오나 황소 같은 성자시여, 들어보소서. 와시슈타의 아들 일백이 했던 말은 이렇게 전부 다 분노로 가득했나이다.

'짠달라 모습을 한 끄샤뜨리야가 제주인 그런 자리에서, 어찌

---

† 성자의 이름이라고 하는데, 누구를 뜻하는지 확실하지 않다.

신과 성자들이 그 공양을 먹겠습니까?' 위슈와미뜨라님께서 비호하
시는 짠달라의 음식을 먹고서, 어떻게 위대한 브라만들이 천상에 가
겠습니까?'

범 같은 성자시여, 마호다야와 와시슈타의 아들 모두가 눈이 벌
게져서는 이토록 심한 말을 했나이다."

그들의 말을 전부 듣고, 황소 같은 성자께서는 분노로 눈이 붉어
졌고, 화를 내며 이렇게 말씀하셨소.

"모욕 받으면 안 되는 나를 모욕했으니, 비록 혹독한 고행에 전
념하고 있다 해도 그 사악한 자들은 의심의 여지없이 재가 되어 버
릴 것이다. 오늘 저들은 시간의 올가미에 끌려 죽음의 신 와이스와
따[†]의 집에 가게 되리라. 그리고 저들 모두 칠백 생 동안 죽음의 파
수꾼이 될 것이다. 무슈띠까[‡]가 되어 개고기를 밥으로 먹으며, 불쾌
한 직업과 추한 모습으로 수치심도 없이 세상을 떠돌게 되리라. 또
한 모욕 받으면 안 되는 나를 모욕했으니, 사특한 마음의 마호다야
는 온 세상 사람들 중에서도 욕을 먹는 니샤다인이 되리라. 자비심
도 없이 다른 이의 삶을 망치려고 했으니, 내 분노 때문에 그는 오랜
시간 동안 비참하게 지내게 되리라."

성자들 한복판에서 이렇게 말씀하시고 나서, 위대한 고행자이신
위슈와미뜨라 성자께서는 침묵을 지키셨다오.

---

[*] 인도 사람들은 자신보다 낮은 신분의 사람들과는 함께 먹지 않으며, 그들이 손댄 음
식도 먹지 않는다. 이 때문에 지금까지도 인도에는 브라만 출신의 요리사가 많다.

[†] 야마의 별칭.

[‡] 시신의 수의를 벗겨 가는 불가촉천민으로서, 짠달라의 한 부류라고 한다.

제59장

샤따난다는 이야기를 계속했다.

   고행의 힘으로 마호다야와 와시슈타의 아들들을 파멸시키시고 나서, 빛이 넘치는 위슈와미뜨라님께서는 성자들 가운데에서 이렇게 말씀하셨소.

   "익슈와꾸의 후손, 정의롭고 관대한 뜨리샹꾸가 여기 있소. 그는 자신의 몸 그대로 신들의 세계에 가고자, 나를 안식처로 삼아 여기 왔소이다. 그가 자신의 몸을 갖고 신들의 세계에 갈 수 있도록, 여러분은 나와 함께 제사를 올려야 할 것이오."

   위슈와미뜨라님의 말씀을 듣고, 다르마를 아는 위대한 성자들—그곳에 모인 이들 모두—은 다르마를 갖추어 다 같이 의논했다오.

   "꾸쉬까의 아드님이신 이 성자께서는 아주 성을 잘 내십니다. 그러니 의심할 필요 없이, 이분께서 명하신 것을 우리는 합당하게 해내야만 합니다. 존귀하신 분께서는 불 같아서, 화가 나면 우리를 저주하실 것이기 때문입니다. 위슈와미뜨라님의 고행력으로, 익슈와꾸의 후손이 몸과 함께 하늘에 갈 수 있도록 제사를 지냅시다. 제사를 시작하여, 다 같이 제사에 참여합시다."

   이렇게 말하고 나서, 위대한 성자 모두가 다양한 제례를 맡고, 빛이 넘치는 위슈와미뜨라님께서 제사장을 맡으셨소. 《베다》의 주문에 숙련된 제관들은 의례와 제식에 따라, 《베다》의 주문과 함께 전 의식을 순서대로 행했다오. 이윽고 위대한 고행자 위슈와미뜨라님께서는, 자기 몫을 위해 오도록 신들을 전부 그곳에 부르셨소. 그러나 제사의 몫을 위해 소환된 신들은 죄다 그곳에 오지 않았지요. 그러자 위대한 성자 위슈와미뜨라님께서는 화가 나서 분노로 제사 국자*를 쳐드시고는, 뜨리샹꾸에게 이렇게 말씀하셨다오.

"인간들의 지배자여, 고행으로 내 스스로 얻은 힘을 보시오. 이 힘으로 그대를 몸과 함께 천상으로 보내 주겠소. 어려운 일이기는 하나, 인간의 지배자여, 자신의 몸을 지닌 채 하늘로 가시오. 내 고행의 결실로 내 스스로 얻은 힘이 조금이라도 있다면, 왕이여, 그 힘으로 그대는 몸을 지니고 천상으로 가게 될 것이오!"

성자의 말이 떨어지자마자, 성자의 눈앞에서 왕은 몸을 지닌 채 천상으로 갔소, 까꾸스타의 후손이여. 뜨리샹꾸가 하늘나라에 오는 것을 보고, 빠까의 응징자 인드라와 신 무리 모두는 이렇게 말했지요.

"뜨리샹꾸여, 지상으로 돌아가라. 하늘에는 그대가 얻을 집이 없도다. 어리석은 자여, 그대는 스승의 저주로 망가졌다. 머리를 거꾸로 하고 땅으로 떨어져라."

위대한 인드라가 이렇게 말하자, 뜨리샹꾸는 고행이 재산인 위슈와미뜨라님께 "구해주소서!"라고 소리치면서 다시 떨어졌다오.

그가 소리치는 것을 듣고, 꾸쉬까의 아드님께서는 무시무시한 분노를 일으키시며 "멈춰라, 멈춰!"라고 말씀하셨소.

그리고 성자들 가운데 서서, 명성 높고 강대한 위슈와미뜨라님께서는 분노로 제 정신이 아닌 채로, 마치 두 번째 창조주처럼 남녘

---

* 정제 버터(기이) 같은 제물을 떠서 불에 뿌리기 위한 국자.

에 일곱 성자†와 새로운 별자리들을 만드셨다오. 별자리를 만들고 나자, 이분께서는 분노로 걸걸해진 목소리로 말씀하셨지요.

"다른 인드라를 만들어 내든가, 이 세상에서 아예 인드라를 없애 버리리라."

그리고 화가 나서 신들 또한 만들어 내기 시작하셨소. 그러자 황소 같은 신들과 성자 무리는 깜짝 놀라, 위대한 영혼의 위슈와미뜨라님을 달래는 말을 했다오.

"고행이 재산이신 위대한 분이시여, 저 왕은 스승의 저주로 망가졌으니, 몸을 갖고 천상에 오를 수 없나이다."

신들의 말을 듣고 꾸쉬까의 후손이신 황소 같은 성자께서는 제신에게 말씀하셨지요.

"복 받기를! 몸을 가지고 하늘에 오르게 해주겠다고 내가 뜨리샹꾸왕에게 약속했소. 이를 거짓되게 할 수는 없소이다. 뜨리샹꾸는 육신을 가지고 하늘에 영원히 있어야 하오. 내가 만든 별자리도 다 그래야 하고. 세상이 계속되는 한 내가 만든 것도 모두 존재해야 하오. 신들이여, 이를 약속하시오."

이 말을 들은 신들은 모두 황소 같은 성자에게 대답했다오.

"그렇게 하겠나이다. 복 받으시길! 님께서 만드신 많은 별자리가 황도대 밖 하늘에 모두 남아 있기를! 최고의 성자시여, 뜨리샹꾸 또한 머리를 아래로 한 채, 빛나는 별자리들 가운데 신과 같은 모습으로 환하게 빛나며 남아 있기를!"

성자들 가운데에서 신들의 칭송을 받자, 빛이 넘치고 정의로우

---

† 큰곰자리. 원래 아리얀은 이 별자리를 몰랐으나, 남하하면서 알게 되었다고 한다.

신 위슈와미뜨라님께서는 "좋소!"라고 신들에게 말씀하셨소.

뛰어난 인간이여, 제사가 끝나자 신들과 고행이 재산인 위대한 성자들은 다 온 대로 돌아갔다오.

제60장

샤따난다는 이야기를 계속했다.

위대한 영혼의 위슈와미뜨라님께서는 성자들이 떠나는 것을 보시고 나서, 범 같은 사내여, 숲에 사는 이들 모두에게 말씀하셨소.

"이곳의 남쪽에서 큰 장애가 있었으니,* 다른 지역으로 가서 그곳에서 고행을 해야 하오. 위대한 영혼들이여, 서쪽의 광활한 뿌슈까라†로 가서 안돈(安頓)하게 고행을 합시다. 그곳 고행의 숲이 최고이기 때문이라오."

이렇게 말씀하시고 나서 빛이 넘치는 위대한 성자께서는, 뿌리채소와 열매를 드시며 뿌슈까라에서 혹독하고도 어려운 고행을 하셨지요. 그때 아요디야의 군주는 암바리샤라고 하는 왕이었는데, 제사를 지내고 있었소. 그런데 제주의 희생짐승을 인드라가 데려가 버렸다오. 짐승이 사라져 버리자, 제관은 왕에게 이렇게 말했지요.

---

* 뜨리샹꾸의 제사가 받아들여지지 않은 것을 말한다.
† 라자스탄 아즈메르 근처의 성지 뿌쉬까르 호수.

"왕이시여, 전하의 부주의 때문에 데려온 짐승이 사라져 버렸나이다. 이런 잘못은 이를 막지 못한 왕을 파멸시킬 것입니다, 인간들의 주인이시여. 이 속죄는 대단히 무거우니, 황소 같은 사내시여, 사람을 바치시든가 아니면 제사가 진행 중인 동안 속히 그 짐승을 데려오소서."

황소 같은 사내여, 이 말을 듣고 지혜가 넘치는 왕은, 소 수천 필을 대가로 희생자를 찾았소. 친애하는 라구의 기쁨이여, 각 지역과 나라, 도시와 숲, 그리고 신성한 아슈람을 찾아다니던 대지의 주인은, 브르구뚠다†에서 아내 그리고 아들들과 같이 앉아 있는 르찌까§를 보았다오. 무한한 빛의 위대한 성자왕은, 고행으로 빛나는 그 위대한 성자 르찌까에게 절하고 안부를 다 묻고 나서 이렇게 말했지요.

"복 많은 바르가와시여, 소 십만 필을 대가로 아드님을 제게 희생 제물로 파신다면, 저는 제 목적을 이룰 수 있나이다. 전 지역을 돌아다녔지만, 제사용 희생 제물을 얻지 못했습니다. 부디 아드님 한 분을 이 값으로 제게 주소서."

이 말을 듣고 빛이 넘치는 르찌까는 이렇게 말했소.

"최고의 사내시여, 그 무엇을 주신다 해도 제 맏아들은 팔지 않을 것입니다."

르찌까의 말을 듣고, 고행을 하는 여인이자 빼어난 아들들의 어머니 역시 암바리샤에게 말했다오.

---

† 브르구의 배(꼽)라는 뜻. 브라흐마의 마음에서 태어난 아들 브르구 성자와 관련된 장소이지만, 어딘지는 확실하지 않다.

§ 마하바라따에 따르면, 바르가와 씨족의 브라만이라고 한다. 자마다그니 성자의 부친이자, 위슈와미뜨라의 매형이다.

"왕이시여, 저 또한 막내 슈나까를 가장 어여삐 여긴다는 것을 아소서. 최고의 사내시여, 장자는 아비에게, 막내는 어미에게 어여쁘기 마련입니다. 그러니 저는 막내를 지킬 것입니다."

성자와 그 아내의 말을 듣고, 라마여, 차남인 슈나셰빠는 혼잣말을 했소.

"아버지는 맏아들을, 어머니는 막내를 파실 수 없다고 말씀하시니, 중간을 파시겠다는 뜻이리라. 왕의 아들이시여, 저를 데려가십시오."

그리하여 인간의 군주는 십만 필의 소로 슈나셰빠를 얻고, 크게 기뻐하며 떠났소, 라구의 기쁨이여! 명성 높고 빛이 넘치는 성자왕 암바리샤는, 자신의 수레에 슈나셰빠를 태우고는 서둘러 떠났다오.

제61장

샤따난다는 이야기를 계속했다.

슈나셰빠를 얻은 최고의 사내, 명성 높은 왕은 정오에 쉬려고 뿌슈까라*에 멈췄소, 라구의 기쁨이여. 그가 쉬는 동안, 명성 높은 슈나셰빠는 빛나는 뿌슈까라 호수에 갔다가 위슈와미뜨라님을 보았다오.†

---

* 브라흐마의 사원과 신성한 호수가 있는, 라자스탄의 성지 뿌슈까르.

† 슈나셰빠의 모친 사띠야와띠가 위슈와미뜨라의 누이이기 때문에, 위슈와미뜨라는 슈나셰빠의 외삼촌이다.

목마름과 피로 때문에 가련하고 슬픈 얼굴로 그는, 라마여, 성자의 무릎에 몸을 던지고 이렇게 말했지요.

"제게는 어머니도 아버지도, 또한 외가 친척도 친가 친척도 없나이다. 친절하신 분이시여, 황소 같은 성자시여, 부디 다르마로써 저를 구해주소서. 최고의 사내시여, 님은 구원자시며, 모두에게 이익을 주시는 분이시기 때문입니다. 왕으로 하여금 자신의 목적을 이루게 하시고, 제가 무상의 고행을 하고 무병장수를 누리고 나서 하늘나라에 가게 해주소서. 장애 없는 마음으로, 보호자 없는 제게 보호자가 되어 주소서. 아버지가 아들을 지키듯이, 의로운 분이시여, 이 비운으로부터 부디 저를 지켜 주소서."

그의 말을 듣고 위대한 고행자 위슈와미뜨라님께서는 여러 방법으로 그를 달래시고 나서, 아드님들에게 이렇게 말씀하셨다오.

"다음 세상의 공덕을 위해 좋은 일을 하려고, 아버지들은 아들을 두기 마련이다. 그런 때가 왔구나. 여기 성자의 아들인 이 소년은, 내게서 의지처를 구하고 있다. 아들들아, 목숨을 치르고라도 그에게 친절을 베풀어라. 너희 모두 의무를 잘 수행했고, 모두 다르마에 헌신해 왔다. 왕의 희생 제물이 되어 아그니를 만족시켜 다오. 그러면 슈나셰빠는 보호자를 얻고, 제사에는 장애가 없을 것이며, 신들은 만족하고, 내 말은 이행될 것이다."

사내 중의 사내여, 성자의 말씀을 듣고 마두샨다를 비롯한 아드님들은, 자존심 때문에 건방지게 대답했소.

"아버지, 어찌 자신의 아들을 죽여 다른 이의 아들을 살리려 하십니까? 이는 개고기를 먹는 것처럼, 해서는 안 될 일이라고 생각하나이다."

아드님들의 말을 들으시고 황소 같은 성자께서는, 화 때문에 눈이 붉어져 말하기 시작하셨다오.

"이 두렵고도 털을 곤두서게 하는 너희의 뻔뻔한 말은, 내 말을 무시했을 뿐더러, 다르마에 비춰 봐도 비난 받아 마땅하다! 와시슈타의 아들들처럼 너희도 모두, 꼬박 천 년 동안 이 땅 위에서 개고기를 먹고 살게 되리라."

아드님들을 저주하시고 나서, 빼어난 성자께서는 병으로부터 지켜 주는 주문을 슈나셰빠에게 행한 뒤, 괴로워하는 그에게 말씀하셨지요.

"네가 붉은 화환과 화장품으로 단장하고 비슈누의 희생기둥에 신성한 줄로 묶일 때, 성스러운 말로 불의 신 아그니를 찬양해야 하느니라. 그리고 암바리샤의 제사에서 이 두 신성한 찬가를 불러라, 성자의 아들아! 그리하면 너는 목적을 이룰 수 있을 것이야."

마음을 집중하여 두 찬가를 외우고 나서, 슈나셰빠는 사자왕 암바리샤에게 급히 말했소.

"위대한 사자왕이시여, 속히 가야 하나이다. 왕 중의 왕이시여, 돌아가서 정화 상태에 드셔야 합니다."

성자의 아들이 이렇게 말하자, 왕은 기쁜 마음에 서둘러서, 하지만 신중하게 제사터로 갔다오. 보조 제관들의 동의를 얻고, 왕은 희생자에게 신성한 표식을 하고 붉은 옷을 입힌 다음 희생기둥에 그를 묶었소. 성자의 아들은 묶이고 나자, 배운 대로 두 신―인드라와 인드라의 아우 비슈누*―을 최고의 찬가 두 개로 칭송했지요. 천

---

* 비슈누의 난쟁이 화신 와마나가 아디띠의 아들로 태어났기 때문이다. 인드라는 아디띠의 맏아들이다.

개의 눈을 가진 인드라는 그 비밀스러운 찬가에 만족하고 기뻐하며, 슈나셰빠에게 긴 수명을 내려 주었다오, 라구의 후예여. 사내 중의 사내 라마여, 천 개의 눈을 가진 인드라의 은총으로, 왕도 제사에서 갖가지 결실을 얻었지요. 위대한 고행자, 의로운 위슈와미뜨라님께서는 뿌슈까라에서 천 년을 더 고행하셨다오, 최고의 사내여!

제62장

샤따난다는 이야기를 계속했다.

천 년을 채우신 위대한 성자께서 서약을 마무리하는 목욕재계를 하시자,[†] 신들은 모두 고행의 결실을 주려고 이분께 왔다오. 빛이 넘치는 브라흐마는 아주 유쾌하게 말했지요.

"복 받기를! 신성한 행위를 통해 그대는 스스로 성자의 지위[‡]를 얻었노라."

이렇게 말하고 신들의 주는 다시 하늘로 돌아갔소. 빛이 넘치는 위슈와미뜨라님께서는 다시 고행을 하셨지요. 오랜 시간 후에 빼어난 압사라스 메나까가 목욕을 하러 뿌슈까라에 왔다오, 사내 중의 사내여. 그곳에서 꾸쉬까의 빛이 넘치는 아드님께서는, 아름다움으

[†] 인도에서는 배움이나 서약 등을 마쳤을 때 의례로서 목욕을 행한다.

[‡] 끄샤뜨리야 성자왕이 되었다는 뜻. 아직 브라만 성자는 아니라는 의미를 담고 있다. 그래서 위슈와미뜨라는 브라만 성자가 되기 위해 고행을 계속한다.

로는 견줄 이 없는—마치 비구름 속 번개와도 같은—메나까를 보셨소. 그녀를 보신 성자께서는, 사랑의 신 깐다르빠에게 사로잡혀 이렇게 말씀하셨지요.

"압사라스여, 잘 왔소. 여기 내 아슈람에서 지내시오. 복 받기를! 사랑의 신 마다나* 때문에 얼이 빠지고만 내게 잘 해주시오."

이를 듣고 아름다운 엉덩이를 가진 그녀는 그곳에 거처를 만들었고, 위슈와미뜨라님께 그녀는 고행의 큰 방해거리가 되었다오. 그녀가 그곳에 사는 동안, 오 년 하고도 또 오 년이 즐겁고 행복하게 지나갔소. 이렇게 시간이 흐르자, 위대한 성자 위슈와미뜨라님께서는 부끄러워하시며, 걱정과 슬픔에 휩싸이셨지요. 또한 성자의 마음속에는 화가 일어났다오, 라구의 기쁨이여.

"이 모든 것은 내 고행의 힘을 앗으려 하는 신들의 대담한 짓이다. 욕망에 사로잡혀 제 정신을 잃고, 하루밤낮처럼 십 년을 보냈구나. 장애가 왔도다."

빼어난 성자께서는 깊은 한숨을 쉬며, 고통으로 괴로워하셨소. 이를 보고 그 압사라스는 두려워 몸을 떨며, 합장을 한 채 서 있었다오. 꾸쉬까의 아드님 위슈와미뜨라님께서는, 라마여, 부드러운 말로 메나까를 떠나보내시고는 북쪽 산맥으로 가셨지요. 명성 높은 성자께서는 성취를 위해 마음을 굳건히 하시고는, 까우쉬끼 강변에 가서서 아주 무서운 고행을 하셨소. 북쪽 산맥에서 천 년 동안 이분께서 무시무시한 고행에 전념하시자, 라마여, 신들은 두려워했지요. 그래서 제신과 성자 무리가 함께 모여 의논을 했다오.

---

* 깐다르빠, 즉 까마의 별칭.

"저 꾸쉬까의 아들은 위대한 성자라는 말을 얻을 만합니다."

신들의 말을 듣고 온 세상의 할아버지인 브라흐마는, 고행이 재산인 위슈와미뜨라님께 자상하게 말했소.

"친애하는 위대한 성자, 꾸쉬까의 아들이여, 그대의 혹독한 고행에 만족했도다. 위대함과 함께, 성자 가운데 최고의 위상을 그대에게 주겠노라, 꾸쉬까의 아들이여!"

할아버지 브라흐마의 말을 듣자, 고행을 재산으로 삼는 위슈와미뜨라님께서는 합장을 하고 몸을 굽히며 이렇게 대답하셨다오.

"존귀하신 분이시여, 제가 만일 신성한 행위로써 '브라만 성자'라는 견줄 바 없는 말을 제 스스로 얻는다면, 저는 진실로 감관을 정복한 셈입니다."

그러나 브라흐마는 "그대는 아직 감관을 정복하지 못했노라. 황소 같은 성자여, 더 정진하여라."라고 말하고는 하늘나라로 가 버렸소.

신들이 떠나자 위대한 성자 위슈와미뜨라님께서는, 기대지 않고 서서 양팔을 올리고 공기만을 드시며 고행을 하셨지요. 고행이 재산인 이분께서는 여름에는 다섯 불의 고행†을 행하시고, 우기에는 노지에서 지내셨으며, 겨울에는 물속에 서서 밤낮을 보내셨다오. 이렇게 위슈와미뜨라님께서는 천 년 동안 무시무시한 고행을 하셨소. 위대한 성자께서 이렇게 고행을 하시자, 인드라와 신들은 아주 놀랐다오. 그리하여 온 마루뜨 무리를 거느린 샤끄라는, 자신에게는 이익이 되고 꾸쉬까의 아드님께는 해가 되는 말을 압사라스 람바에게 했소.

---

† 사방에 불을 피워놓고 태양을 바라보는 고행.

제63장

샤따난다는 이야기를 계속했다.

"람바여, 그대가 신들을 위해 아주 중요한 일을 해주어야겠다. 꾸쉬까의 아들을 사랑에 빠뜨려, 욕망으로 넋이 나가게 해야 한다."

라마여, 이를 듣고 압사라스는 공손히 합장을 하고 천 개의 눈을 가진, 현명한 신들의 왕에게 말했다오.

"신들의 주시여, 위대한 성자 위슈와미뜨라님이 무섭습니다. 신이시여, 의심의 여지없이 그는 무시무시한 화를 제게 쏟아 낼 것입니다. 그 때문에 저는 두렵습니다. 신이시여, 부디 제게 자비를 베풀어 주소서."

그녀가 합장을 한 채 떨면서 이렇게 말했지만, 천 개의 눈을 가진 인드라는 람바에게 일렀지요.

"람바여, 두려워하지 말라. 복 받기를! 내 명을 행하라. 봄에 나무들이 피어나 마음을 사로잡을 때, 사랑의 신 깐다르빠와 함께 내가 뻐꾸기 모습으로 네 곁에 있을 것이다. 그러니 람바여, 너는 온갖 매력이 가득하고 환히 빛나는 모습으로 꾸쉬까의 아들, 고행에 전념하는 그 성자를 고행에서 떼어 놓아라."

그의 말을 듣고서 그녀는, 더할 나위 없이 아름답게 단장을 하고 달콤하게 미소 짓는 사랑스러운 모습을 보이며 위슈와미뜨라님을 유혹했소. 달콤한 뻐꾸기 노랫소리를 듣고 유쾌해진 마음으로, 이분께서는 그녀를 보았다오. 람바를 보시고, 또한 그녀의 비할 데 없는 노래를 들으시자, 성자께서는 의심이 드셨소. 꾸쉬까의 아드님이신 황소 같은 성자께서는, 이것이 천 개의 눈을 가진 인드라 짓이라는 것을 아시고 분노에 사로잡혀 람바를 저주하셨지요.

"람바야, 욕망과 분노를 정복하고자 하는 나를 유혹하다니, 너는 만 년 동안 돌이 되어라, 불운한 자야. 고행의 힘과 위대한 빛을 갖춘 브라만이, 람바야, 내 분노로 더럽혀진 너를 구원하리라!"

하지만 빛이 넘치는 위대한 성자 위슈와미뜨라님께서는 화를 누르지 못한 것을 후회하셨소. 이분의 무서운 저주 때문에 람바는 돌이 되었다오. 성자의 말을 들은 인드라와 깐다르빠는 달아나 버렸지요. 아직 감관을 정복하지 못한 탓에, 빛이 넘치는 성자께서는 화를 내신 것이오. 이 때문에 고행의 힘을 빼앗겨 버리고, 라마여, 성자께서는 마음의 평화를 얻지 못하셨다오.

제64장

샤따난다는 이야기를 계속했다.

라마여, 그리하여 위대한 성자께서는 수행처인 히말라야 지역을 버리시고, 동쪽 방향으로 가셔서 아주 무서운 고행을 행하셨소. 천 년 묵언이라는 위없는 서약을 하시고 나서, 라마여, 이분께서는 견줄 바 없고 가장 하기 어려운 고행을 행하셨다오. 천 년이 지나는 동안 갖가지 장애가 쑤석거렸지만, 위대한 성자께서는 나무토막처럼 되셨기 때문에 분노가 이분 안에 들어오지 못했소. 그러자 이분의 빛 때문에 자신의 빛을 잃고, 이분의 고행 때문에 당혹스러워진 신, 간다르바, 나가, 아수라, 그리고 락샤사들이 실의에 차서 모두 할아버지 브라흐마께 이렇게 말했지요.

"신이시여, 다양한 방법으로 위대한 성자 위슈와미뜨라를 유혹하고 그가 화를 내도록 부추겨 보았으나, 그는 계속 고행의 힘을 키워 가고 있습니다. 아주 작은 죄조차도 그에게선 보이지 않나이다. 그의 마음이 원하는 것을 주지 않으면, 그는 고행으로 이 삼계 — 움직이는 것과 움직이지 않는 것들 전부 — 를 파괴할 것입니다.* 사방이 혼란스러워 아무것도 보이지 않나이다. 바다가 흔들리고 산이 무너지며, 대지가 진동하고 바람이 정신없이 불고 있습니다. 위대한 성자가 파괴를 마음먹지 않도록, 신이시여, 불같은 모습의 형형한 성자를 존귀하신 님께서 달래셔야 합니다. 옛날에 세기말의 불이 그랬던 것처럼, 그가 삼계를 다 태우고 있나이다."

그리하여 할아버지 브라흐마를 앞세운 신들 무리 모두가, 위대한 영혼의 위슈와미뜨라님께 자상하게 이렇게 말했다오.

"브라만 성자여, 하례하노라. 우리는 그대의 고행에 아주 만족했도다. 혹독한 고행으로 그대는 브라만의 지위를 얻었다, 꾸쉬까의 아들이여! 마루뜨 무리와 함께, 나는 이제 그대에게 긴 수명을 주겠노라, 브라만이여. 안녕을 얻어라, 복 받기를! 친애하는 이여, 이제 가고 싶은 대로 가거라."

할아버지와 제신의 말을 듣고, 위대한 성자께서는 기뻐하시며 하늘에 사는 신 모두를 경배하고 말씀하셨소.

---

* 고행은 열을 일으킨다고 여겨진다. 위슈와미뜨라의 극심한 고행에서 생긴 열기 때문에 세상이 멸망하리라는 뜻이다.

"제가 만일 브라만의 지위와 장수를 얻었다면, '옴', '와샷', 그리고 《베다》가 제게 드러나게 하소서.† 신들이시여, 또한 브라흐마의 아들이자 *끄샤뜨리야의 지식*‡과 브라만의 지식§을 아는 자들 가운데 최고인 와시슈타로 하여금 저를 브라만 성자라고 부르게 하소서. 제가 가장 바라는 이것을 이루어 주고 가소서, 황소 같은 신이시여."

그래서 《베다》를 읊는 데는 최고인 브라만 성자 와시슈타는, 신들이 달래자 이분과 우정을 맺고 말했다오.

"그리 하겠소. 그대는 의심의 여지없이 브라만 성자요. 모든 것이 충족되었소."

그가 이렇게 말하자, 신들은 전부 온 대로 돌아갔지요. 최고 브라만의 지위를 얻으신 정의로운 위슈와미뜨라님께서도, 《베다》 낭송에는 최고인 브라만 성자 와시슈타에게 경의를 표하셨소. 위슈와미뜨라님께서는 원하는 것을 얻으신 후에도, 여전히 고행을 계속하시면서 온 대지를 유행하셨지요. 라마여, 이렇게 해서 위대한 영혼께서는 브라만의 지위를 얻으셨소. 라마여, 이분은 최고의 성자이며, 고행의 화신이시라오. 또한 이분은 언제나 최고의 다르마이자, 힘의 최고봉이시오.

---

† '옴'이란 주문은 브라흐마(일원성)를 아는 수단이며, 제사의 마지막에 읊는 주문인 '와샷'은 제사의 종결이다. 이들 주문의 의미와 《베다》는, 진정한 브라만이라면 반드시 알아야 한다.

‡ 다양한 무술을 뜻한다.

§ 《베다》와 부속 학문인 베당가를 말한다.

자나까는 라마·락슈마나와 같이 샤따난다의 말을 듣고 나서, 합장을 하며 꾸쉬까의 아들에게 말했다.

"황소 같은 성자시여, 까꿋스타의 후손과 함께 제 제사에 와주시다니, 저는 복 받았나이다. 꾸쉬까의 아드님이시여, 은혜를 입었나이다. 브라만이시여, 님을 뵙는 것만으로도 저는 정화되었나이다. 위대한 성자시여! 님을 뵙는 것만으로도 저는 온갖 공덕을 얻었나이다. 빛이 넘치는 브라만이시여, 위대한 영혼의 라마와 저는, 님의 위대한 고행에 대해 상세히 들었습니다. 이곳에 모인 제관들도 님의 만덕에 대해 들었나이다. 님의 고행은 가늠할 수 없으며, 님의 힘도 가늠할 수 없습니다. 님의 덕 또한 영원히 가늠할 수 없나이다, 꾸쉬까의 아드님이시여! 님에 대한 놀라운 이야기를 계속 듣고 싶은 나머지, 만족을 모르겠습니다, 님이시여. 하지만 최고의 성자시여, 둥근 해가 가라앉고 제사의 때가 왔나이다. 빛이 넘치시는 분이시여, 내일 아침에 부디 저를 다시 만나주소서. 잘 오셨나이다, 최고의 고행자시여! 부디 제가 물러가는 것을 용서하십시오."

이렇게 말한 뒤 미틸라의 군주, 위데하 왕가의 자나까는 스승들, 그리고 친척들과 함께 최고의 성자를 오른쪽으로 도는 예를 서둘러 행했다. 의로운 위슈와미뜨라도 위대한 성자들의 경배를 받고 나서, 라마와 락슈마나를 데리고 자신의 거처로 갔다.

제65장

청명한 아침에 왕은 아침 의례를 행하고 나서, 위대한 영혼의 위슈와미뜨라를 라구의 후손들과 함께 청했다. 정의로운 왕은 경전에 나온 대로 의례를 갖추어, 성자와 라구의 위대한 후손들을 경배한 다음 말했다.

"존귀한 분이시여, 잘 오셨나이다. 죄 없는 분이시여, 제가 무엇을 해야 합니까? 님이시여, 제게 명하소서. 명을 받들기 위해 제가 있기 때문입니다."

위대한 자나까가 이렇게 말하자, 정의롭고 빼어난 성자인 달변의 위슈와미뜨라가 대답했다.

"여기, 다샤라타의 두 아들, 세상에 잘 알려진 끄샤뜨리야들이 전하가 갖고 계신 최고의 활을 보고 싶어 합니다. 그것을 보여주십시오, 복 받으시길! 활을 보는 것으로써 두 왕자가 바라던 바를 이루고 나면, 그들 좋을 대로 돌아갈 것입니다."

이 말을 듣고 자나까는 위대한 성자에게 말했다.

"활이 왜 이곳에 있는지부터 먼저 들으셔야 할 것입니다. 데와라따라고 하는, 니미*의 6대손 왕이 있었나이다. 존귀하신 분이시여, 그 활은 위대한 쉬바께서 신뢰의 증표로서 그의 손에 내려 주신 것입니다. 옛날 닥샤의 제사가 파괴되었을 때,† 용맹한 루드라‡께서 이

---

* 자나까 가계의 시조.

† 브라흐마의 마음에서 태어난 닥샤는 쉬바의 장인이다. 쉬바가 마음에 들지 않았던 그는 자신의 제사에 쉬바를 빼고 다른 신들만 초대했고, 쉬바는 화가 나서 제사를 망쳐버렸다.

‡ 쉬바.

활을 당기시고는 신들에게 경멸조로 말씀하셨지요.

"제사의 몫을 바라는 내게 제 몫을 나눠주지 않았으니 신들이여, 그대들의 소중한 머리를 이 활로 잘라 내리라."

그러자 황소 같은 성자시여, 당황한 신들은 전부 신들의 주 바와*를 달래어, 그를 기분 좋게 했답니다. 기쁨에 차서 그는 위대한 신들에게 그 활을 주었습니다. 신중의 신께서 갖고 계셨던 그 보석 같은 활이, 바로 신뢰로서 제 선조께 내려진 활입니다, 님이시여. 그리고 어느 날 제가 밭을 갈고 있는데, 쟁기 뒤에서 여자 아이가 나왔답니다. 밭을 쟁기질할 때 얻었기 때문에 그 아이는 시따, 즉 밭고랑이라는 이름으로 알려졌지요. 대지에서 나온 그 아이는 제 친딸처럼 자랐습니다. 자궁으로부터 태어나지 않은 제 딸의 신부 값은 오직 힘†입니다. 대지에서 나와 제 딸로 자란 그 아이를 아내로 달라고 많은 왕들이 왔으나, 황소 같은 성자시여, 제 딸을 데려가겠다는 대지의 군주 모두에게 저는 용맹만이 신부의 값이라고 하며 딸을 주지 않았습니다. 그래서 황소 같은 성자시여, 자신의 힘을 시험하기 위해 왕들 모두 미틸라에 모여들었지요. 그들이 힘을 시험하고 싶어 하자, 저는 쉬바의 활을 내놓았습니다. 하지만 그들은 그 활을 잡기는커녕, 들어올리지조차 못했나이다. 위대한 성자시여, 용맹하다는 왕들의 힘이 얼마 안 된다는 것을 알고 나서, 고행이 재산인 분이시여, 저는 그들을 죄다 거절했답니다. 황소 같은 성자시여, 자신의 힘이 의심받게 되자 왕들은 극도로 화가 나서, 전부 미틸라를 포위

---

* 쉬바.

† 전사 계급인 끄샤뜨리아는 육체적 힘을 중시한다. 공주의 남편을 정하기 위해, 힘과 무술을 겨루는 대회(스와얌와라)를 열기도 한다.

공격 했습니다. 황소 같은 성자시여, 제게 무시당했다고 여긴 그들은 큰 분노에 차서 도성 미틸라를 괴롭혔지요. 그것을 방어하느라고 꼬박 일 년이 지나갔습니다, 최고의 성자시여. 모든 것이 바닥나자, 저는 아주 비참해졌지요. 그래서 저는 고행으로 신 무리 전체를 흡족하게 했고, 신들은 아주 기뻐하며 사군[*]을 갖춘 군대를 제게 주었답니다. 힘을 의심 받은 간악한 왕들은 타격을 입자 패퇴하여 무력해져서는, 자신의 신하들과 함께 사방으로 달아났습니다. 범 같은 성자시여, 최고로 빛나는 그 활은 라마와 락슈마나에게도 선보여질 것입니다, 서약에 굳건한 분이시여. 만약 라마가 이 활의 시위를 당길 수 있다면, 성자시여, 저는 자궁에서 나지 않은 제 딸 시따를 다샤라타의 아들에게 줄 것입니다."

제66장

자나까의 말을 듣고 위대한 성자 위슈와미뜨라는 왕에게 말했다.

"라마에게 활을 보여주십시오."

그러자 자나까왕은 신하들에게 명했다.

"화환으로 장식되고 향수가 뿌려진 신성한 활을 가져오시오."

자나까의 명을 받은 신하들은 도성으로 들어가서 그 활 앞으로 갔다가, 왕명을 받들고자 다시 밖으로 나왔다. 크고 건장한 사내 5

---

[*] 기병, 상병(코끼리), 전차병, 그리고 보병.

천 명이 그 활을 간신히 끌어다가 8륜 궤에 실었다. 활이 실린 철궤가 실려오자, 신하들은 신처럼 빼어난 자나까왕에게 아뢰었다.

"왕이시여, 왕들의 왕이시여, 여기 모든 왕에게 숭배 받는 최고의 활이 있나이다. 원하신다면 보실 수 있습니다."

그 말을 듣고 왕은 합장을 하고 위대한 영혼의 위슈와미뜨라, 라마 그리고 락슈마나에게 말했다.

"브라만이시여, 이것이 자나까들*이 숭배하는 최고의 활, 힘센 왕들조차 굽히지 못한 활입니다. 신 무리 전부와 아수라, 락샤사, 빼어난 간다르와, 약샤, 낀나라, 그리고 나가도 활을 굽히거나, 줄을 튕기거나, 화살을 먹이거나, 활을 당기거나, 심지어 들지도 못했나이다. 하물며 인간은 어떻겠습니까? 황소 같은 성자시여, 이 최고의 활을 가져왔사오니, 복 받은 분이시여, 왕자들에게 보여주소서."

의로운 위슈와미뜨라는 자나까의 말을 듣고 라구의 후손에게 말했다.

"얘야, 라마야, 활을 보거라."

위대한 성자의 말에 라마는, 활이 있는 궤를 열고 그 활을 보더니 말했다.

"브라만이시여, 여기 이 최고의 활을, 제 손으로 잡고 들어 올려 당기기까지 하겠나이다."

왕과 성자는 동시에 "그리해라."라고 말했다.

성자의 말에 따라 그는 활 허리를 잡아 손쉽게 들어올렸다. 수천의 사람들이 지켜보는 가운데, 라구의 기쁨인 의로운 라마는 장

---

* 자나까왕의 선조인 자나까(동명이인)의 후손들.

난처럼 쉽게 활을 당겼다. 활줄을 걸어 당기다가, 명성 높은 사내 중의 사내는 그만 활 허리를 부러뜨리고 말았다. 그때 벼락같이 큰 소리가 나면서, 산이 쪼개질 듯이 큰 지진이 일어났다. 그 커다란 소리에, 빼어난 성자와 왕, 그리고 라구의 두 후손을 빼고는 사람들이 죄다 쓰러졌다. 사람들이 정신을 차리자, 달변의 왕은 놀라움에서 벗어나 합장을 하고는 황소 같은 성자에게 말했다.

"존귀하신 분이시여, 저는 다샤라타의 아들인 라마의 힘을 목도했나이다. 아주 놀라울 뿐더러, 생각할 수도 상상할 수도 없는 힘입니다. 다샤라타의 아들 라마가 제 딸의 남편이 된다면, 시따는 자나까 가계에 영광을 가져올 것입니다. 또한 꾸쉬까의 아드님이시여, 힘만이 신부의 값이라는 제 약속도 진실이 되나이다. 제 목숨보다 귀한 시따를 라마에게 줄 것입니다. 브라만이시여, 이를 허락해주시면 제 신하들이 빠른 수레를 타고 서둘러 아요디아로 갈 것입니다. 꾸쉬까의 아드님이시여, 복 받으시길! 그들은 공손한 말로 다샤라타왕을 제 도시로 모셔 올 것입니다. 힘만이 신부 값인 제 딸이 라마에게 주어진 것을, 그들이 왕에게 다 이야기할 것입니다. 또한 까꿋스타의 두 후손이 성자님의 보호 아래에 있다는 것도 이야기할 테니, 왕은 기뻐하겠지요. 그러니 속히 왕을 모셔 오게 하소서."

그러자 꾸쉬까의 아들은 "그리하시오."라고 말했다.

의로운 왕은 신하들에게 명하여, 그들로 하여금 자신의 명을 받들어 아요디아로 떠나도록 했다.

제67장

자나까의 명을 받은 사신들은 사흘 밤을 길에서 보내고, 말이 죄다 지친 채로 도성 아요디아에 들어갔다. 자나까왕의 명에 따라 왕궁에 들어간 사신들은, 마치 신과도 같은, 연로한 다샤라타왕을 보았다. 두려움을 떨치고 자신을 제어하며 사신들은 모두 합장을 한 채, 부드러운 목소리로 왕에게 말했다.

"신성한 불을 앞에 둔 브라만들과 더불어, 미틸라의 위대한 왕이자 백성들의 기쁨이신 자나까왕께서 전하와 전하의 스승들, 사제들, 그리고 하인들이 변함없이 안녕한지를 상냥하고 애정 어린 말로 거듭 물으셨나이다. 변함없이 안녕한지를 물으신 다음, 위데하 왕가의 미틸라 군주께서는 꾸쉬까 아드님의 허락을 받아 이렇게 말씀하셨습니다.

'힘만이 제 딸의 신부 값이라고 제가 예전에 서약했던 일과, 강하지도 않은 왕들이 이를 참지 못하고 얼굴을 돌려 저를 적대했었던 일을 아실 것입니다. 왕이시여, 공교롭게도 위슈와미뜨라님을 따라온 님의 용맹한 아들이 제 딸을 얻었나이다. 왕이시여, 많은 사람들이 모인 가운데, 위대한 라마가 천상의 활, 그 허리를 부러뜨렸기 때문입니다. 그래서 저는 힘만이 신부의 값인 시따를 위대한 라마에게 주어야 하나이다. 약속을 지키려 하오니, 부디 허락하여 주소서. 위대한 왕이시여, 사제들을 앞세워 스승들과 함께 속히 와주소서. 라구의 두 후손을 보소서, 복 받으시길. 왕 중의 왕이시여, 부디 제 기쁨을 완벽하게 해주소서. 두 아드님 덕분에 왕께서도 기쁨을 얻으실 것입니다.'

위슈와미뜨라님의 허락과 샤따난다님의 조언으로, 위데하의 군주께서는 이렇게 정답게 말씀하셨나이다."

사신들의 말을 듣고 왕은 몹시 기꺼워하며, 와시슈타와 와마데와, 그리고 신하들을 불러 말했다.

"까우살리아의 기쁨을 더하는 라마가, 꾸쉬까 아드님의 보호 아래 아우 락슈마나와 함께 위데하에 있습니다. 위대한 자나까는 까꿋스타의 후손인 라마의 힘을 보고, 라구의 후손 라마에게 딸을 주고 싶어 한답니다. 이 소식이 반가우시면, 위대한 자나까의 도시로 속히 가주십시오. 시간을 지체하지 마시길."

그러자 위대한 성자 모두와 신하들이 대답했다.

"그리하겠나이다."

왕은 크게 기뻐하며, 신하들에게 말했다.

"내일 떠나도록 하시오."

인간들의 왕 자나까의 덕 있는 신하들도 모두 기뻐했다. 그들은 극진한 대접을 받으며 그 밤을 보냈다.

제68장

밤이 지나자 다샤라타왕은 스승들, 친척들과 함께 몹시 즐거워하며 수만뜨라에게 말했다.

"막대한 재물과 갖가지 보석을 꾸리고 잘 지키게 하여, 오늘 재무관리인 전부를 앞서 출발시키도록 하시오. 내 명을 받자마자, 사군 또한 모두 훌륭한 수레와 탈것을 가지고 속히 출발하도록 하시오. 브라만들—와시슈타님, 와마데와님, 자발리님, 까샤빠님, 장수하는 마르깐데야님, 성자 까띠야나님—도 앞서 출발시키시오. 시간이 허비되지 않도록 내 수레에 멍에를 얹으시오. 사자들이 내게 서두르라고 했소."

그리하여 군주의 명에 따라 사군을 갖춘 군대는, 성자 무리를 대동한 왕의 뒤를 따랐다. 길에서 나흘을 보낸 뒤에 왕은 위데하에 도착했고, 위대한 자나까왕은 이를 듣고 환대를 준비했다. 자나까왕은 연로한 다샤라타왕을 보고 반색하며 아주 즐거워했다. 최고의 왕을 만난 최고의 왕은 이야기를 나누며 기쁨에 젖었다.

"사내 중의 사내시여, 잘 오셨습니다. 제가 복 받았나이다, 라구의 후손이시여! 힘으로 이를 쟁취한 두 아드님 덕분에 기쁨을 얻으실 것입니다. 백 번의 제사를 지낸 인드라*와 신들처럼, 빛이 넘치는 위대한 성자 와시슈타님과 빼어난 브라만들께서 이렇게 다 함께 오시다니, 제가 복 받았나이다. 이 복으로 제 근심이 극복되었나이다. 최고의 용맹과 넘치는 힘을 갖춘 라구 후손과의 혼인 동맹으로 제 가문은 영광을 얻었으니, 실로 제가 복 받았나이다. 인간들의 인드라시여, 내일 아침 희생제가 끝나면, 최고의 사내시여, 성자들이 허락한 이 혼인을 부디 거행해주소서."

성자들 가운데에서 이 말을 들은 군주—달변가들 가운데 최고인 다샤라타—는 대지의 위대한 주인 자나까에게 이렇게 대답했다.

---

* 백 번의 제사(말희생제)를 지낸 공덕 덕분에 인드라는 신들의 왕 자리에 오를 수 있었다고 한다.

"선물†은 주는 사람에게 달려 있다고 예전에 배웠나이다. 다르마를 아시는 분이시여, 말씀하시는 대로 저희는 행할 것입니다."

가장 의롭고 명예로우며 진실을 말하는 다샤라타의 이 대답을 듣고, 위데하의 군주는 크게 놀랐다. 성자 무리는 전부 크게 즐거워하고, 서로서로 어울리며 그 밤을 편안하게 보냈다. 왕은 라구의 두 후손인 그의 아들들을 보고 기뻐했다. 또한 자나까의 극진한 대접을 받고 몹시 흡족해하며 밤을 지냈다. 빛이 넘치는 자나까, 진리를 아는 그도 법도에 따라 두 딸‡을 위해 제사와 의식을 행하고는 밤을 보냈다.

제69장

아침에 달변의 자나까는 위대한 성자들과 함께 의례를 행하고, 가문의 사제 샤따난다에게 이렇게 말했다.

"빛이 넘치고 정의로우며 용맹을 갖춘 제 아우 꾸샤드와자는, 높은 벼랑으로 둘러싸여 익슈마띠§ 강물에 씻기는 신성한 도시 상까샤¶에 살고 있습니다. 천상의 차 뿌슈빠까**처럼 좋은 곳이지요. 저

---

† 딸은 사위에게 주는 선물로 여겨진다.
‡ 라마의 아내가 될 시따와, 락슈마나의 아내가 될 우르밀라.
§ 강가강의 지류.
¶ 우따르 쁘라데쉬에 있는 상끼사 마을. 빨리어 불전에는 상깟사로 언급되어 있다.
** 스스로 하늘을 나는 탈것. 라와나가 이복 형제인 꾸베라(부의 신)로부터 빼앗았다.

는 그를 보고 싶나이다. 그를 제 제사의 수호자라고 생각하기 때문입니다. 빛이 넘치는 그는 저와 함께 이 기쁨을 나누어야 합니다."

그러자 인간들의 왕이 내린 명에 사자들은 서둘러 빠른 말을 타고 범 같은 사내 꾸샤드와자를 데리러 갔다. 인간들의 왕의 명에 따라, 꾸샤드와자는 인드라의 명에 비슈누가 오듯이* 왔다. 다르마를 사랑하는 위대한 영혼의 자나까를 보자, 그는 샤따난다와 의로운 자나까에게 인사를 올렸다. 그러고 나서 그는 왕에게 어울릴 법한 아주 멋진 자리에 앉았다. 용맹하고 무한한 힘을 가진 두 형제는 자리에 앉아 최고의 고문 수다마나에게 이렇게 말하고 그를 보냈다.

"고문들의 수장이여, 속히 가시오. 가늠할 수 없는 광휘의 범접할 수 없는 익슈와꾸를 그의 아들들, 신하들과 함께 모셔 오시오."

그는 그들의 거처로 가서 라구 왕가를 부흥시킨 다샤라타왕을 보고는, 머리를 조아리며 이렇게 말했다.

"아요디야의 용맹한 군주시여, 미틸라 위데하 왕가의 군주께서 전하와 전하의 스승들 그리고 사제들 뵙기를 청하십니다."

최고의 고문 수다마나의 말을 듣고 왕은, 성자 무리와 친척들과 함께 자나까가 있는 곳으로 갔다. 신하들, 스승들, 그리고 친척들과 함께 가서, 최고의 달변가인 왕은 위데하의 왕에게 이렇게 말했다.

"위대한 왕이시여, 전하도 아시다시피 존귀한 성자 와시슈타님께서는 익슈와꾸 왕가의 신이십니다. 무슨 일이든 전부 그분께서 말씀하실 것입니다. 위슈와미뜨라님의 승인하에, 위대한 성자 모

---

* 비슈누의 화신 와마나는 인드라의 아우였다. '형이 부르면 아우가 오듯이'라는 뜻이다.

두와 더불어 의로운 와시슈타님께서 절차에 따라 일을 주관하실 것입니다."

다샤라타가 침묵하자, 존귀한 성자인 달변의 와시슈타는, 위데하의 왕과 그의 가문 사제에게 이렇게 말했다.

"근원을 알 수 없는 브라흐마는 영원하고 변치 않으며 쇠하지 않습니다. 그로부터 마리찌가 태어났고, 마리찌의 아들은 까샤빠입니다. 위와스완뜨†는 까샤빠에게서 났고, 위와스완뜨의 아들인 마누는 옛날에 조물주였지요. 그리고 익슈와꾸는 마누의 아들입니다. 이 익슈와꾸가 아요디야의 첫 번째 왕이라는 것을 아셔야 합니다. 익슈와꾸의 이름 높은 아들은 위꾹쉬라고 널리 알려져 있지요. 위꾹쉬의 아들은 빛이 넘치고 영예로운 바나였습니다. 또한 바나의 아들은 빛이 넘치고 영예로운 아나란야였지요. 아나란야로부터 쁘르투가, 쁘르투로부터 뜨리샹꾸가 났습니다. 뜨리샹꾸의 아들은 명성 높은 둔두마라였지요. 둔두마라로부터 빛이 넘치는 위대한 전차병 유와나슈와가 났고, 유와나슈와의 아들은, 대지의 이름 높은 주인 만다뜨리입니다. 만다뜨리의 아들은 이름 높은 수산디지요. 수산디의 아들은 드루와산디와 쁘라세나지뜨, 둘이었습니다. 두루와산디에게는 바라따라는 이름으로 알려진 명성 높은 아들이 있었습니다. 그리고 바라따에게서 아시따라고 하는, 빛이 넘치는 아들이 났지요. 그리고 독과 함께 사가라가 태어났습니다.‡ 사

---

† 태양신.

‡ 적대자들에게 왕국을 빼앗긴 아시따 왕은 두 아내와 함께 히말라야로 들어갔지만, 곧 죽음을 맞았다. 그때 두 아내 모두 임신 중이었는데, 그 중 하나가 낙태를 시키려고 다른 아내에게 독이 든 음식을 먹였다. 독이 든 음식을 먹은 아내 깔린디는 성자 짜와나를 경

가라로부터 아사만자가, 아사만자로부터 앙슈만이 났지요. 딜리빠는 앙슈만의 아들이고, 딜리빠의 아들은 바기라타입니다. 바기라타로부터는 까꿋스타가, 까꿋스타로부터는 라구가 났지요. 라구의 아들은 빛을 지닌 쁘라우룻다이며, 인간을 먹은 자였습니다.* 깔마샤빠다라고도 하는 그에게서 샹카나가 났습니다. 수다르샤나는 샹카나의 아들이며, 아그니와르나는 수다르샤나에게서 났습니다. 쉬그라가는 아그니와르나의 아들이고, 쉬그라가의 아들이 마루입니다. 마루에게서 쁘라슈슈루까가, 쁘라슈슈루까에게서 암바리샤가 났고, 암바리샤의 아들은 대지의 주인 나후샤입니다. 나후샤의 아들은 야야띠이고, 나바가는 야야띠에게서 났습니다. 나바가에게서 아자가, 아자에게서 다샤라타가 났지요. 그리하여 다샤라타에게서 형제, 라마와 락슈마나가 난 것입니다. 익슈와꾸 가계에서 난 왕들은 용맹하고 아주 의로우며, 진실을 말합니다. 그리고 그들의 혈통은 맨 처음부터 아주 순수하지요. 라마와 락슈마나를 위해 두 딸을 주십시오, 왕이시여. 자격 있는 두 사내에게 자격 있는 두 여인을 주소서, 최고의 사내시여."

배하고 그의 은총으로 무사히 독과 함께 아들을 낳았다. 그래서 그 아들의 이름을 '사가라(sa 함께 + gara 독)'라고 했다.

* 그는 숲에서 와시슈타의 맏아들인 성자 샥띠를 만났는데, 길을 비켜주지 않고 채찍으로 성자를 때려 그의 저주를 받았다. 후에 그 저주 때문에 락샤사가 된 그는 샥띠를 비롯해 와시슈타의 아들 백 명을 모두 먹어치웠다고 한다. 후에 저주에서 벗어난 그는 와시슈타에게 용서를 구하고, 와시슈타를 씨내리로 삼아 대를 이을 아들을 얻었다.

제70장

그가 말을 마치자, 지나까는 합장을 하고 대답했다.

"복 받으시길! 부디 우리 가문의 이야기를 들어주소서. 최고의 성자시여, 훌륭한 가문의 후예는 딸을 줄 때 가문에 대해 전부 말해야 하기 때문입니다. 위대한 성자시여, 그러니 이를 들어주소서. 자신의 행위로써 삼계에 널리 알려진 왕, 힘을 가진 모든 이들 중에 최고였고 아주 정의로웠던 왕 니미가 있었습니다. 그의 아들은 미티라고 했고, 미티의 아들이 자나까 — 맨 처음 자나까라는 이름으로 불렸던 이 — 였습니다. 자나까로부터 우다와수가 났지요. 우다와수의 아들이 의로운 난디와르다나이며, 난디와르다나의 용맹한 아들은 수께뚜라는 이름으로 불렸습니다. 수께뚜의 아들은 의롭고 힘이 넘치는 데와라따였지요. 성자왕 데와라따에게는 브르핫라타라고 알려진 아들이 있었습니다. 브르핫라타의 용맹한 아들이 마하위라이며, 마하위라의 아들이 굳건하고 진정으로 강했던 수드르띠입니다. 수드르띠의 아들은 정의롭고 또 정의로웠던 드르슈따께뚜랍니다. 성자왕 드르슈따께뚜의 아들은 하르야슈와라고 알려져 있습니다. 하르야슈와의 아들은 마루이며, 마루의 아들은 쁘라띤다까입니다. 쁘라띤다까의 올곧은 아들이 끼르띠라타 왕이지요. 끼르띠라타의 아들은 데와미다라고 알려져 있고, 데와미다의 아들은 위부다, 위부다의 아들은 마히드라까입니다. 마히드라까의 아들은 힘이 넘치는 끼르띠라따 왕이고, 성자왕 끼르띠라따에게서 마하로만이 태어났습니다. 그리고 마하로만에게서 의로운 아들 스와르나로만이 태어났지요. 성자왕 스와르나로만에게서는 흐라슈와로만이 태어났습니다. 다르마를 알았던 그 위대한 영혼의 왕에게는 두 아들이 있었는데, 제가 장남이고 차남이 용맹한 제 아우 꾸샤드와자입니다. 제 부왕께서는 맏아들인 저를 왕위에 올리시고, 꾸샤드와자를 제 짐으로 돌리시고는 숲으로 들어가 은퇴하셨습니다. 연로하신 부친께서 하늘에 가시자, 저는 다르마에 따라 신과도 같은 아우 꾸샤드와자를 사랑으로 살피며 이 짐을 짊어졌지요. 시간이 얼마간 흐른 뒤에, 도시 상까샤로부터 용맹을 갖춘 왕 수단완이 와서 미틸라를 포위하고 공격했습니다. 그는 제게 이런 전갈을 보냈지요.

'쉬바의 빼어난 활과 연꽃 눈의 딸 시따를 내게 주시오.'

브라만 성자시여, 제가 이를 거절했기 때문에 그는 저와 싸웠고, 전쟁터에서 저와 맞닥뜨린 수단완왕은 제 손에 죽었습니다. 최고의 성자시여, 수단완왕을 죽이고 나서, 저는 제 용맹한 아우 꾸샤드와자를 상까샤의 왕으로 즉위시켰습니다. 위대한 성자시여, 이 사람이 제 아우이고, 제가 맏형이나이다. 정말 기꺼이 두 딸을 드릴 것입니다, 황소 같은 성자시여. 시따는 라마에게, 우르밀라는 락슈마나에게 말입니다. 복 받으시길! 마치 신의 딸 같은 시따, 힘만이 신부 값인 제 딸과 둘째인 우르밀라를 드리겠습니다. 제가 세 번을 말했으니* 의심의 여지가 없나이다. 라구의 기쁨이시여, 아주 기쁘게 두 딸을 드리겠나이다. 왕이시여, 라마와 락슈마나의 삭발 의식†을 행하십시오.

---

* 구두 혼인서약.

† 고다나 또는 께샨따라고 불리는 의례. 16세가 되었을 때, 혹은 결혼식 때 머리카락을 비롯한 온 몸의 털을 미는 의식이다. 힌두교인이 치러야 하는 의례(쌍스까라) 가운데 하나이다.

복 받으시길! 그러고 나서 조상 숭배 의식[†]과 결혼식을 거행하소서. 완력 넘치는 분이시여, 지금은 마가의 때이니, 사흘 후 웃따라팔구니[§]의 때에 왕이시여, 결혼식을 거행하소서. 라마와 락슈마나의 행복을 위해 선물을 나눠주셔야 할 것입니다."

제71장

위데하의 용맹한 왕이 말을 끝내자, 위대한 성자 위슈와미뜨라는 와시슈타와 함께 그에게 말했다.

"황소 같은 사내시여, 익슈와꾸와 위데하는 헤아리기도 가늠하기도 어려운 가문들입니다. 이들과 같은 가문은 없나이다. 다르마에 맞게 시따와 우르밀라가 라마와 락슈마나와 결합하는 것은 아주 합당합니다. 왕이시여, 그들의 용모도 서로 어울리지요. 최고의 사내시여, 말씀드릴 것이 있으니 제 말을 들어주소서. 여기 왕의 아우, 다르마를 아는 꾸샤드와자가 있나이다. 왕이시여, 다르마를 아는 그에게는, 아름다움으로는 땅 위에 견줄 이가 없는 딸 둘이 있나이다. 최고의 사내시여, 우리는 바라따와 현명한 샤뜨루그나 왕자의 아내로, 그들을 청합니다. 위대한 영혼의 두 사내를 위해 꾸샤드와

[†] 삐뜨르까르야. 난디그라마쉬랏다 또는 난디그라마묵카쉬랏다라고도 한다. 결혼식과 같은 행사에 앞서 치르는 의식이다.

[§] 마가는 10번째, 웃따라 팔구니는 12번째 월궁. 이 두 별자리의 때가 결혼에 상서롭다고 한다.

자 왕이시여, 님의 두 딸을 간청하나이다. 다샤라타의 아들은 전부 젊음과 아름다움을 갖추고 있고, 세계의 수호신*과도 같으며, 신처럼 뛰어난 용맹을 갖고 있습니다. 왕들의 인드라시여, 이 두 결합으로 익슈와꾸 가문과의 결합이 흔들리지 않게 이뤄지게 하소서, 덕을 행하시는 분이시여."

와시슈타와 같은 생각인 위슈와미뜨라의 말을 듣고, 자나까는 황소 같은 두 성자에게 합장을 하고 말했다.

"님들께서 훌륭한 가문과의 결합을 명하셨으니 그리할 것입니다. 두 분, 복 받으시길! 샤뜨루그나와 바라따, 두 사람이 꾸샤드와자의 두 딸을 아내로 삼아 영원히 함께 하기를! 위대한 성자시여, 힘이 넘치는 네 왕자가, 같은 날 네 공주의 손을 잡게 하소서. 브라만이시여, 팔구니의 이틀 가운데 두 번째 날에 바가가 피조물들의 주인†일 때, 현자들은 결혼을 권합니다."

자나까왕은 이렇게 흔쾌히 말하고 나서, 일어나 합장을 하고 두 빼어난 성자들에게 말했다.

"가장 중한 의무를 제가 행했나이다.‡ 언제까지나 저는 존귀하신 두 분의 제자일 것입니다. 여기 최고의 자리가 있사오니, 황소 같은

---

* 팔방을 수호하는 신들. 인드라(신들의 왕)는 동쪽, 야마(죽음의 신)는 남쪽, 꾸베라(부의 신)는 북쪽, 바루나(물의 신)는 서쪽을 맡고 있으며, 아그니(불의 신)는 남동쪽, 수리야(태양신)는 남서쪽, 와유(바람의 신)는 북서쪽, 그리고 소마(달의 신)는 북동쪽을 담당한다.

† 바가는 뿌르와 팔구니 별자리의 우두머리 신이고, 아리야만은 웃따라 팔구니 별자리의 우두머리 신인데, 때로 이 짝이 바뀌기도 한다. 그래서 본문에는 웃따라 팔구니의 우두머리 신(피조물들의 주인)이 바가라고 나온다.

‡ 딸을 결혼시켜야 하는 부모의 의무.

성자들이시여, 부디 앉으소서. 이 도시가 다샤라타님의 것인 것처럼 아요디야도 제 것입니다. 이곳에서 다샤라타님의 권위를 위심할 수는 없을 것입니다. 그러니 부디 적합한 일을 하소서."

위데하의 자나까가 이렇게 말하자, 라구의 기쁨 다샤라타왕은 기뻐하며 대지의 군주인 그에게 말했다.

"미틸라의 두 형제 군주께서는 헤아릴 수 없는 덕을 갖추셨습니다. 성자와 왕자 무리에게 경의를 표하셨나이다. 안녕을 얻으시길, 복을 받으시길! 제 거처로 돌아가 슈랏다 의식§을 온전히 거행하려 합니다."

인간들의 군주인 자나까에게 떠나겠다고 양해를 구하고, 명성 높은 왕 다샤라타는 성자들의 인드라인 두 성자를 앞세우고 서둘러 돌아갔다. 왕은 처소로 돌아가 슈랏다 의식을 행하고, 다음날 아침 적합한 시각에 긴요한 삭발의식을 거행했다. 인간들의 군주인 왕은 각각의 아들을 위해, 법도에 따라 십만 필의 소를 브라만들에게 주었다. 그리하여 황소 같은 사내는 송아지와 놋쇠 우유그릇이 딸린 금빛 뿔의 소 사십만 필을 보시했다. 또한 아들들을 사랑하는 라구의 기쁨 다샤라타는, 삭발 의식을 위해서도 다른 수많은 재산을 브라만들에게 주었다. 삭발 의식 때 아들들에게 둘러싸인 왕은, 마치 세상의 수호신들에게 둘러싸인 조물주처럼 환하게 빛났다.

---

§ 죽은 조상들을 위해 행하는 의식.

제72장

왕이 아들들에게 삭발 의식을 훌륭하게 치러준 날, 께까야왕*의 아들이자 바라따의 외삼촌인 영웅 유다지뜨가 그곳에 당도했다. 왕을 보고 안부를 묻고 나서, 그는 이렇게 말했다.

"께까야의 군주께서는 전하의 안부를 다정하게 물으시고, '자네가 안녕을 바라는 이들은 건강하다'라고 덧붙이셨습니다. 왕들의 인드라시여, 대지의 주인이시여, 그분께서는 제 누이의 아들을 보고 싶어 하십니다. 그 때문에 제가 아요디야에 갔던 것입니다. 라구의 기쁨이시여. 아요디야에서 저는, 전하의 아들이 혼인을 위해 전하와 함께 미틸라로 떠났다고 들었습니다, 대지의 주인이시여. 그래서 저는 누이의 아들이 보고 싶어 서둘러 이곳에 왔나이다."

다샤라타왕은 이 반가운 손님이 온 것을 보고, 공경 받아 마땅한 그를 최고의 환대로 대접했다. 그는 빼어난 아들들과 함께 밤을 보내고 나서, 성자들을 앞세우고 제사 마당으로 갔다. 위자야의 때†가 되자, 온갖 장신구로 단장한 라마는, 형제들과 함께 와시슈타와 다른 위대한 성자들 앞에서 성스러운 혼인실의 의식‡을 행했다. 존귀한 와시슈타는 위데하의 후손 자나까에게 가서 이렇게 말했다.

"빼어난 사내들 중에서도 최고이신 왕이시여, 다샤라타왕과 아들들은 성스러운 혼인실 의식을 치르고 나서, 전하께서 신부를 주시기를 기다리고 있나이다. 주는 쪽과 받는 쪽 사이의 일은 다 처리

---

* 까이께이 왕비의 아버지.

† 성공을 가져온다고 하는 상서로운 시각.

‡ 결혼식에 앞서 손목을 실로 묶는 의식.

되었습니다. 그러니 훌륭한 결혼식을 거행하셔서 전하의 의무를 완수하소서."

위대한 영혼의 와시슈타가 이렇게 말하자, 다르마를 최고로 잘 아는 고귀한 자나까, 빛이 넘치는 그가 이렇게 말했다.

"누구신데 제 문지기처럼 서 계시는 것입니까? 누구의 명으로 기다리고 계십니까? 제 왕국은 님의 것입니다. 누가 자기 집에서 주저하나이까? 제 딸들은 혼인실의 의식을 다 마쳤나이다. 최고의 성자시여, 그들은 이미 제단 아래로 가서 불꽃처럼 빛나고 있나이다. 저는 준비가 되었습니다. 님을 기다리면서 제단에 서 있었나이다. 지체 없이 왕으로 하여금 의식을 행하도록 하소서. 무얼 더 기다려야 합니까?"

자나까의 말을 듣고 다샤라타는, 그의 아들과 성자 무리를 전부 들어오게 했다. 까우살리야의 기쁨을 더하는 라마에게 자나까왕이 말했다.

"여기 내 딸 시따가 적법한 자네 아내일세. 그녀를 받게, 복 받기를! 손으로 그녀의 손을 잡게. 락슈마나, 이리 오게. 복 받기를! 내가 주는 우르밀라를 받게. 지체하지 말고 그녀의 손을 잡게."

자나까는 이렇게 말하고 나서 바라따에게 말했다.

"자네의 손으로 만다위의 손을 잡게, 라구의 후손이여!"

정의로운 자나까 가문의 군주는 샤뜨루그나에게도 말했다.

"힘이 넘치는 이여, 슈르따끼르띠의 손을 자네 손으로 잡게. 자네들은 모두 온화하고 모두 서약을 잘 지키네. 까꿋스타의 후손들이여, 지체하지 말고 손을 잡게."

자나까의 말을 듣고, 와시슈타의 조언을 따르는 네 사내는 각각 네 여인의 손을 잡았다. 그리고 나서 라구의 빼어난 후손들은 아내와 함께 제화와 제단, 그리고 자나까왕과 위대한 성자들을 오른쪽으로 도는 예를 행했다. 이렇게 해서 경전에 전해 오는 의례에 따라, 넷은 결혼식을 치렀다. 천상의 우렁찬 북소리와 노랫소리, 그리고 음악과 함께 빛나는 큰 꽃비가 쏟아져 내렸다. 라구 왕자들의 결혼식에서, 압사라스 무리는 춤을 추고 간다르와들은 달콤하게 노래를 불렀다. 전에 없었던 놀라운 일이었다. 이 같은 악기 소리에 맞춰 강대한 사내들은 불을 세 바퀴 도는 것*으로 자신의 아내와 혼인했다. 그리고 라구의 기쁨인 그들은 신부와 함께 처소로 갔다. 성자 무리와 친척들과 함께, 왕도 신랑신부를 바라보며 따라갔다.

제73장

밤이 지나자 위대한 성자 위슈와미뜨라는, 두 왕에게 떠날 것을 고하고 북쪽의 산으로 떠났다. 위슈와미뜨라가 떠나자, 다샤라타왕은 미틸라의 왕—위데하의 자나까—에게 떠나겠다고 말하고 서둘러 자신의 도시로 떠났다. 미틸라의 군주인 위데하의 왕은 딸들에게 지참금으로 막대한 재산—수십 만 필의 소, 최상품 담요들, 고운 실크 옷들—을 주었다. 또한 아름답게 단장하여 신들처럼 보이는 상병·기병·전차병·보병도 주었다. 게다가 신부들의 아버지는 그들에게

---

* 인도의 결혼식은, 신랑과 신부가 함께 신성한 불을 오른쪽으로 세 바퀴 도는 것으로써 완결된다.

금은, 진주, 산호를 비롯해 빼어난 하인들과 하녀들도 주었다. 왕은 아주 기꺼이 딸들에게 비할 수 없는 재물을 주었다. 이렇게 여러 가지 것을 주고 나서, 미틸라의 왕은 대지의 군주인 다샤라타를 배웅하고는 자신의 집인 미틸라로 되돌아갔다. 아요디야의 군주인 다샤라타왕과 위대한 아들들은, 성자들을 전부 앞세워 군대·수행원과 함께 떠났다. 성자 무리, 그리고 라구의 후손들과 함께 범 같은 다샤라타왕이 가고 있는데, 새들이 사방에서 소름끼치게 울고 뭍짐승들은 죄다 그를 오른쪽으로 돌았다. 이것을 보고 범 같은 왕이 와시슈타에게 물었다.

"새들은 사납고 무서운 데다, 짐승들은 오른쪽으로 도는 군요.[†] 제 심장을 이리도 떨게 만드는 것이 무엇입니까? 제 마음이 불안합니다."

다샤라타왕의 말을 들은 위대한 성자는 자상하게 말했다.

"이것이 가져올 결과를 들어보소서. 하늘의 새들 부리로부터 나온 것은 무섭고 두려운 일이 다가왔다는 것을 상징합니다. 하지만 짐승들은 그것이 극복된다는 상징입니다. 전하께서는 근심을 버리소서."

그곳에서 그들이 이렇게 대화하고 있을 때, 바람이 일어나 온 대지를 흔들고 고운 나무들을 쓰러뜨렸다. 태양이 어둠에 싸이고, 사방이 보이지 않았다. 모든 것이 재로 덮이자 군대는 망연자실했다. 와시슈타를 비롯한 성자들, 그리고 왕과 그의 아들들만이 정신을 차리고 있고, 그곳의 다른 이들은 전부 정신이 혼미했다. 그 무서운

[†] 새들이 사납고 무서운 것은 흉조지만, 짐승들이 예를 표하듯 오른쪽으로 도는 것은 길조이다.

어둠 속에서 군대가 재로 덮여 버렸을 때, 그들은 카일라사산*처럼 가까이 가기 어렵고 말세의 불처럼 저항하기 어려운, 무시무시한 모습의 사내를 보았다. 머리를 틀어 빙빙 감아올린† 그는 불꽃과 같은 광휘를 지니고 있어서, 보통 사람들은 그를 쳐다보기도 어려웠다. 한쪽 어깨에 도끼를 메고 번개처럼 보이는 활과 화살을 든 그는, 마치 뜨리뿌라를 파괴한 하라‡ 같았다. 타오르는 불처럼 두려운 모습의 빠라슈라마§를 보고 와시슈타를 수장으로 하는, 기도와 제사에 헌신적인 브라만 성자들은 다 함께 모여 논의했다.

"부친의 죽음 때문에 끄샤뜨리야를 한 번 더 절멸시키려고 하는 것은 아닐 것이오. 예전에 끄샤뜨리야들을 죽여 버리고 나서, 그는 이미 분노와 슬픔에서 벗어나지 않았소? 끄샤뜨리야를 또다시 절멸시키려고 하는 것은 정말 아닐 것이오."

이렇게 의논을 하고 나서 성자들은, 이 브르구의 무서운 후손에게 아르기야를 바치기 위해 "라마, 라마!"라며 상냥하게 그를 불렀다.

성자들이 바치는 환대를 받고 나서, 자마다그니의 용맹한 아들 라마는 다샤라타의 아들 라마와 이야기를 나누었다.

---

* 쉬바와 부의 신 꾸베라가 산다는, 히말라야 산맥의 산봉우리 이름.

† 고행자들이 머리카락 일부를 틀어 올려 상투처럼 만드는 결발.

‡ 뜨리뿌라는 세 도시라는 뜻으로서, 건축의 신 위슈와까르만이 지은 아수라들의 도시이다. 하라, 즉 쉬바는 활을 쏘아 세 도시를 파괴했다.

§ 빠라슈라마의 본명은 라마이며, 빠라슈는 도끼를 뜻한다. 그가 도끼를 무기로 썼기 때문이다. 다샤라타의 아들 라마와 구별하기 위해, 그를 도끼 든 라마라는 뜻의 별칭 빠라슈라마로 부른다.

제74장

"다샤라타의 용맹한 아들 라마여, 그대의 전례 없는 용맹에 대해서, 그리고 그대가 활을 부러뜨린 것에 대해서도 전부 들었노라. 그 활을 그대가 부러뜨렸다는 것은, 상상할 수조차 없을 만큼 놀라운 일이다. 내 이를 듣고, 또 다른 빛나는 활을 가지고 왔다. 이 무시무시한 모습의 활, 자마다그니의 이 위대한 활에 화살을 먹여 당겨 보아라. 그래서 그대의 힘을 보여 다오. 이 활을 당겨 내게 그대의 힘을 보여준다면, 용사들에게 칭송 받는 일대일 결투를 그대에게 청하겠노라."

그 말을 듣고 다샤라타왕은 고개를 떨궜다. 그리고 낙담한 얼굴로 합장을 하고 말했다.

"끄샤뜨리야에 대한 님의 분노는 이미 가라앉았고, 님은 위대한 브라만 고행자이십니다. 제 어린 아들이 무사할 것이라고, 부디 약속해주소서. 브르구 가문에 태어나 《베다》 공부와 서약을 지키는 데 특출하셨던 님께서는, 천 개의 눈을 가진 인드라에게 무기를 버리겠다고 약속하셨습니다. 다르마만을 목표로 삼으신 님께서는, 까샤빠에게 대지를 넘겨주고 숲으로 은퇴하셔서, 마헨드라산에 거처를 만드셨습니다. 위대한 성자시여, 제 전부를 파괴하기 위해 오셨나이까? 라마가 죽는다면, 저희 중 누구도 살지 않을 것입니다."

그러나 다샤라타의 말을 듣고도 무시하면서, 자마다그니의 빛을 지닌 아들은 라마에게만 이렇게 말했다.

"세상에 널리 알려진, 이 강하고 부수기 어려우며 빼어난 천상의 활 한 쌍은, 위슈와까르만*이 공들여 만든 것이다. 그대가 부러뜨린 그 하나는, 싸우고 싶어 안달이 난 삼지안 쉬바†에게 신들이 준 것이지. 그 활이 뜨리뿌라를 파괴했다. 이 두 번째 무적의 활은 최고의 신들이 비슈누에게 준 것이며, 까꿋스타의 후손이여, 루드라의 활만큼 강하다. 쉬바와 비슈누 중 누가 더 강하고 누가 더 약한지 알고 싶어서, 신들이 전부 할아버지 브라흐마께 이를 여쭤 본 적이 있었지. 신들의 목적을 알아차린 할아버지, 가장 진실한 브라흐마는 그 둘 사이에 다툼을 만들었다. 이 다툼 때문에, 푸른 목 쉬바와 비슈누는 서로를 이기려고 털이 곤두설 만큼 어마어마한 전투를 벌였지. 그때 위슈누가 '훔'하고 할을 하자, 무섭도록 강력한 쉬바의 활은 시위가 풀어져 버렸고, 삼지안의 위대한 신은 움직일 수 없게 되었다. 그러자 신들은 성자 무리, 그리고 천상 시인들과 함께 그곳에 가서, 두 최고의 신에게 싸움을 멈춰 달라고 간청했다. 비슈누의 무용 때문에 시위가 풀어진 쉬바의 활을 보고, 성자 무리와 신들은 비슈누가 더 뛰어나다고 판단했지.‡ 위대한 명성의 루드라는 화가 나서, 활을 위데하의 성자왕 데와라따의 손에 넘겨주고 말았다. 그리고 라마여, 이것은 비슈누의 활로, 적의 성을 정복하는 것이다. 비슈누는 큰 신뢰 때문에 이것을 브르구의 후손 르찌까에게 주었지. 빛이 넘치는 르찌까께서는 당신의 아들인 자마다그니, 행동에 있어

---

* 건축과 기술의 신인 그가 쌍둥이 활 한 쌍을 만들어 쉬바와 비슈누에게 주었다. 쉬바에게 준 것보다 비슈누에게 준 활이 더 뛰어나다고 한다.

† 미간에 제 3의 눈이 있는 쉬바는 이 활로 뜨리뿌라를 파괴했다.

‡ 비슈누가 쉬바보다 더 뛰어나다고 하는 이 이야기는, 후대에 비슈누파가 삽입한 것으로 여겨지고 있다.

서는 견줄 이 없는 내 부친에게 이 천상의 활을 주셨다. 허나, 내 부친께서 무기를 내려놓으시고 고행의 힘만을 갖추셨을 때, 생각하고 움직이는 아르주나§가 그분을 죽였다. 끔찍하고도 어울리지 않는, 내 부친의 죽음을 전해 듣고 격분한 나는, 태어나는 족족 끄샤뜨리야를 여러 번 절멸시켰다. 대지 전체를 얻고 나서 라마여, 나는 공덕을 행하는 위대한 영혼의 까샤빠께, 제사가 끝난 뒤의 사례로 대지를 드렸었지. 그리고 나서 마헨드라산에 은거하며 고행의 힘을 갖추던 중, 그 활이 부러졌다는 것을 듣고 내 이렇게 서둘러 온 것이다. 라마여, 여기 내 부친과 조부의 것이었던, 비슈누의 위대한 활이 있노라. 이 빼어난 활을 잡고 끄샤뜨리야의 다르마를 행하라. 적의 성을 정복하는 이 최고의 활에 화살을 먹여라. 그리할 수 있다면, 까꿋스타의 후손이여, 나는 일대일 결투의 기회를 그대에게 주겠노라."

제75장

자마다그니의 아들이 이렇게 말하자, 다샤라타의 아들 라마는 그의 부친을 존중하는 마음에 자중하면서 이렇게 말했다.

"브르구의 후손이시여, 하신 일에 대해서는 이미 들었습니다. 브라만이시여, 부친의 빚을 갚으려고 벌이신 일¶은 저희가 인정하나이

---

§ 마하바라따에는 자마다그니의 소를 훔친 아르주나 까르따위르야를 빠라슈라마가 죽이자, 아르주나의 아들이 복수를 위해 자마다그니를 죽인 것으로 나온다.

¶ 부친의 죽음에 격분하여, 빠라슈라마가 끄샤뜨리야를 여러 번 멸족시킨 일.

다. 하지만 브르구의 후손이시여, 끄샤뜨리야의 다르마를 행할 힘이 마치 제겐 없는 것처럼 여기고 계십니다. 그러니 이제 제 힘과 용맹을 보소서."

이렇게 말하고 나서, 걸음 빠른 라구 후손은 화가 나서 브르구 후손의 손에서 빼어난 무기와 화살을 잡아챘다. 그리고 라마는 시위를 당겨 화살을 먹인 뒤, 분노에 차서 자마다그니의 아들 라마에게 이렇게 말했다.

"님은 브라만이시기 때문에, 또한 위슈와미뜨라님 때문에* 제 존경을 받으셔야 합니다. 그러니 라마시여, 저는 목숨을 앗아가는 화살을 님께 쏘지는 못하겠나이다. 하지만 라마시여, 저는 고행의 힘으로 님께서 얻으신 견줄 수 없는 세계, 혹은 님의 은둔처를 파괴할 것입니다. 원하시는 대로 해 드리겠나이다. 이 천상의 화살—그 위용으로 적의 성을 정복하고 힘에 대한 적의 자부심을 꺾어 버리는, 비슈누의 화살—은 결코 헛되지 않을 것이기 때문입니다."

할아버지 브라흐마를 앞세운 신들은, 라마가 그 위대한 무기를 잡는 것을 보려고 지위 별로 그곳에 모여들었다. 간다르와, 압사라스, 싯다,† 천상의 시인, 낀나라, 약샤, 락샤사 그리고 나가도 그 놀라운 광경을 보려고 왔다. 라마가 그 빼어난 활을 들자, 그곳에 있던 사람들은 정신을 잃었다. 자마다그니의 아들 라마도 기운을 잃고 라마를 바라보았다. 자마다그니의 아들은 라마의 위용에 기운을 잃고 어안이 벙벙해져서는, 연꽃눈의 라마에게 천천히 말했다.

---

* 위슈와미뜨라는 빠라슈라마의 조부인 르찌까의 처남이다.

† 신통력이 있는 반신족.

"예전에 내가 까샤빠께 대지를 드리자, '너는 내 영지에 살아서는 안 된다'라고 그분이 내게 말씀하셨지. 그래서 스승 까샤빠의 말씀에 따라 나는, '대지 위에서는 밤을 지내지 않겠습니다'라고 그분께 약속드렸었다, 까꿋스타의 후손이여. 그러니 용맹한 라구의 후손이여, 내 은둔처를 파괴하지 말아 다오. 생각의 속도로 나는 빼어난 마헨드라산으로 돌아갈 것이다. 허나 라마여, 내가 고행으로 얻은 견줄 수 없는 세계는, 그 최고의 활로 파괴해도 좋다. 지체 없이 그리하라. 그대가 활을 다루는 것을 보고, 나는 그대가 신들의 주이자 마두의 처단자인 불멸의 비슈누라는 것을 알았노라. 적들의 파괴자여, 안녕하기를! 여기 모인 신들 전부, 행위로는 견줄 이 없고 전투에서는 대적할 이 없는 그대를 지켜보고 있다. 까꿋스타의 후손이여, 내가 삼계의 수호자인 그대에게 패했다고 해서, 그것이 내게 수치가 되지는 않을 것이다. 서약에 충실한 라마여, 이 비할 수 없는 화살을 나아가게 하라. 화살이 풀려나면 나는 빼어난 마헨드라산으로 갈 것이다."

자마다그니의 아들 라마가 이렇게 말하자, 다샤라타의 위대하고 용맹한 아들 라마는 그 빼어난 화살을 쏘았다. 그러자 사방과 사위의 어둠이 걷혔다. 신들은 성자 무리와 함께 무기를 쳐든 라마를 칭송했다. 자마다그니의 위대한 아들 라마는, 다샤라타의 아들 라마를 칭찬하고 그를 오른쪽으로 도는 예를 갖춘 다음 자신의 거처로 돌아갔다.

제76장

빠라슈라마가 가자, 마음이 평온해진 다샤라타의 아들 라마는, 화살과 함께 활을 가늠할 수 없는 바루나의 손에 넘겨주었다.* 라구의 기쁨 라마는 와시슈타를 수장으로 하는 성자들을 경배하고 나서, 아직도 정신이 없는 부친을 보고 말했다.

"자마다그니의 아드님 라마께서는 가셨습니다. 주인이신 전하의 수호 아래, 사군을 갖춘 군대로 하여금 아요디야를 향해 행군하게 하소서."

라마의 말을 듣고 다샤라타왕은, 라구의 후손인 아들을 두 팔에 안고 머리 냄새를 맡았다. 빠라슈라마가 갔다는 말을 듣고 왕은 매우 기뻐하며 군을 나아가게 했고, 이내 도성에 다다랐다. 왕이 입성할 때 깃대 위의 깃발과 휘장으로 장식된 도시는 아름다웠고, 악기와 노래 소리로 가득 찼다. 물이 뿌려지고 꽃 더미가 흩뿌려진 왕도도 아름다웠다. 왕의 입성을 기뻐하며 축원을 비는 사람들로 도시는 가득했다. 무리 지은 사람들로 도시가 꾸며진 듯 했다. 까우살리아, 수미뜨라, 허리 고운 까이께이, 그리고 왕의 다른 여인들도 며느리를 들이는 데 참여했다. 왕의 여인들은 복 많은 시따와 명성 높은 우르밀라, 그리고 꾸샤드와자의 두 딸을 맞이했다. 모두 비단옷으로 단장한 여인들은 상서로운 말로 신부들을 맞아, 서둘러 신을 모신 사원에 다들 경배를 올렸다. 왕의 딸들은 공경 받아야 할 이들에게 다 인사하고 나서, 모두 남편들과 함께 내실에서 즐겁게 사랑

---

* 바루나가 활과 무슨 관계가 있는지는 확실하지 않다.

을 나누었다. 부유한 라마—아내도 얻고 무기도 얻은 황소 같은 사내—는 부친을 섬기며, 친근한 사람들과 함께 살았다. 실로 용맹하고 세상에 이름 높은 라마는, 스스로 존재하는 브라흐마가 모든 피조물보다 빼어나듯이 다른 누구보다 빼어난 덕을 갖추고 있었다. 라마는 변함없이 시따에게 헌신했고, 항상 시따의 마음속에 간직된 채 그녀와 함께 많은 계절을 보냈다. 부친이 짝 지워 준 아내이기 때문에, 시따는 라마에게 각별했다. 그녀의 덕과 아름다움 때문에 라마의 사랑은 커져만 갔다. 시따의 가슴에는 남편이 그보다 두 배는 크게 자리하고 있었다. 미틸라 자나까의 딸, 여신처럼 사랑스럽고 슈리[†]처럼 아름다운 시따는, 라마의 가슴 속 깊은 곳에 있는 것을 분명하게 알고 있었다. 불멸인 신들의 주 비슈누가 슈리 때문에 더욱 빛나듯이, 성자왕의 아들 라마는 그를 깊이 사랑하는 아름답고 빼어난 공주와 함께할 때 더욱 빛났다.

[†] 비슈누의 아내이자, 부와 아름다움의 여신 .

《라마야나》,
세속적 영웅담에서 신성한 경전으로

"세속적 기원을 가지는 세계문학 작품 가운데,《라마야나》만큼
사람들의 삶과 사상에 심원한 영향을 미친 것은 없을 것이다."[*]

I.《라마야나》에 대하여

쌍스끄리뜨어 대서사시《라마야나》의 시 한 수는, 8음절의 빠다
(pada) 4개로 이루어져 있다. 판본마다 차이가 있지만,《라마야나》전
7권(Kāṇḍa)을 합하면 시는 모두 약 24,000수에 이른다고 한다. 의미
상[†] 두 빠다를 한 행으로 잡아도 48,000행이므로,《라마야나》는《일
리아스》(15,693행)나《오디세이아》(12,110행)보다 훨씬 길다.

그러나 이렇게 많은 행 속에서 이 서사시가 말하고자 하는 것은,
오직 다르마(정의)뿐이다. '어떻게 살아야 하는가'를 다룬, 길고 긴
교훈담이라고 할 수 있다.

---

[*]　Arthur Anthony Macdonell, "'Ramaism' and 'Ramayana.'" *Encyclopaedia of Religion and Ethics,* ed. James Hastings[Edinburgh: T. & T. Clark. New York: Scribner, 1919], 10:574, quoted in Vālmīki, *Bālakāṇḍa*, 3..

[†]　의미로 보면, 대체로 두 빠다가 한 행을 이루고 있다.

1.《라마야나》란 무엇인가

'라마야나(Rāmāyaṇa)'는 라마(Rāma)의 이야기(ayaṇa; 아야나)를 말한다. 싼스끄리뜨 단어 '아야나'의 두 가지 뜻에서, 이 이야기의 두 가지 성격이 잘 드러난다. 첫 번째로, '아야나'는 여행이라는 뜻이기 때문에, '라마야나'는 라마의 여행, 즉 모험담의 성격을 띤다. 《라마야나》를 요약하면, 라마 왕자가 마왕 라와나를 죽이고 마왕에게 납치되었었던 아내 시따를 되찾는 모험담이다. 두 번째로, '아야나'는 또한 행위라는 뜻을 지니기 때문에, '라마야나'는 라마의 행위(생애)라는 전기적인 성격도 띠게 된다. 라마의 모험담에 초점을 맞추고 있지만, 《라마야나》는 라마의 탄생부터 죽음까지 라마의 일생을 명확히 기술하고 있다. 끄샤뜨리야(전사 계급)다운 라마의 무용을 고려한다면, 아야나의 두 가지 뜻을 다 아우를 수 있는 '영웅담'이 '라마야나'에 적합한 정의(定意)가 될 것이다.

라마가 주인공인 많은 이야기 가운데, 성자 왈미끼(Vālmīki)가 지은 것으로 추정되는 《라마야나》는 현존하는 최고(最古)의 작품이다. 인류 최초의 영웅담 《길가메시》나, 고대 그리스의 《일리아스》, 《오디세이아》처럼, 최고의 《라마야나》 역시 서사시에 속한다. 영웅을 다루는 문학의 틀은 인도 전통에서도 서사시였다고 할 수 있다.

2. 《라마야나》는 어떤 작품인가

1) 라마의 영웅담은 역사적 사건인가

《마하바라따》와 함께 《라마야나》는 인도 최고의 서사시이다. 베다 시대에 뒤따르는 서사시 시대의 이 두 작품을, 이후의 서사시들과 구별하여 대서사시*라고도 한다. 서사시 시대에 속하는 작품은 이 둘뿐이며, 인도 전통에서는 이 둘을 '이띠하사(Itihāsa)'라고 따로 분류한다. 이띠하사는 '실로(ha) 그러하다고(iti ~라고) 했었다(āsa)'라는 뜻이며, 간단히 역사를 말한다. 이 두 대서사시를 이띠하사에 넣는 것은, 두 대서사시의 사건을 실제 있었던 역사로 여긴다는 뜻이다. 그러나 오늘날까지도 여전히 신화와 역사가 뒤섞이고 있는 인도에서, 신화적 사건을 실제 역사로 상정한다는 것은 위험한 일이다. 사촌 간의 전쟁(《마하바라따》)이나 왕세자의 추방(《라마야나》)을 실제로 일어났었던 일이라고 가정하더라도, 이를 소재로 한 대서사시는 엄연히 문학적 창작이기 때문이다. 대서사시에 등장하는 유적지가 발굴되었다는 것도, 대서사시의 내용 전체를 역사로 바꿔주지는 않는다. 더욱이 《라마야나》는 《삼국지》와 같은 역사물이 아니라, 《서유기》와 같은 판타지물에 속한다.

2) 인도 최초의 시

《라마야나》는 인도의 고대 언어인 쌴스끄리뜨로 지어진 최초의 시(Adikāvya)라고 일컬어진다. 이 시를 지은 전설 속의 성자 왈미끼는 물론 인도 최초의 시인(Adikavi)이다. 그렇다면, 인도에서는 무엇을 갖춰야 시라고 했을까?[†]

---

* 이 두 대서사시는 여러 가지 면에서 이후의 서사시들과는 다르다. 하지만 형식상의 차이보다는 두 대서사시의 막대한 영향 때문에, '대(大/great)'라는 수식어가 붙었다고 봐야 할 것이다.

† 시의 본질이 무엇인가에 따라, 인도시학은 네 개 학파로 나뉜다.

첫 번째, 시는 형식(운율)을 갖추어야 한다. 인도의 시는 한 행(pada)의 음절수가 정해져 있고, 한 행에 들어가는 모음의 장·단을 맞추는 편이다.*

두 번째, 시는 알랑까라(Alaṃkāra), 즉 적합한 수사법을 갖추어야 한다. 직유, 은유, 환유, 중의 등등의 시적 표현이 없는 작품을 시라고 할 수는 없기 때문이다.

마지막으로 시는 정조(Rasa)를 지녀야 한다. 시나 드라마 등을 감상할 때 갖게 되는 심미적 느낌을 정조(Rasa)라고 한다. 보통 8 종류—연정, 비애, 해학, 분노, 공포, 영웅적 기개, 혐오, 놀람—에 평온을 덧붙여 모두 9종이다.† 후대로 갈수록 인도 미학은, 시가 불러일으키는 정서적 감흥인 정조를 시의 요소로서 중시한다.

첫 번째 요소인 운문의 형식은, 《베다》〈상히따〉‡부터 발달해왔으므로, 《라마야나》가 새롭게 창조했다고 볼 수 없다. 또한 마지막 요소인 정조가 시의 정수라고 여겨지게 된 것은 후대이다. 최초의 시라는 《라마야나》에서 정조를 시의 필수 요건으로 고려하지는 않았을 것이다.§ 그러므로 《라마야나》에 최초의 시라는 영예를 안긴 것은, 두 번째 요소인 시적 표현(알랑까라)이라고 볼 수 있다.

《라마야나》가 펼쳐놓는 다채로운 시적 표현을 보면, 이 서사시가 누리는 영예를 당연하다고 여기게 된다. '연꽃 눈', '보름달 같은

---

1. 수사(Alaṃkāra) 2. 문체(Rīti) 3. 정조(Rasa) 4. 내포(Dhvani)

* 같은 위치의 음절에, 장모음이든 단모음이든 같은 종류의 모음을 넣으려고 한다.

† 8종에 후대에 부가된 2종을 더하여 10종으로 보기도 한다.

‡ 네 편으로 이루어진 《베다》의 첫 부분인 찬가 모음.

§ 1권에서 정조를 언급한 부분(1. 4. 8.)은 후대에 덧붙여진 것으로 추정된다.

얼굴' 따위의 비유가 상투적인 표현이 된 이유는, 후대 시인들이 수도 없이 빌려 썼을 만큼 훌륭한 표현이었기 때문이다. 그러나 바로 그 다채로운 시적 표현 때문에, 최초의 시라는《라마야나》의 영예를 의심하지 않을 수 없다.

> 하늘이 마치 눈동자로 뒤덮인 것처럼
> 총총한 별자리와 별들이 빛으로 빛나고 있다.[¶]

"마치 눈동자로 뒤덮인 것처럼"이라는 수려한 직유와, 자음의 리드미컬한 반복[**]이 과연 최초의 작품에서 나올 수 있었을까. 그런 의심 때문에 학자들은《라마야나》를 최초의 시가 아니라, 최초의 걸작시로 보고 있다. 강력한 구술 전통 속에서 기록되지 못하고 스러진, 수많은 음유시인들의 선구적인 시가 최초라는 영예를《라마야나》에 양보했을 것이다.

3) 저자

최초의 시인으로 불리는 왈미끼가 어떻게 시라는 것을 창작하게 되었는지는,《라마야나》1권의 앞부분에 극화되어 있다. 이야기 속에 직접 등장한 성자 왈미끼는, 새의 죽음을 슬퍼한 나머지 우발적으로 시를 읊는다.

> 욕심에 분별을 잃어버려

¶ 《라마야나》(1. 33. 16.)
** 원문에서는 n이, 번역문에서는 ㅂ가 반복됨.

새 한 쌍 한 쪽을 죽였으니

사냥꾼이여 그대는 이제

평온 따윈 얻지 못하리라*

    그리고 슬픔(쇼까) 때문에 읊은 이것을 시(슐로까)라고 이름 짓는다. 이후 브라흐마 신의 권유로, 그는 "라마의 일이라면 무엇이든 시로 지었고, 이 땅 위에서 아직 실현되지 않은 일까지도 시의 뒷부분에 넣었다."†고 한다.

    그러나 《라마야나》는 단일 시대에 단일 저자에 의해 지어진 서사시가 아니다. 《라마야나》 전 7권 가운데, 왈미끼가 극중 인물로 등장하는 1권과 7권은 후대에 덧붙여진 것으로 여겨지고 있으며, 다른 권에도 삽입된 부분이 다수 있는 것으로 추정된다. 인도 전통이 한 목소리로 저자라고 지목하는 왈미끼가 정말 《라마야나》를 지었다면, 아마도 2권-6권 가운데에서도 최고(最古) 층에 속하는 핵심 부분이 그의 작품일 것이다. 라마와 동시대 인물인 것처럼 왈미끼를 묘사한 부분이 후대 창작이라면, 왈미끼를 저자로 보지 않을 이유가 딱히 없기도 하다. 왈미끼가 《라마야나》의 저자라는 확증도 없고, 저자가 아니라는 확증도 없기 때문이다. 베다를 편찬하고 《마하바라따》를 비롯해 《뿌라나》까지 지었다는 전설의 성자 위야사‡ 보

---

* 미학적으로 보면 여러모로 실망스러운 시지만, 이 시가 정말 최초의 시라면 이런 부족함이 오히려 당연하다고 할 수 있다. 한편 시의 창작에 영감을 중시하게 된 것은 후대이다. 8음절 4행의 원문을, 10음절 4행의 우리말 시로 번역했다.

† 1권 세 번째 장의 마지막 구절.

‡ '위야사'라는 이름 자체가 '편집자'라는 뜻이다.

다는, 왈미끼가 훨씬 있을 법한 저자라고 할 수 있다.

4) 연대

《라마야나》의 1권과 7권이 대부분 후대에 부가되었다고 여겨지는 이유는, 라마를 비슈누의 화신으로 기술하고 있는 부분이 거의 1권과 7권에 속해 있기 때문이다. 《라마야나》의 핵심을 이루는 가장 오래된 부분은, 라마를 인간 영웅으로 다루고 있을 뿐이다. 그렇다면 《라마야나》의 고층부를 이루고 있는 부분은 언제 창작되었을까? 구술전통이 뿌리 깊은 인도에서 옛 작품의 연대를 추정하는 것은, 장님 코끼리 만지기보다 더 어려운 일인지도 모른다. 많은 학자들이 언어, 문화, 종교, 지리, 정치 등 다양한 분야의 증거를 검토했지만, 《라마야나》의 연대는 여전히 미궁 속에 있다. 심지어 같은 서사시 시대의 작품인 《마하바라따》와도 선후 관계가 확실하지 않다. 그러다 보니, 학자들이 추정하는 연대에도 차이가 클 수밖에 없다. 기원전 500년경부터 존재했던 라마 왕자의 전설을 음유시인들이 살을 붙인 이야기로 만들어 낭송했고, 그것을 근간으로 왈미끼가 자신의 《라마야나》를 창작하지 않았을까 막연하게 추측해볼 뿐이다. 왈미끼가 라마의 이야기를 나라다 성자에게 전해 들었다는 사실이 1권 서두에서 밝혀지기 때문에, 왈미끼의 《라마야나》 이전에 이 이야기의 원본이 있었을 것이라는 추정에 전혀 근거가 없는 것은 아니다. 현재 왈미끼의 《라마야나》라고 알려져 있는 작품 자체도, 오랫동안 수없는 덧붙이기와 끼워 넣기를 통해 완성된 것이다. 굳이 핵심 부분의 연대를 한정 짓고 싶다면, 오늘날 우리가 읽고 있는 《라마야나》가 기원전 4세기에서 기원후 2세기에 걸친 인도의 정치사회적 상황을 묘사하고 있다고 주장한 상깔리아(H. D. Sankalia)의 견해를 참고할 만하다.

3. 《라마야나》의 세계관

1) 영원회귀의 유가

우주가 생성되었다가 파괴되기를 반복한다는 인도의 우주관에 따르면, 하나의 우주가 존속되는 시간은 네 개의 기간(유가)으로 나뉜다. 그리고 다르마를 황소에 비유하여, 황소의 다리 수로 각 유가의 특징을 표현한다. 다르마(정의)라는 황소가 다리 네 개를 모두 가지고 있어 온전히 서 있는 첫 번째 유가를 끄르따(1,728,000년), 다리하나가 부족하지만 아직은 굳건히 서 있는 두 번째 유가를 뜨레따(1,296,000년), 다리를 두 개만 가져 불안정한 세 번째 유가(864,000년)를 드와빠라, 그리고 하나뿐인 다리로 위태롭게 서 있는 네 번째 유가(432,000년)를 깔리라고 한다. 각 유가의 길이는 4:3:2:1의 비율을 이루고 있고, 우주 순환의 한 주기는 네 유가를 모두 합해 432만 년이다. 마지막 깔리 유가가 끝날 때, 무서운 불이 일어나 세계를 전부 태워버린다고 한다.

《마하바라따》와 《라마야나》는 둘 다 서사시 시대에 속하는 작품이지만, 작품의 배경이 되는 유가가 다르다. 《라마야나》는 두 번째인 뜨레따 유가, 《마하바라따》는 세 번째인 드와빠라 유가의 일을 다루고 있기 때문이다. 다르마가 비교적 굳건한 뜨레따 유가를, 《라마야나》는 선악이 극명하고 도덕적으로 단순한 세계로 그려낸다. 다르마가 불안정한 드와빠라 유가를, 선악이 모호하고 윤리적으로

도 애매한 세계로 그려낸 《마하바라따》는 딴판이다. 《라마야나》의 세계와 《마하바라따》의 세계는 이상과 현실로 상충한다.

2) 이상과 현실

라마의 편에 선 인물들은 하나 같이 이상적인 인간상을 보여준다. 라마는 효성 지극한 아들이자 아내보다 백성을 더 사랑하는 왕이고, 그의 아내 시따는 정절 곧은 아내이며, 라마의 이복형제 셋은 죄다 형을 아버지처럼 섬기는 아우들이고, 원숭이 하누만은 더할 나위 없이 충직한 신하이다. 처음부터 끝까지, 그들 모두 각자 역할의 본보기에서 조금도 엇나가지 않는다. 해야 하는 일을 그대로 실행에 옮기는 성인군자들이라고 할 수 있다.

한편 《마하바라따》 속의 인물들은 현실적인 인간상을 보여준다. 빤다와*의 맏형 유디슈티라는 전쟁에서 이기고 싶다는 자신의 간절한 욕망 앞에서 참으로 인간적인 타협을 한다. 스승의 아들과 똑같은 이름의 코끼리를 죽여 놓고는, 스승 드로나로 하여금 아들이 죽었다고 오해하도록 했기 때문이다. 유디슈티라가 진실만을 말한다고 굳게 믿고 있었던 드로나는, 정말로 아들이 죽은 줄 알고 절망한 나머지 자신의 생명을 내던지고 만다. 승리하기 위해 스승을 반드시 죽여야 했던 유디슈티라는, 이렇게 거짓말 아닌 거짓말로 드로나를 죽음으로 몰아넣는다. 전쟁의 승패 앞에서는, 다르마의 왕이라고 불렸던 유디슈티라마저도 속임수를 쓰게 되는 것이다. 현실 앞에서 약해져서 악해지게 되는, 어디에나 있음직한 인물이라고 할 수 있다.

---

* 빤두의 다섯 아들. 왕국을 두고 사촌인 까우라와 일백과 혈전을 벌인다.

간단히 말해,《라마야나》는 이상 세계를,《마하바라따》는 현실 세계를 표상한다.《라마야나》가 도덕적으로 완벽한 세계를 창조할 때,《마하바라따》는 냉엄한 현실을 그려낸다.《라마야나》가 마땅히 그래야만 하는 당위를 들려줄 때,《마하바라따》는 그럴 법한 현실을 들려주는 것이다.

3) 왕위 계승의 다르마

《라마야나》에는 비슈누 신의 일곱 번째 화신 라마가,《마하바라따》에는 여덟 번째 화신 끄르슈나가 등장한다. 그런데 두 화신이 왕위를 두고 설하는 내용은 전혀 다르다. 추방령을 받은 라마는 쿠데타를 일으키라는 권유를 물리치며, 부친의 말에 복종하는 것이 다르마라고 말한다. 그러나 끄르슈나는 전장에 나가 스승과 사촌들을 죽이고 왕국을 차지하는 것이 다르마라고 말한다. 미련 없이 왕위를 버리고 숲으로 들어가는 라마가 온전한 자기희생과 흠 없는 도덕성을 보여준다면, 왕국을 두고 친척 간에 참혹한 전투를 벌이는 빤다와는 정당한 자기주장과 논리를 앞세운 도덕성을 보여준다.[*]

4.《라마야나》의 의의

1) 이상적 인간상

5만 행에 가까운《라마야나》의 행과 행간이 말하고자 하는 것은 오직, 해야 되는 일을 하는 용기이다. 해야 되는 일이란, 다르마

---

[*] 왕위 계승을 두고 벌어지는 다르마 논쟁에 대해서는 다음 권에서 상세히 다룬다.

로 규정되는 사회적 규범—누구나 알고 있지만 누구나 다 따르지는 못하는, 마땅히 그래야만 하는 도리—을 말한다. 그렇기 때문에 고통을 무릅쓰고 의무를 행하는 라마의 자기희생 앞에서, 착한 사람을 응원하는 마음과는 별개로 우리는 불편함을 느끼게 된다. 이야기 속에서나 나올 법한 일이라고, 화신이나 할 수 있는 일이라고 자위하게 되는 도덕적 불편함 말이다.

《라마야나》는 외도†로 분류되는 불교와 자이나교에까지 영향을 미쳤다. 불교의 《다사라타 자따까(Dasarathajātaka)》와 자이나교의 《쌀라까뿌루사(Salakapurusa)》는 《라마야나》의 직접적 영향을 보여주는 작품들이다. 불교의 왕사(Vaṃśa)‡에서 라마를 붓다의 선조로 언급한 것을 보면, 《라마야나》의 영향이 간접적으로도 얼마나 컸는지 알 수 있다. 《라마야나》는, 라마가 비슈누의 화신이라는 종교적 이유 때문에 이러한 영향력을 갖게 된 것이 아니다. 화신으로 간주되기 전에 이미 라마는, 여러 종파에서 이상적인 인간상으로 부각되었기 때문이다.

라마가 얼마나 완벽한 인간이었는지는, 《라마야나》 첫머리에 언급되어 있다. 물론 우리가 존경심을 갖는 이유는 그 많은 라마의 덕 때문이 아니라, 왕위와 사랑을 버리고 당위를 따르는 라마의 용기 때문이다. 라마는 인간이 된 신이 아니라 신이 된 인간이었고, 스스로의 노력으로 인간도 신의 경지에 이를 수 있다는 것을 보여주었다. 라마라는 인물이 시대와 종파를 초월한 울림을 준 것은 그 때문일 것이다.

---

† 나스띠까. 《베다》의 권위를 인정하지 않는다.

‡ 붓다의 계보를 기록한 연대기 형식의 문학.

2) 교육적 영향

《라마야나》에서 끊임없이 언급하는 다르마는, 다양한 뜻 가운데 대개 힌두교의 사회 규범을 지칭한다. 아슈라마*와 카스트†를 양기둥으로 삼는 힌두교에서, 성별과 신분을 차별하여 직업과 연령에 따라 다른 의무를 지우는 것은 다르마의 필연적인 귀결이며 사회적 역할이라고 할 수 있다. 다르마의 이러한 역할은, 중국에서 도(道)가 수행한 역할과 비슷하다. 사회의 이데올로기를 인도에서 종교가 뒷받침했다면, 중국에서는 정치가 뒷받침했다는 것이 달랐을 뿐이다. 도와 다르마라는, 사실상 동일한 이데올로기에 따라 위계와 신분질서를 정당화한 것이, 힌두교의 카스트 제도와 유교의 봉건제도이다.‡ 따라서 라마가 효(孝), 시따가 정절, 하누만이 충(忠), 그리고 라마의 이복형제들이 우애의 화신이 되어 보여준 것은 바로 사회의 이

---

* 사람의 생애를 네 기간으로 나누어, 각 기간 별로 삶에 목표를 부과하는 것을 아슈라마라고 한다. 첫 번째 학생기에는 배움이 목표가 된다. 보통 만 8~12살에 부모를 떠나 스승의 집으로 들어가서, 12년 이상 엄격한 가르침을 받는다. 두 번째 가장기에는 가족을 부양하고 사회적 의무를 다하는 것이 목표가 된다. 결혼을 하고 자식을 낳아 가문을 이으며, 생계를 꾸리고 보시를 행하게 된다. 세 번째 숲 생활기에는 감각과 욕망을 제어하는 것이 목표가 된다. 재산을 아들에게 물려주고, 가족을 떠나 (아내와 함께) 숲에서 살게 된다. 마지막 출가기에는 해탈을 위한 수행이 목표가 된다. 홀로 세상을 떠돌며 탁발로 목숨을 부지하면서 죽음을 기다리게 된다. 이렇게 네 단계의 아슈라마를 따르는 것은 힌두교도의 의무이다.

† 힌두교의 카스트는 신분(와르나)뿐만 아니라 직업(자띠)까지 지정하는 중요한 개념이다. 최상위 사제 계급인 브라만은 종교의식을 담당하고, 전사인 끄샤뜨리아는 왕족으로서 세상을 다스리며, 평민 바이시야는 농업과 상업 등에 종사한다. 최하위 슈드라는 노예로서 상위 계급을 섬긴다. 태초에 신들이 신성한 거인을 제물 삼아 세상을 창조할 때, 브라만은 그 거인의 입에서, 끄샤뜨리아는 팔에서, 바이시야는 넓적다리에서, 그리고 슈드라는 발에서 나왔다고 베다는 전한다.

‡ 힌두교와 유교의 종교사회학적 유사성에 대해서는 다음 권에서 다룬다.

데올로기라고 할 수 있다.《라마야나》의 등장인물들이 구현하고 있는 덕목을, 부자유친(父子有親), 부부유별(夫婦有別), 군신유의(君臣有義), 장유유서(長幼有序)의 오륜이라고 봐도 손색이 없다.

《라마야나》는 이상적 등장인물을 통해서 간접적으로, 그리고 등장인물의 입을 통해서 직접적으로 사회 규범인 다르마를 전달한다. 아들, 아내, 임금, 신하, 형, 아우로서 해야 할 도리를 교육시키는 효과적인 수단인 것이다.《라마야나》가 오랫동안 사랑 받아온 이유 가운데, 라마라는 이상적 인간이 주는 감동을 빼놓을 수는 없지만, 교육적 가치 또한 간과할 수는 없을 것이다.

3) 후대 문학에 끼친 영향

《라마야나》첫 권의 첫 장이 직접 밝히고 있듯이, "이 놀라운 이야기는 시인들이 영감을 얻는 원천이다."[§]《라마야나》는 다양한 소재를 제공하여 양적으로도, 그리고 시적인 아름다움을 보여주어 질적으로도 후대 문학에 큰 영향을 미쳤다. 인도의 셰익스피어라는 깔리다사(Kālidāsa)[¶]가 완전히 새롭게 창조한《라구왕사(Raghuvaṃśa)》와 왈미끼의《라마야나》를 비교해보면, 싼스끄리뜨 시가 도달한 미학적 깊이를 가늠해볼 수 있을 것이다.

후대에 재창조된 것 가운데 두드러진 것은《라구왕샤》이외에도, 바와부띠(Bhavabhūti)의《마하위라짜리땀(Mahāvīracaritam)》과《웃따라라마짜리땀(Uttararāmacaritam)》이 있다. 다양한 언어로 재창조된 것

[§] 《라마야나》(1. 4.)

[¶] 다양한 분야에 작품을 남긴 인도 최고의 싼스끄리뜨 작가.《샤꾼딸라》와《메가두따》를 통해, 유럽에도 영향을 미쳤다.

가운데는, 깜반(Kamban)의 타밀어 작품《라마와따람(Rāmāvatāram)》과 뚤시다스(Tulsīdās)의 힌디어 작품《람짜리뜨마나스(Rāmcaritmānas)》* 가 뚜렷한 발자취를 남겼다.

4) 종교적 영향

앞서 살펴본 바와 같이, 인간 영웅 라마가 비슈누의 화신으로 신격화된 것은 후대의 일이다.《라마야나》가운데, 나중에 부가된 1권, 7권과 6권의 일부 서술만이 라마의 메시아적 성격을 드러내고 있을 뿐이다.《라마야나》는 원래 세속적 기원을 지닌 영웅담이지, 종교적 작품은 아니었다. 당대부터 인기가 많은 작품이었기 때문에, 오히려 후대에《라마야나》가 종교적으로 이용되었을 가능성이 있다고 골드만(Robert P. Goldman)은 주장한다. 물론《라마야나》가 그토록 긴 생명력을 유지할 수 있었던 것은, 종교적 요인에 힘입은 바도 있다고 할 수 있다. 하지만 비슈누의 화신으로서 열렬한 박띠(신애)† 의 대상이 된 라마는《라마야나》와 아무 관련이 없다.《라마야나》에는 결코 박띠적 요소가 들어간 적이 없기 때문이다. 박띠와 관련된 기술로 지목되는 6권과 7권의 끝부분은 후대의 삽입으로 여겨지고 있다.

그럼에도 불구하고,《라마야나》가 지니는 종교적 가치를 낮추어 평가해서는 안 될 것이다. 세속적 영웅담에서 출발하여 신성한 경전으로 자리매김한《라마야나》가 인도인의 삶과 사상에 끼친 종교적

---

* 두세라(Dussehra) 축제 기간에 북인도 각지에서 공연되는 라마 연극 〈람릴라 (Ramlila)〉는 이 작품을 바탕으로 한다.

† 신에 대한 사랑과 헌신을 말한다. 감정적으로 신을 직접 경험하는 것을 중시한다. 박띠를 수행으로 삼는 박띠 요가는 모든 계층에게 열려 있다.

영향은 실로 막대하기 때문이다. 수많은 해설서와 현대적으로 재창작된 다양한 버전의《라마야나》는 종교적 열정의 극히 일부만을 보여줄 뿐이다.

"세속적 기원을 가지는 세계문학 작품 가운데,《라마야나》만큼 사람들의 삶과 사상에 심원한 영향을 미친 것은 없을 것이다."라는 맥도넬의 말은,《라마야나》의 종교적 승화가 없었다면 불가능했을 단언이다.

5) 아시아에 끼친 문화적 영향

인도아대륙에 속한 네팔과 스리랑카뿐만 아니라 태국, 캄보디아, 라오스, 미얀마, 말레이시아, 인도네시아 등 동남아시아 여러 나라의 예술과 문화에,《라마야나》는 크고 작은 영향을 주었다. 다양한 언어로 번역되고, 다채롭게 개작되어 전해진《라마야나》는 문학작품, 무용, 연극, 가면극 등에 소재를 직접 제공했다. 동남아시아 유적 곳곳을 채운 벽화, 부조, 조상 등에 선명하게 남아 있는《라마야나》의 흔적을, 오늘날에도 확인할 수 있다.

동남아시아 각 지역이 어떻게 제 토양에 맞게《라마야나》를 이식했는지를 살펴보는 것은 퍽 흥미로운 일이다. 토속 신앙뿐만 아니라 불교, 심지어는 이슬람교와 융합된《라마야나》를 볼 수 있기 때문이다.

II. 제1권《어린 시절》

1. 1권 전체가 후대의 창작인가

《라마야나》전체 7권 가운데 1권과 7권이 후대에 덧붙여진 부분이라고 하는 까닭은, 라마가 비슈누의 화신이라는 기술이 이 두 권에 들어있기 때문이다. 그러나 1권에도 라마를 화신으로 규정한 부분은 많지 않다. 대체로 라마는 비슈누에 비유될 뿐, 비슈누와 동일시되지는 않는다. 또한 라마가 화신이라는 기술과 명백히 모순되는 대목도 있다. 브라흐마의 세계(범천계)에 라마가 오를 것이라고 한 부분*이다. 라마가 비슈누의 화신이라면, 자신의 하늘을 두고 굳이 브라흐마의 하늘에 갈 이유가 없기 때문이다.† 브라흐마의 세계는 다르마에 굳건한 성자들이 오르는 곳이기 때문에, 이 대목은 라마가 인간이라는 사실을 암시하고 있다고 볼 수 있다. 이렇게 상충되는 기술은, 1권의 일부만이 후대에 덧붙여진 것이라는 주장을 뒷받침한다. 하지만 후대에 덧붙여진 부분이 1권의 일부인지 혹은 전체인지, 판단할 수 있는 근거는 없다.

1) 라마의 신성
1권에서 라마를 비슈누의 화신으로 직접 묘사한 부분은, 라마의

---

* "라마는 브라흐마의 하늘에 오르리라."《라마야나》(1. 1. 76.)

† 힌두교의 천상(낙원)은 관할하는 신에 따라 다양하게 나뉜다. 브라흐마 · 비슈누 · 쉬바 삼신 또한 제각각 자신의 세계를 거느리고 있다.

출생과 관련된 부분(14장 - 17장)뿐이다. 이 네 장은 비슈누가 화신으로 태어나게 된 이유와 과정을 보여주고, 라마가 비슈누의 이분체라는 것을 언급한다. 하지만 이 네 장 이외에, 라마가 화신이라는 사실을 직접 밝히는 구절은, 끝부분인 75장의 다음 두 문장이 전부이다.

"나는 그대가 신들의 주이자 마두의 처단자인 불멸의 비슈누라는 것을 알았노라."†

"까꿋스타의 후손이여, 내가 삼계의 수호자인 그대에게 패했다고 해서, 그것이 내게 수치가 되지는 않을 것이다."§

그렇기 때문에 라마의 신성을 다룬 14장 - 17장과 이 두 문장만은, 확실히 후대에 삽입된 부분이라고 봐도 좋을 것이다.

2) 후대에 덧붙여졌다고 추정되는 부분

1권은《라마야나》를 낭송하면 얻을 수 있는 공덕을 줄줄이 나열하여,《라마야나》가 지닌 경전적 성격을 드러낸다.

"죄를 정화하는, 신성하고 상서로운 이 라마 이야기,《베다》와 같은 이 이야기를 읽는 자는 누구나 모든 죄로부터 자유로워지리라. 수명을 늘여 주는 이《라마야나》이야기를 읽는 자는, 죽음 후에도 아들과 손자, 그리고 일가와 함께 천상에서 즐거움을 누리리라. 이를 읽는 브라만은 언변이 뛰어나게 되고, 끄샤뜨리야는 대지의 주인이 되며, 바이시야는 장사에서 이익을 보고, 비록 슈드라일지라도

---

† 《라마야나》(1. 75. 17.)
§ 《라마야나》(1. 75. 19.)

뛰어나게 되리라."*

비슈누 숭배와 직접 관련은 없지만, 이 문단은 《라마야나》의 신성함을 강조하고 있다. 따라서 당연히 후대에 부가된 부분으로 추정된다.

후대에 덧붙여진 부분을 알아볼 수 있는 또 하나의 지표는 등장인물이다. 왈미끼, 르샤슈릉가, 빠라슈라마가 등장하는 부분은 원래 《라마야나》에는 없었을 가능성이 크다. 앞서 살펴본 것처럼, 저자 왈미끼를 라마와 동시대 인물로 그린 부분은 후대에 삽입된 것으로 보아야 한다. 왈미끼가 가르친, 라마의 쌍둥이 아들 이름이 음유시인(꾸쉬라와)이라는 것은, 명백히 이 부분이 후대의 창작이라는 것을 암시한다. 더구나 왈미끼가 극중 인물로 나오는 부분 가운데 4장은 시학의 성립†을 전제로 하므로, 이 부분이 후대라는 복수의 증거가 된다. 한편 르샤슈릉가가 등장하는 부분이 후대라고 여겨지는 이유는, 이 성자의 이야기가 뜬금없이 액자식 구성으로 본문에 끼어들기 때문이다. 가문의 사제 와시슈타가 있는데도 다른 성자를 불러들여, 아들 기원 제사를 두 번이나 지냈다는 것‡도 이상하다. 게다가 와시슈타를 씨내리§ 삼아 아들을 얻은 전례가 있는 라마 왕가에서, 씨내

---

* 《라마야나》(1. 1. 77-9.)

† 예술을 다룬 경전 《나띠야 샤스뜨라》의 성립을 전제로 한다.

‡ 게다가 아들을 얻기 위해 말 희생제(아슈와메다)를 지내는 경우는 없다.

§ 후사를 보기 위해 들이는 집안 내의 남자나 외간남자. 아내가 아이를 낳지 못하면 씨받이 여인을 들이듯이, 남편이 아이를 낳지 못하면 씨내리 사내를 들여 후손을 보는 풍속이 인도뿐만 아니라 우리나라에도 있었다. 아내를 남편의 밭이라고 여기는 인도에서는, 누가 씨를 뿌렸든 그 밭에서 거둔 것(아이)은 남편의 것이 된다. 《마하바라따》에 따르면, 라마 왕가의 깔마샤빠다 왕은 와시슈타를 씨내리로 하여 아들을 얻었다고 한다.

리를 암시하는 성자 르샤슈룽가¶를 데려왔다는 것도 의심스러운 일이 아닐 수 없다. 르샤슈룽가와는 달리 위슈와미뜨라가 등장하는 부분은 그 전체가 후대에 끼어든 부분으로 간주되지는 않는다. 하지만 여행 중에 위슈와미뜨라가 라마에게 들려주는 이야기와 위슈와미뜨라가 브라만이 되는 이야기의 대부분은 뿌라나(Purāṇa)** 전통을 통합하기 위해 후대에 삽입된 부분이라고 추정된다. 또한 빠라슈라마가 나오는 대목도 후대라고 여겨지고 있다. 빠라슈라마의 이야기는 원전인 《마하바라따》 중에서도 후대에 속하기 때문에, 《마하바라따》보다 먼저 성립되었다고 생각되는 《라마야나》의 고층부에 속할 가능성이 적다.

이 밖에도 후대로 의심되는 부분이 제법 있지만, 1권의 태반이 후대에 창작되었다는 사실을 확인하는 것만으로도 이 논의는 충분할 것이다. 1권의 원래 내용이라고 추정되는 부분이라도, 2권 - 6권의 핵심 고층부와 동시대에 창작되었다고 단정하기는 어렵다.

2. 여인 살해

1) 성적 쾌락의 포기
성적 쾌락을 포기하면 특별한 능력을 얻을 수 있다는 믿음은, 동

¶ 르샤슈룽가는 '사슴뿔이 달린 이'라는 뜻이다. 암사슴에게서 태어난 그는 머리에 작은 뿔이 있었다고 한다. 다분히 성적 암시를 담고 있는 이름이다. 그의 육체적 순결이 깨질 때 풍요를 가져오는 비가 내렸다는 것은 그의 생식력을 의미한다고 볼 수 있다.

** '옛이야기'라는 뜻이다. 신화와 전설을 아우르는 백과사전적 민담을 통칭한다. 시대적으로는 서사시 시대 뒤에 오는 문학 장르를 말한다.

서양 모두에 오랫동안 존재해왔다. 골드만에 따르면, 여성으로 상
징되는 성적 쾌락을 포기하는 행위가, 인도 문학 전통에서는 물질적
인 이익 또는 초능력이나 정신적 능력으로 보상받았다고 한다.[*] 그
의 이러한 통찰은, 아요디야 추방 이후 라마가 보인 능력에 대해 유
용한 시각을 제공한다. 금욕적인 수행자로서의 삶이 라마에게 특출
한 능력을 부여했다고 볼 수도 있기 때문이다. 시따에 대한 욕망 때
문에 파멸하고 마는 라마나와, 시따가 곁에 있어도 금욕을 지키는
라마는 분명 극명하게 대조를 이룬다. 시따를 버린 뒤에도 라마의
금욕은 계속되기 때문에, 성적 쾌락의 포기가 특별한 능력을 부여한
다는 골드만의 견해는, 라마의 혼인 후 전 생애에 걸쳐 유효하다고
할 수 있다. 또한 부친에 대한 복종이 성적 쾌락의 포기로 나타난다
는 그의 견해 역시, 《라마야나》뿐만 아니라 《마하바라따》의 여러 사
례[†]로 보건데 꽤 타당하다고 여겨진다. 다르마를 이행하는데 욕망
이 방해가 되어서는 안 된다는 인도 전통의 규정도 이를 뒷받침하
고 있다. 그러나 라마의 혼인 전 기간에까지 이런 관점을 적용하는
것은 무리다. 육체적 순결을 지켰기 때문에, 라마가 위슈와미뜨라로
부터 온갖 무기를 선물 받았다고 보기는 어렵기 때문이다. 그때 라
마는 15살의 소년이었고, 아직 혼인 전이었다. 따라서 성적 쾌락을
포기한 것이 아니라, 아직 성적 쾌락을 추구하기 전이라고 보아야
한다.

골드만은 여기서 더 나아가, 라마가 락샤사 여인 따따까를 살해

---

[*] Vālmīki, *Bālakāṇḍa*, 57.

[†] 부친 때문에 금욕을 맹세한 비슈마와, 자신의 젊음을 부친에게 준 뿌루가 대표적이다.

한 것이 출가를 상징한다고 주장한다. 여인 살해가 출가 의례나 다름없고, 그 대가로 라마가 위슈와미뜨라로부터 무기를 선물 받았다는 것이다. 그러나 위슈와미뜨라와 함께 한 여행이 바로 라마의 결혼으로 이어졌다는 사실을 고려하면, 그의 주장에 동의하기는 어렵다. 출가하자마자 결혼한다는 것은 모순이기 때문이다. 평생 독신을 지킨 빠라슈라마가 어머니를 살해한 행위†를 출가로 볼 수는 있어도, 곧 시따와 혼인하게 될 라마가 따따까를 살해한 것을 출가로 보기에는 무리가 있다.

2) 성인식과 입문식

그렇다면 라마가 따따까를 죽인 행위는 무엇을 상징하는가? 분석심리학에 따르면, 유년 이후 모성은 괴물로 나타나, 영웅으로 표상되는 정신을 단련시킨다고 한다. 따따까는 라마를 성인으로 성장시키기 위해 등장하는 모성의 상징이라고 볼 수 있다. 여성 괴물을 통해 모성의 부정적 영향을 드러내는 동시에, 따따까의 맥없는 죽음을 통해 모성의 역할을 축소하는 것, 이 두 가지가 따따까 살해의 함의라고 할 수 있다. 힌두 부계사회의 이상을 제시하는 《라마야나》속에서 여성의 역할은, 그것이 모성을 상징하든(따따까) 성적 탐닉을 상징하든(시따) 모두 극복해야할 장애물에 지나지 않는다. 다시말해, 따따까를 죽이는 것은 유년기를 벗어나기 위한 통과의례라고볼 수 있다. 여성을 죽이면 안 된다는 다르마를 무릅쓰고 따따까를 죽이는 것을, 양육자인 어머니의 영향을 벗어나는 성인식이라고 봐

---

† 빠라슈라마가 모친을 살해한 이야기는 1권 50장의 각주 참조.

도 무방할 것이다.

따따까를 죽인 후에, 라마는 자나까의 활을 부러뜨려 사내로서의 힘을 과시한다. 시따와의 결혼은, 그가 소년에서 청년이 되었다는 것을 드러내는 이중의 상징이다. 서양 영웅의 행로에서 공주(또는 여신)와의 혼례는, 모든 장애를 극복한 영웅의 승리를 표상한다.[*] 이 공주는 곧 삶을 뜻하기 때문에, 그녀와의 결혼은 영웅의 삶 전체가 완성되었음을 상징한다.[†] 하지만 이미 완성된 존재로 태어나는 인도 영웅의 삶에서, 결혼은 승리도 완성도 의미하지 않는다. 모험에 나서기도 전에 인도 영웅들은 라마처럼 결혼을 하는데, 결혼이 성년의 표상으로 여겨졌기 때문인 듯하다.

따따까 살해가 모성에 의해 준비된 성년식이라면, 빠라슈라마와의 대결은 부성에 의해 준비된 입문식이라고 할 수 있다. 캠벨에 따르면, 더 넓은 세계로 나아가기 위해 당연히 거쳐야 하는 입문식의 사제가 아버지다.[‡] 빠라슈라마는 공포스러운 부성을, 그와의 대결은 전사로서 인정받기 위한 입문식을 상징한다고 해석할 수 있다. 입문식을 끝으로, 라마의 어린 시절은 끝을 맺는다.

---

[*] 캠벨,《천의 얼굴을 가진 영웅》, 144.

[†] 앞의 책, 159.

[‡] 앞의 책, 177.

III. 《라마야나》 번역

1. 바로다 교정판

뿌리 깊은 구술 전통을 현재까지도 유지하고 있는 인도에서, 현존하는 《라마야나》 문헌의 연대는 창작 연대보다 훨씬 뒤쳐질 수밖에 없다. 네팔에서 패엽경§ 형태로 발견된 《라마야나》 문헌 일부는 기원 후 1020년의 것으로,¶ 이보다 앞서는 것은 없다. 이후 19세기까지 필사본으로 전해진 《라마야나》 가운데, 오늘날 부분이라도 남아있는 문헌의 수는 2천 개가 넘는다고 한다. 이 문헌들은 북인도판과 남인도판, 두 개의 판본을 근간으로 삼고 있다. 남인도판보다 산만한 북인도판은 다시 동북인도판과 서북인도판으로 나뉜다. 《마하바라따》와는 달리 《라마야나》에는, 문자 전승 과정에서 벌어진 차이라고 간주할 수 없는 불일치가 판본 사이에 존재한다. 판본들의 대략 1/3 가량만이 공통이기 때문이다. 판본에 따라 단어와 표현, 그리고 삽입부가 차이나기는 하지만, 이야기의 큰 틀이 같기 때문에 이들 모두 《라마야나》로 간주된다. 학자들은 북인도판보다 남인도판이 더 원형에 가깝다고 여기고 있다. 북인도판에는 문법적, 그리고 시적 적합성 때문에 고쳐진 단어가 많기 때문이다. 또한 시대와 장소에 맞게, 대중적인 관용구와 친숙한 표현으로 오래된 부분을

---

§   팔미라야자 잎으로 만든 문헌.

¶   Vālmīki, *Bālakāṇḍa*, 83.

치환한 흔적도 엿보인다.

북인도판보다 남인도판이 좀 더 원형을 간직하고 있기는 하지만, 남인도판 역시 후대의 교정과 끼워 넣기를 피할 수는 없었던 것으로 보인다. 남인도판의 약 1/4 가량이 원래 없었던 부분으로 추정되기 때문이다. 원형에 가까운 《라마야나》를 복원하려는 학자들의 노력은 다행히도 결실을 맺어, 인도 바로다 동양학 연구소에서 1975년에 첫 번째 교정판을 내놓았다. 《라마야나》의 최초 한역판인 이 책의 저본이 바로 이 교정판이다.

번역을 시작하던 2013년 즈음에는, 기따 출판사에서 나온 《라마야나》를 저본으로 사용했다. 이 《라마야나》는, 갖가지 판본을 합쳐 놓은 듯한 대중적인 페이퍼백이다. 보통의 인도 사람들이 경전으로 읽고 있는 현대의 《라마야나》를 보고 싶은 생각이 컸기 때문에 이 저본을 선택했었다. 바로다 교정판을 로마자로 표기한 클레이 싼스끄리뜨 라이브러리(The Clay Sanskrit Library)의 저본을 구하게 된 때는, 1권의 번역을 마친 뒤였다. 기따판과 바로다판을 비교하여 수정을 하기는 했지만, 1권의 번역에서 기따판의 흔적을 완전히 지우지는 못했다. 예상보다 큰 두 판본의 차이가 단어에서 특히 두드러졌기 때문이다. 문맥상 큰 차이는 없지만, 번역에 판본 차이가 있을 수 있다는 점을 미리 밝혀둔다.

2. 언어와 문체

음유시인의 낭송 전통에 속한 두 대서사시 《라마야나》와 《마하바라따》는, 대체로 빠니니* 문법을 따르지 않는다. 대서사시의 싼스끄리뜨는 쉬운 문장을 구사하지만, 때로 문법에 맞지 않고 의미가 분명하지 않다.《마하바라따》와는 달리《라마야나》는, 시로서의 특징을 문체에서 상당히 보여주는 편이다.

대서사시의 고태(故態)적 특징은 이야기의 구성에도 나타나기 때문에, 이야기가 뜬금없이 진행되기도 한다. 여인을 죽이지 않겠다고 라마가 결심을 하자마자, 락샤사 여인 따따까를 죽이는 것이 그 예라고 할 수 있다. 이렇게 이야기의 앞뒤가 맞지 않는 이유는, 르샤슈룽가가 등장하는 부분처럼 후대에 이야기를 끼어 넣었기 때문이기도 하지만, 따따까를 죽이는 부분처럼 이야기가 오래되었기 때문이기도 하다.

이러한《라마야나》의 고태적 특징을 번역에 모두 반영하는 것은 이르다고 판단했다. 최초의 한역에서, 인도 고전에 익숙하지 않은 독자를 고려하지 않을 수 없기 때문이다. 제목조차 낯선《라마야나》를 처음으로 직역하여 내놓으면서, 이 서사시가 가진 고태적 특성을 독자들이 이해할 수 있을 것이라고 기대하기는 어렵다. 단어와 문장이 가진 특징을 번역에 반영하지는 않았지만, 상용구를 따로 정리하여 원어의 맛을 전달하려고 노력했다.

3. 한역판의 특징

이 한역판은 시 원문을 우리말 산문으로 옮겼다. 5만 행에 달하

---

* 기원전 4-5세기의 인도 문법학자.《아슈타디야이》를 지어, 고전 싼스끄리뜨 문법을 확립했다.

는 싼스끄리뜨 운문을 우리말 운문으로 번역하는 것은 역자의 능력 밖이기 때문이다. 산문이 운문보다 원뜻을 더 정확하게 전달할 수 있기 때문이기도 하다. 운문 번역이 독해력을 떨어뜨리는 것은 아니지만, 산문 번역보다 원문의 이해도를 낮추는 것은 사실이다. 그렇지만 산문으로는 원문의 운율을 살릴 수 없는 것이 아쉬워, 시적인 아름다움이 빼어난 부분은 운문으로 옮기려고 노력했다.

명사 중심의 싼스끄리뜨어를 동사 중심의 우리말로 옮기면서, 싼스끄리뜨에 흔하디흔한 명사문과 수동문을, 우리말 문장의 일반적인 형태인 동사문과 능동문으로 번역할 수밖에 없었다. 하지만 때로 원문을 살리기 위해, 번역이 어색해도 원문을 그대로 옮긴 부분도 있다는 것을 일러둔다.

또한 싼스끄리뜨 고문의 기나긴 만연체 문장을 자르고, 원문에 생략된 문장성분을 보완하여 우리말로 번역했다. 문장 성분을 생략하고, 때로는 한 격으로만 문장을 구성하는 싼스끄리뜨의 언어적 특성이 손상되어 안타깝지만, 최초의 한역이기 때문에 역시 독자를 고려하지 않을 수 없었다. 액자식 구성의 화자를 분명하게 밝히기 위해 장 앞에 삽입구—"위슈와미뜨라는 이야기를 계속했다." 따위—를 넣은 것도, 원문에는 없는 배려이다.

힌두교의 엄격한 신분 차별을, 장유유서가 분명한 우리말 높임법으로 표현하는 것도 쉽지 않았다. 신분을 나이보다 우선하고, 왕을 브라만만큼 높였다*는 것을 밝혀둔다.

마지막으로 '님'이라는 비표준어를 번역문에 사용한 점을 짚고

---

* 힌두 법전에서는 왕을 신으로 규정하고 있으므로, 브라만만큼 높여도 무방하다고 보았다.

싶다. 사랑하는 이를 지칭하는 의미가 강한 표준어 '임' 대신, 비표준어지만 인터넷을 중심으로 널리 사용되고 있는 '님'을 이인칭 존칭으로 사용했다. 우리말의 이인칭 존칭 '당신'은, 여러 면에서 싼스끄리뜨 번역문에 적합하지 않기 때문이다.

번역에 아쉬운 점은 많지만, 《라마야나》 최초의 싼스끄리뜨 원전 번역이라는 점을 핑계 삼아 독자의 양해를 구한다.

참고문헌

Sastri, Gaurinath. *A Concise History of Classical Sanskrit Literature*. Delhi: Motilal Banarsidass Publishers, 1998.

Vālmīki. *Bālakāṇḍa*[since 1984]. Vol. 1 of *The Rāmāyaṇa of Vālmīki: An Epic of Ancient India*. Translated by Robert P. Goldman. Delhi: Motilal Banarsidass Publishers, 2007.

Vālmīki. *Boyhood*[since 2005]. Vol. 1 of *Rāmāyaṇa*. Edited by Isabelle Onians. Translated by Robert P. Goldman. New York: New York University Press and the JJC Foundation, 2009.

Walker, Benjamin. *Hindu World: An Encyclopedic Survey of Hinduism*. New Delhi: Rupa, 2005.

Winternitz, Maurice. *History of Indian Literature*. Vol. 3. Delhi: Motilal Banarsidass Publishers, 1998.

조지프 캠벨,《신의 가면2: 동양 신화》, 이진구 옮김, 서울: 까치, 2003.
위야사,《마하바라따2》, 박경숙 옮김, 서울: 새물결, 2012.

싼스끄리뜨 표기법

국립국어원의 외래어 표기법으로는 다양한 싼스끄리뜨 자음의 발음을 표기하기 어렵다. 따라서 좀 더 원래 발음에 가깝게, 그리고 자연스러운 우리말로 싼스끄리뜨를 표기하기 위해 다음과 같은 원칙을 정하고 그 원칙에 따라 표기하기로 한다.

싼스끄리뜨 표기의 대원칙

1. 뜻이 달라질 때만 장모음과 단모음을 구별함

우리말에서는 굳이 구별하지 않는 모음의 장음과 단음을, 싼스끄리뜨에서는 표기와 발음으로 모두 구별한다. 모음의 장단에 따라 단어의 뜻이 완전히 바뀌기도 한다. 특히 각각 남성과 여성의 이름에 쓰이는 a/ā의 경우, 장단을 구별하지 않으면 성별과 인물을 혼동할 수 있다. 예를 들어, Kṛṣṇa는 아르주나의 절친한 벗이자 《바가와드 기따》를 읊는 신 끄르슈나를 지칭하는 반면, Kṛṣṇā는 드루빠다의 딸이자 빤다와들의 공처인 드라우빠디를 지칭한다. 또한 Vasudeva는 끄르슈나의 아버지를, Vāsudeva는 끄르슈나를 나타내며, Hidimba는 남자 락샤사의 이름을, Hidimbā는 Hidimba의 누이이자 비마의 아내인 여자 락샤사를 뜻한다. 이런 경우, '끄르슈나아', '와아수데와', '히딤바아'와 같이 장음을 '아아'로 표기하지 않으면, 뜻을 혼동하게 된다. 따라서 모음의 장단에 따라 뜻이 달라지는 경우에는, 장음을 길게 표기하기로 한다. 그러나 뜻에 차이가 나지 않는 경우에는, 장음표기 때문에 우리말 발음이 어색해지는 것을 피하기 위해 장음도 단음으로 표기하기로 한다.

2. 거센소리와 된소리를 구별함

싼스끄리뜨에서는 거센소리(ㅋ, ㅍ, ㅊ, ㅌ 등)와 된소리(ㄲ, ㅃ, ㅉ, ㄸ 등)를 명확히 구별한다. 따라서 거센소리와 된소리를 구별하여 표기하기로 한다.

3. 목청소리(h)를 표기하지 않음

kh, ch, th, dh, bh 등, 목청소리를 가진 싼스끄리뜨 자음의 h 소릿값은 표기하지 않기로 한다. 예를 들어, Bhava는 '브하바'가 아닌 '바와'로, Aghastiya는 '아그하스띠야'가 아닌 '아가스띠야'로 표기한다.

싼스끄리뜨 표기 세칙
음 역 표

발음 위치	모음	자음							
		안울림소리(무성음)			울 림 소 리 (유성음)				
		ś/ṣ/s	− ㅎ	+ ㅎ	− ㅎ	+ ㅎ	콧소리	반모음	기음
여린입천장/목구멍	a/ā 아		k ㄲ	kh ㅋ	g ㄱ	gh ㄱ	ṅ ㅇ		h ㅎ
센입천장	i/ī 이	ś 샤/쉬/슈	c ㅉ	ch ㅊ	j ㅈ	jh ㅈ	ñ ㄴ	y	
입천장	ṛ/ṝ 르	ṣ 샤/쉬/슈	ṭ ㄸ	ṭh ㅌ	ḍ ㄷ	ḍh ㄷ	ṇ ㄴ	r 르*	
윗 앞니 뒤	ḷ (을)르	s ㅅ/ㅆ	t ㄸ	th ㅌ	d ㄷ	dh ㄷ	n ㄴ	l ㄹ	
입 술	u/ū 우		p ㅃ	ph ㅍ	b ㅂ	bh ㅂ	m ㅁ		

*r은 l과는 달리 앞 음절의 받침으로 표기할 수 없다.

모음

1. a / ā

우리말 '아'와 '어'의 중간쯤 되는 발음 a는 '아'로 표기한다. 장모음 ā 역시 '아'로 표기하며, 단어의 뜻이 달라지는 경우에만 '아아'로 표기한다.

2. i / ī

단모음과 장모음 모두 '이'로 표기한다. 뜻이 달라지는 경우에만 장모음 ī를 '이이'로 표기한다.

3. u / ū

단모음과 장모음 모두 '우'로 표기한다. 뜻이 달라지는 경우에만 장모음 ū를 '우우'로 표기한다.

4. 특수한 모음인 ṛ는 일반적 표기인 '리'가 아니라 '르'로 표기한다. 드물게 쓰이는 장모음 ṝ도 '르'로 표기한다.

보기) ṛṣi 르쉬, ṛgveda 르그베다, niṛti 니르띠

5. 아주 드물게 쓰이는 특수 모음 ḷ 는 '(을)르'로 표기한다.

6. 이중모음

o는 '오'로, au는 '아우'로, e는 '에'로, ai는 '아이'로 표기한다.

보기) odana 오다나, auṣadhi 아우샤디, eka 에까,

      aiśvarya 아이슈와리야

자음

1. 모음이 뒤따르지 않는 자음의 표기

자음이 모음 없이 잇달아 올 때(y가 오는 경우는 제외), 첫 자음을

7종성(ㄱ, ㄴ, ㄹ, ㅁ, ㅂ, ㅅ, ㅇ) 가운데 하나로 바꾸어 표기할 수 있는 경우에만 앞 음절의 받침으로 표기하고, 나머지 자음은 모두 그 자음 뒤에 'ㅡ'를 넣어 표기하기로 한다. 단어 맨 끝에 오는 자음도 마찬가지로 방법으로 표기한다.

보기) bhakti 박띠, brahman 브라흐만, mānas 마나스

t 또는 ṭ가 잇달아 오는 경우에는, 두 자음 가운데 하나만 표기할 수도 있다.

보기) Tilottama 띨로따마 혹은 띨롯따마

신분을 나타내는 brāhman의 경우, 예외적으로 '브라흐만'이 아닌 '브라만'으로 표기한다.

2. ñ

뒤에 a/ā가 올 때는 '냐'로, i/ī가 올 때는 '니'로, u/ū가 올 때는 '뉴'로 표기한다.

보기) jñāna 즈냐나, jñīpsā 즈닙사

앞 음절의 받침이 될 때는 'ㄴ'으로 표기한다.

보기) kāñcana 깐짜나

3. y

뒤에 a/ā가 올 때는 '야'로, i/ī가 올 때는 '이'로, u/ū가 올 때는 '유'로, e가 올 때는 '예'로 표기한다.

보기) Agastiya 아가스띠야, nāyikā 나이까, mayūkha 마유카,

　　　yena 예나

그러나 (앞 음절의) 받침으로 표기하지 않는 자음이 앞에 오는 경우, 뒤에 a/ā가 올 때는 '이야'로, i/ī가 올 때는 '이이'로, u/ū가 올 때는

'이유'로, e가 올 때는 '지예'로 표기한다.

　보기) vindhya 윈디야, ārya 아리야, niryūha 니리유하,

　　　jyeya 지예야

앞의 자음에 관계없이 뒤에 o가 올 때는 '요'로 표기한다.

　보기) yojana 요자나, jyotiṣa 죠띠샤

4. v

　지역에 따라 발음이 다르지만, 일반적으로 'v' 소릿값 없이 'w' 소릿값으로, '으', 혹은 '워'에 가깝게 발음된다. 따라서 a/ā 앞에 올 때는 '와'로, i/ī 앞에 올 때는 '위'로, u/ū와 ṛ/ṝ 그리고 자음 앞에 올 때는 '우'로 표기하기로 한다.

　보기) Bhagavad gīta 바가와드 기따, vibhakti 위박띠, vṛtra 우르뜨라, Vraja 우라자

　그러나 ya 앞에 올 때는 ya와 함께 '위야'로, yu 앞에 올 때는 yu와 함께 '위유'로 표기한다.

　보기) Vyasa 위야사, vyutpatti 위윳빳띠

　그러나 'v' 소릿값으로 표기가 굳어진 고유명사와 그 파생어의 경우에는 예외적으로 'ㅂ'로 표기할 수 있다.

　보기) Śiva 쉬바, Viṣnu 비슈누, Varuna 바루나

　　　Veda 베다, Vedaṅga 베당가, Vaiśeṣika 바이세쉬까

　　　Vaiśya 바이시야

5. ś / ṣ / s

(1) s

단어의 맨 앞에 오는 s는 '쓰'로, 나머지는 'ㅅ'로 표기한다.

보기) Saṃskṛta 쌍스끄르따

그러나 인명, 지명 등 고유명사 어두의 s와, 접두사 su 등의 s는 단어의 맨 앞에 오더라도 'ㅅ'로 표기한다.

보기) Sīta 시따, Sudharma 수다르마

(2) ś / ṣ

발음상 크게 차이나지 않는 ś와 ṣ는 구별하지 않고, a/ā 앞에 올 때는 모두 '샤'로, i/ī 앞에 올 때는 '쉬'로, e 앞에 올 때는 '셰'로, o 앞에 올 때는 '쇼'로, 그리고 u/ū와 자음 앞에 올 때는 '슈'로 표기한다. 또한 ya 앞에 올 때는 '샤'로 표기한다.

보기) Piśāca 삐샤짜, Puruṣa 뿌루샤

Śiva 쉬바, ṣiṅga 슁가

Vaiśeṣika 바이셰쉬까

aśoka 아쇼까

śukra 슈끄라, ṣu 슈

Śri 슈리, Kṛṣṇa 끄르슈나

ṛṣyamūka 르샤무까

6. 아누스와라(ṃ)

그룹에 속한 자음이 뒤따라 올 때는 그 그룹의 콧소리로 표기한다.

그 룹	구 성 자 음	콧소리
k	k, kh, g, gh, ṅ	ṅ
c	c, ch, j, jh, ñ	ñ
ṭ	ṭ, ṭh, ḍ, ḍh, ṇ	ṇ
t	t, th, d, dh, n	n
p	p, ph, b, bh, m	m

그룹에 속하지 않는 아누스와라는 'ㅇ' 받침으로 표기한다.
보기) vaṃśa 왕샤, saṃyama 쌍야마

7. 위사르가(ḥ)

단어 맨 끝에 오는 경우에는, 'ㅎ' 뒤에 바로 앞 모음을 붙여 표기한다.
보기) Ātmānaḥ 아뜨마나하, muniḥ 무니히, bhānuḥ 바누후
단어 중간에 오는 경우에는 표기하지 않는다.
보기) duḥkha 두카

색인

ㄱ

까우살리야 15, 53, 60, 63, 75, 201
까이께이 15, 26, 60, 63, 64, 200, 210
꾸베라 15, 33, 56, 61, 115, 191, 198,
  204
꾸샤와 라와 28, 29, 30, 31

ㄷ

다샤라타 31, 32, 36, 37, 38, 39, 43,
  44, 45, 46, 48, 50, 52, 53, 55, 57,
  58, 59, 63, 64, 65, 73, 82, 136,
  139, 143, 183, 185, 187, 189, 190,
  192, 193, 194, 198, 199, 200, 202,
  204, 205, 207, 209

ㄹ

라마 1, 2, 3, 5, 7, 8, 9, 10, 13, 15, 16,
  17, 18, 19, 20, 21, 24, 25, 26, 27,
  28, 29, 30, 31, 49, 51, 60, 62, 63,
  64, 67, 68, 69, 72, 73, 74, 75, 76,
  77, 78, 79, 80, 81, 82, 83, 84, 85,
  86, 87, 88, 89, 90, 91, 92, 93, 94,
  95, 100, 101, 102, 103, 104, 106,
  108, 109, 110, 111, 112, 113, 116,
  118, 119, 122, 123, 124, 125, 126,
  127, 130, 133, 135, 137, 138, 139,
  141, 142, 144, 145, 146, 150, 152,
  153, 162, 163, 164, 172, 173, 175,
  176, 178, 179, 181, 182, 185, 186,
  187, 188, 189, 191, 194, 196, 197,
  200, 201, 204, 205, 206, 207, 208,
  209, 210, 211, 213
라와나 17, 19, 20, 26, 27, 28, 56, 57,
  58, 61, 70, 110, 191
락슈마나 15, 24, 30, 60, 63, 64, 73,
  74, 75, 77, 83, 91, 92, 93, 94, 101,
  103, 106, 126, 141, 142, 182, 185,
  186, 189, 191, 194, 196, 197, 201

ㅁ

마누 31, 33, 34, 86, 91, 92, 129, 158,
  193
마루뜨 76, 84, 89, 109, 121, 133,
  134, 140, 177, 180
마리짜 17, 26, 67, 70, 71, 80, 81, 91,
  92, 131, 132

ㅂ

바라따 15, 16, 26, 27, 29, 30, 60, 63,
  64, 193, 197, 200, 201, 207
브라흐마 10, 19, 21, 24, 25, 52, 53,
  54, 56, 57, 58, 60, 61, 64, 65, 70,
  74, 75, 78, 79, 81, 82, 85, 95, 98,
  99, 100, 104, 107, 114, 117, 120,
  124, 125, 134, 147, 148, 158, 160,

188, 189, 190, 191, 192, 195, 198,
199, 200, 201, 202, 211

ㅎ

하누만 8, 18, 19, 26, 27